A Última Margem

A ÚLTIMA MARGEM

URSULA K. LE GUIN

CICLO TERRAMAR, VOLUME 3

Tradução
Heci Regina Candiani

MORROBRANCO
EDITORA

Copyright © 1972 por Ursula K. Le Guin
Copyright Renovado © 2002 por Inter-Vivos Trust para Le Guin Children
Posfácio copyright © 2012 por Ursula K. Le Guin
Ilustrações copyright © 2018 por Charles Vess
Mapa copyright © 1968 por Ursula K. Le Guin

Título original: THE FARTHEST SHORE

Direção editorial: VICTOR GOMES
Coordenação editorial: ALINE GRAÇA
Acompanhamento editorial: LUI NAVARRO E THIAGO BIO
Tradução: HECI REGINA CANDIANI
Preparação: LETÍCIA NAKAMURA
Revisão: BONIE SANTOS
Ilustrações de capa e miolo: CHARLES VESS
Projeto gráfico, diagramação e adaptação de capa original: EDUARDO KENJI IHA

ESTA É UMA OBRA DE FICÇÃO. NOMES, PERSONAGENS, LUGARES, ORGANIZAÇÕES E SITUAÇÕES SÃO PRODUTOS DA IMAGINAÇÃO DO AUTOR OU USADOS COMO FICÇÃO. QUALQUER SEMELHANÇA COM FATOS REAIS É MERA COINCIDÊNCIA.

TODOS OS DIREITOS RESERVADOS. PROIBIDA A REPRODUÇÃO, NO TODO OU EM PARTES, ATRAVÉS DE QUAISQUER MEIOS. OS DIREITOS MORAIS DO AUTOR FORAM CONTEMPLADOS.

DADOS INTERNACIONAIS DE CATALOGAÇÃO NA PUBLICAÇÃO (CIP)

L521u Le Guin, Ursula K.
A última margem / Ursula K. Le Guin ; Tradução: Heci Regina Candiani – São Paulo : Morro Branco, 2023.
224 p. ; 14 x 21 cm.

ISBN: 978-65-86015-79-9

1. Literatura americana. 2. Fantasia – Romance. I. Candiani, Heci Regina. II. Título.
CDD 813

TODOS OS DIREITOS DESTA EDIÇÃO RESERVADOS À:
EDITORA MORRO BRANCO
Alameda Santos, 1357, 8º andar
01419-908 – São Paulo, SP – Brasil
Telefone (11) 3373-8168
www.editoramorrobranco.com.br

Impresso no Brasil
2023

PARA ELISABETH,
CAROLINE E THEODORE

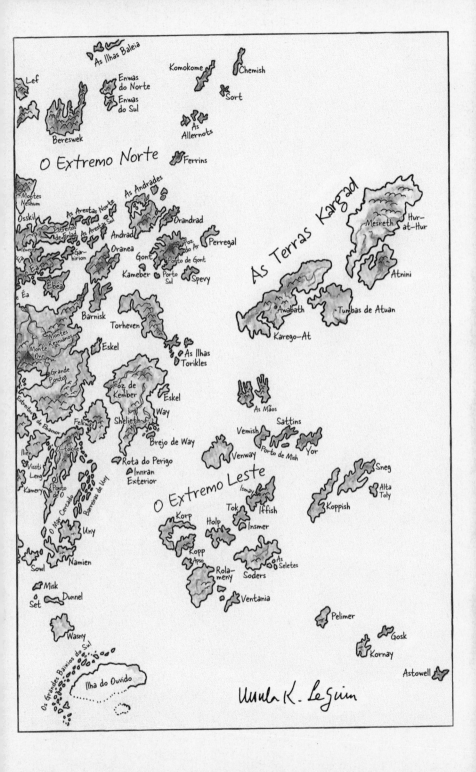

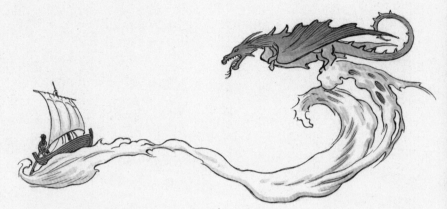

SUMÁRIO

1. A SORVEIRA..11
2. OS MESTRES DE ROKE.....................................23
3. O POVOADO DE HORT......................................42
4. LUZ MÁGICA...68
5. SONHOS NO MAR...80
6. LORBANERY..89
7. O LOUCO...108
8. OS FILHOS DO MAR ABERTO.........................123
9. ORM EMBAR...141
10. O TERRITÓRIO DOS DRAGÕES.....................162
11. SELIDOR..173
12. A TERRA ÁRIDA...187
13. A PEDRA DA DOR..204
POSFÁCIO...215

CAPÍTULO I
A SORVEIRA

O sol de março brilhava através das jovens folhas de sorveira e olmo no pátio da fonte, onde a água jorrava e caía em meio à sombra e ao clarão de luz. Ao redor daquele pátio a céu aberto estavam quatro altas paredes de pedra. Atrás delas, havia salas e pátios, passagens, corredores, torres e, finalmente, as pesadas paredes externas do Casarão de Roke, que resistiriam a qualquer ataque bélico, terremoto ou ao próprio mar, sendo construídas não apenas de pedra, mas de incontestável magia. Pois Roke é a Ilha dos Sábios, onde a Arte da Magia é ensinada; o Casarão é a escola e o centro da feitiçaria; e o centro do Casarão é aquele pequeno pátio emparedado, onde a fonte brinca e as árvores se erguem sob a chuva, o sol ou a luz das estrelas.

A árvore mais próxima da fonte, uma sorveira bem crescida, havia levantado e rachado o pavimento de mármore com suas raízes. Veias de musgo verde e reluzente preencheram as rachaduras, estendendo-se do gramado até a beirada do reservatório da fonte. Um garoto estava sentado ali, na elevação de mármore e musgo, acompanhando com os olhos a queda do jato central da fonte. Era quase um homem, mas ainda era garoto; esbelto e ricamente vestido. Seu rosto era tão finamente moldado e estava tão imóvel que poderia ter sido fundido em bronze dourado.

Atrás dele, a quase cinco metros de distância, talvez, sob as árvores do lado oposto do modesto gramado central, havia, ou parecia haver, um homem em pé. Era difícil ser exato com aquele movimento bruxuleante de sombra e luz quente. Ele provavelmente estava lá, um homem de branco, imóvel. Enquanto o garoto observava a fonte, o homem observava o garoto. Não havia som ou movimento, exceto a brincadeira das folhas e da água e seu canto incessante.

O homem caminhou. Um vento agitou a sorveira e balançou suas folhas recém-abertas. O garoto pôs-se de pé, ágil e assustado. Ele encarou o homem e lhe fez uma reverência.

— Arquimago, meu senhor! — disse ele.

O homem parou diante do garoto; sua forma era baixa, altiva e robusta, e vestia um manto de lã branca com capuz. Em meio às pregas do capuz, estava seu rosto escuro-avermelhado, o nariz de gavião, uma das faces marcada com cicatrizes antigas. Os olhos eram brilhantes e intensos. Ele, porém, falou suavemente.

— O Pátio da Fonte é um lugar agradável para se sentar — comentou e, antecipando o pedido de desculpas do garoto, continuou: — Você viajou por uma longa distância e não descansou. Sente-se de novo.

Ele se ajoelhou na borda do reservatório branco e estendeu a mão para o anel de gotas cintilantes que caía da pia mais alta da fonte, deixando a água escorrer por seus dedos. O garoto voltou a se sentar nos ladrilhos erguidos e, por um minuto, nenhum deles se pronunciou.

— Você é o filho do Príncipe de Enlad e d'As Enlades — declarou o Arquimago —, herdeiro do Principado de Morred. Não há herança mais antiga em toda a Terramar, nem mais justa. Vi os pomares de Enlad na primavera e os telhados dourados de Berila... Como se chama?

— Eu me chamo Arren.

— Essa deve ser uma palavra no dialeto de sua terra. O que significa em nossa língua comum?

O menino respondeu:

— Espada.

O Arquimago assentiu. Fez-se silêncio novamente, e então o menino disse, não com ousadia, mas sem timidez:

— Pensei que o Arquimago soubesse todas as línguas.

O homem balançou a cabeça, observando a fonte.

— E todos os nomes...

— Todos os nomes? Somente Segoy, que pronunciou a Primeira Palavra, levantando as ilhas do fundo do mar, conhecia todos os nomes. Para ser exato — e o olhar brilhante e intenso pousou no rosto de Arren —, se eu precisasse saber seu nome verdadeiro, eu saberia. Mas não há necessidade. "Arren" é como vou chamá-lo; e eu sou o Gavião. Diga-me, como foi sua viagem para chegar aqui?

— Muito longa.

— Os ventos sopraram contra?

— Os ventos sopraram a favor, mas a notícia que trago é ruim, Senhor Gavião.

— Diga-a, então — pediu o Arquimago em tom sério, mas como uma pessoa que cede à impaciência de uma criança; e, enquanto Arren falava, ele olhou novamente para a cortina de gotas d'água cristalinas caindo da pia superior para a de baixo, não como se não estivesse ouvindo, mas como se ouvisse além das palavras do garoto.

— O senhor sabe que o príncipe, meu pai, é um homem da feitiçaria, integrando a linhagem de Morred e tendo passado um ano aqui em Roke na juventude. Ele tem certo poder e conhecimento, mas raramente usa suas artes, preocupado que está com o controle e a ordem de seu reino, o governo das cidades e os assuntos comerciais. As frotas de nossa ilha vão rumo ao ocidente, e até o Extremo Oeste adentro, negociando safiras, couro de boi e estanho; e, no início desse inverno, um capitão do mar retornou à nossa cidade, Berila, com uma história que chegou aos ouvidos de meu pai, de modo que ele mandou chamar o homem para ouvi-la dele. — O garoto falava depressa, com segurança. Ele havia sido educado por pessoas polidas, nobres, e não tinha a inibição dos jovens.

"O capitão do mar disse que na ilha de Narveduen, que fica a cerca de oitocentos quilômetros a oeste de nós, seguindo por rota marítima, não havia mais magia. Lá os feitiços não tinham poder, ele contou, e as palavras mágicas foram esquecidas. Meu pai lhe perguntou se era porque todos os ocultistas e as bruxas tinham deixado aquela ilha, e ele respondeu: 'Não; havia lá algumas pessoas que foram ocultistas, mas elas não lançavam mais feitiços, nem sequer um encanto para consertar uma chaleira ou achar uma agulha perdida'. E o meu pai perguntou: 'O povo de Narveduen não ficou preocupado?'. E o capitão do mar respondeu: 'Não, eles pareciam não se importar'. E, de fato, ele explicou, havia doença lá, a colheita de outono fora escassa e, mesmo assim, pareciam não se importar. Ele disse… Eu estava lá quando conversou com o príncipe… Ele disse: 'Estavam como homens doentes, como um homem avisado que iria morrer em um ano e diz a si mesmo que não é verdade, que viverá para sempre. Eles perambulam', o capitão disse, 'sem olhar para o mundo'. Quando outros comerciantes regressaram, repetiram a história de que Narveduen tinha se tornado uma terra pobre e perdido as artes da feitiçaria. Mas eram todas meras histórias do Extremo, que são sempre estranhas, e só meu pai deu atenção a isso.

"Então, no Ano-Novo, durante o Festival dos Cordeiros que temos em Enlad, quando as esposas dos pastores vêm à cidade trazendo as primeiras crias dos rebanhos, meu pai nomeou o feiticeiro Root para lançar feitiços de crescimento sobre os cordeiros. Mas Root voltou ao salão angustiado, largou seu cajado e disse: 'Meu senhor, não consigo lançar os feitiços'. Meu pai o questionou, mas ele só conseguiu responder: 'Eu me esqueci das palavras e dos padrões'. Então, meu pai foi ao mercado e proferiu ele mesmo os feitiços, e o festival foi realizado. Mas o vi retornar ao palácio naquela noite, e ele parecia sombrio e exausto, e me disse: 'Pronunciei as palavras, mas não sei se tinham significado'. De fato, nessa primavera há problema com os rebanhos, as ovelhas estão morrendo ao parir, muitos cordeiros nascem mortos e alguns são… malformados."

A voz nítida e ansiosa do menino ficou mais baixa; ele estremeceu ao pronunciar a palavra e engoliu em seco.

— Vi alguns deles — contou. Houve uma pausa. — Meu pai acredita que esse fato e a história de Narveduen mostram que algum mal está em ação em nossa parte do mundo. Ele anseia pelo aconselhamento dos Sábios.

— O fato de tê-lo enviado prova que o anseio dele é urgente — reconheceu o Arquimago. — Você é o único filho, e a viagem de Enlad a Roke não é curta. Há algo mais a ser dito?

— Apenas algumas crendices das velhas das colinas.

— O que as velhas dizem?

— Que a sorte lida pelas bruxas na fumaça ou nas poças d'água fala do mal, e que as poções de amor delas dão errado. Mas essas são pessoas sem domínio da verdadeira feitiçaria.

— Leitura da sorte e poções de amor não explicam muita coisa, mas vale a pena ouvir as mulheres idosas. Bem, sua mensagem será, sem dúvida, discutida pelos Mestres de Roke. Mas não sei, Arren, o que podem aconselhar a seu pai, pois Enlad não é a primeira terra de onde chegam notícias do tipo.

A ida de Arren até Roke, saindo do norte, passando pela grande ilha de Havnor e atravessando o Mar Central, foi a primeira viagem dele. Só naquelas últimas semanas ele avistou terras que não faziam parte de sua própria pátria, tomou consciência da distância e da diversidade e reconheceu que havia um mundo imenso para além das colinas aprazíveis de Enlad, e muitas pessoas nele. Ele ainda não estava habituado a pensar com amplitude e, por isso, demorou certo tempo para compreender.

— Onde mais? — perguntou em seguida, um pouco consternado. Porque ele tinha esperança de voltar para casa, em Enlad, com uma solução rápida.

— Primeiro, no Extremo Sul. Nos últimos tempos, até mesmo no sul do Arquipélago, em Wathort. Os homens dizem que não se faz mais magia em Wathort. É difícil ter certeza. Faz muito tempo que aquela terra tem sido rebelde e dedicada à pirataria e, como dizem, dar ouvidos a um comerciante sulista é dar ouvidos a um mentiroso. Porém, a história é sempre a mesma: as fontes da feitiçaria secaram.

— Mas aqui em Roke…

— Aqui em Roke não sentimos nada disso. Aqui estamos protegidos da tempestade, da mudança e de todos os azares. Protegidos demais, talvez. Príncipe, o que vai fazer agora?

— Voltarei a Enlad quando puder levar a meu pai alguma informação clara sobre a natureza desse mal e sobre seu antídoto.

O Arquimago o observou de novo e, dessa vez, apesar de toda a sua educação, Arren desviou o olhar. Ele não sabia o porquê, pois não havia nada hostil na expressão daqueles olhos escuros. Eram imparciais, calmos, compassivos.

Todos em Enlad respeitavam seu pai, e ele era o filho daquele pai. Nenhum homem jamais o olhara de outra maneira, como se não fosse Arren, Príncipe de Enlad, filho do Príncipe Regente, e sim apenas Arren. Ele não gostava de pensar que temia os olhos do Arquimago, mas não conseguia encará-los. Pareciam ampliar ainda mais o mundo à sua volta e, desse modo, já não era apenas Enlad que afundava na insignificância, mas também ele, de modo que, aos olhos do Arquimago, tornava-se apenas uma figura pequena, muito pequena, em uma vasta paisagem de terras cercadas pelo mar sobre as quais pairava a escuridão.

Ele ficou sentado retirando o musgo vívido que crescia nas rachaduras entre as lajotas de mármore, e logo em seguida falou, ouvindo a própria voz, que só engrossara nos últimos dois anos, soar fina e áspera:

— E farei o que o senhor me ordenar.

— Seu dever é com seu pai, não comigo — explicou o Arquimago.

Os olhos dele ainda estavam em Arren, e então o garoto fitou de volta. Em seu ato de submissão, se esqueceu de si e agora via o Arquimago: o maior feiticeiro de toda a Terramar, o homem que havia fechado o Poço Escuro de Fundaur, recuperado o Anel de Erreth-Akbe das Tumbas de Atuan e construído o quebra-mar de Nepp; o marinheiro que conhecia os mares de Astowell a Selidor; o único Senhor dos Dragões vivo. Ajoelhado ali, ao lado de uma fonte, um homem baixo, sem juventude, um homem de voz calma e olhos profundos como a noite.

Arren engatinhou, postando-se formalmente sobre os dois joelhos, às pressas.

— Meu senhor — disse ele, gaguejando —, permita-me ficar a seu serviço.

A autoconfiança dele acabou, o rosto estava corado; a voz, trêmula.

Junto ao quadril ele trazia uma espada em bainha de couro novo com incrustações vermelhas e douradas; mas a espada em si era simples, com cabo gasto de bronze prateado, em forma de cruz. Desembainhou-a, sempre às pressas, e estendeu o cabo ao Arquimago, como um vassalo a seu príncipe.

O Arquimago não estendeu a mão para tocar o cabo da espada. Ele olhou para a arma e para Arren.

— Isso é seu, não meu — afirmou ele. — E você não é servo de homem algum.

— Mas meu pai disse que eu poderia ficar em Roke até aprender que mal é esse e, talvez, alguma destreza... Não tenho habilidade alguma, creio não ter nenhum poder, mas havia magos entre meus antepassados... Se eu pudesse, de algum modo, aprender a ser útil ao senhor...

— Antes de seus ancestrais serem magos — afirmou o Arquimago —, eles foram reis.

Ele se ergueu, aproximou-se de Arren em passos silenciosos e firmes e, segurando a mão do garoto, fez com que ficasse em pé.

— Agradeço a sua oferta de serviço e, embora não a aceite agora, talvez a aceite quando formos aconselhados sobre o assunto. A oferta de um espírito generoso não deve ser recusada levianamente. Nem a espada do filho de Morred deve ser entregue com leviandade! Agora, vá. O rapaz que o trouxe aqui vai se encarregar de que você coma, tome banho e descanse. Vá. — E gentilmente impulsionou Arren entre as omoplatas, com uma familiaridade que ninguém nunca tivera antes e que o jovem príncipe teria ressentido de qualquer outra pessoa; mas ele sentiu o toque do Arquimago como uma emoção gloriosa. Pois Arren descobrira o amor.

Sempre fora um garoto dinâmico, fascinado por jogos, orgulhando-se e divertindo-se com as habilidades do corpo e da mente, apto para seus deveres cerimoniais e administrativos, que não eram leves nem simples. No entanto, nunca havia se entregado plenamente a nada. Para ele, tudo viera com facilidade e fora executado com facilidade; tudo fora um jogo e ele tinha brincado de amar. Mas agora suas profundezas tinham sido despertadas, não por um jogo ou sonho, mas por honra, perigo, sabedoria, por um rosto com cicatriz, uma voz calma e uma mão escura que segurava, indiferente a seu poder, o cajado de teixo que trazia, perto do cabo, em prata incrustada na madeira escura, a Runa Perdida dos Reis.

Assim, o primeiro passo de renúncia à infância ocorreu de uma só vez, sem olhar para a frente ou para trás, sem cautela e sem reservas.

Esquecendo a cortesia da despedida, ele correu para a porta, desajeitado, radiante, obediente. E Ged, o Arquimago, observou-o partir.

***

Ged permaneceu algum tempo junto à fonte, sob a sorveira, depois voltou o rosto para o céu iluminado pelo sol.

— Um doce mensageiro para más notícias — comentou em voz baixa, como se conversasse com a fonte. Ela não o escutava, mas continuava falando em sua língua própria, prateada, e ele a escutou por algum tempo. Depois, dirigindo-se a outra porta, que Arren não tinha visto, e que, na verdade, pouquíssimos olhos enxergariam, por mais atentos que fossem, ele disse: — Mestre Sentinela.

Um homenzinho de idade indefinida apareceu. Jovem ele não era, por isso devia-se chamá-lo de velho, mas a palavra não lhe caía bem. Seu rosto era seco e da cor do marfim, e ele tinha um sorriso simpático que formava longas covinhas nas bochechas.

— Qual é o problema, Ged? — indagou ele.

Pois estavam sozinhos, e ele era um dos sete indivíduos que conheciam o nome do Arquimago. Os outros eram o Mestre Nomeador de Roke; Ogion, o Silencioso, o feiticeiro de Re Albi, que havia muito tempo, na montanha de Gont, dera a Ged seu nome; a Senhora Branca de Gont, Tenar do Anel; e um feiticeiro da aldeia em Iffish chamado Jero; e também em Iffish, a esposa de um carpinteiro, mãe de três meninas, leiga em toda feitiçaria, mas sábia em outras coisas, e que se chamava Aquileia; por fim, do outro lado de Terramar, no oeste mais longínquo, dois dragões: Orm Embar e Kalessin.

— Precisamos nos reunir hoje à noite — anunciou o Arquimago.

— Vou até o Padronista. E vou mandar um recado a Kurremkarmerruk, para que ele guarde suas listas, deixe seus alunos descansarem por uma noite e venha até nós, se possível em carne e osso. Você cuida dos outros?

— Sim — assentiu o Sentinela, sorrindo, e se foi; o Arquimago também se foi; e a fonte falava sozinha, serena e incessante, à luz do sol do início da primavera.

***

De algum ponto a oeste e, quase sempre, também um pouco ao sul do Casarão de Roke, pode-se avistar o Bosque Imanente. Ele não consta do mapa e não há nenhuma maneira de chegar lá, exceto para quem já conhece o caminho. Mas mesmo aprendizes, citadinos e camponeses conseguem avistar, sempre a certa distância, um bosque de árvores altas cujo verde das folhas tem um toque dourado mesmo na primavera. E todo mundo (aprendizes, citadinos e camponeses) acredita que o Bosque muda de lugar de maneira misteriosa. Mas nisso enganam-se, pois o Bosque não se move. Suas raízes são as raízes da existência. É todo o resto que se move.

Ged saiu do Casarão atravessando os campos. Tirou o manto branco, pois o sol estava a pino. Um camponês que arava uma encosta marrom ergueu a mão em saudação, e Ged respondeu da mesma forma. Passarinhos pairavam no ar e cantavam. A erva-faísca estava começando a florescer nas terras não cultivadas e à beira das estradas. No alto, um falcão traçava um amplo arco no céu. O Arquimago olhou para cima e ergueu a mão novamente. A ave desceu com o impulso de suas penas infladas pelo vento e pousou direto no punho oferecido, fixando suas garras amarelas. Não era nenhum gavião, mas um grande falcão de Roke, um falcão-pescador de listras brancas e marrons. Ele fitou Ged de soslaio com um olho redondo, de um dourado intenso, e depois bateu o bico em forma de gancho, encarando-o com os dois olhos rotundos de um intenso dourado.

— Destemido — afirmou o Arquimago, na Língua da Criação.

O grande falcão bateu as asas e apertou as garras, fitando-o.

— Então, vá, irmão, o destemido.

Ao longe, na encosta, sob o céu claro, o camponês parou a fim de observar. Certa vez, no último outono, ele observara o Arquimago acolher uma ave selvagem no punho e, no instante seguinte, não viu mais homem algum, e sim dois falcões alçando voo ao vento. Dessa vez, eles se separaram enquanto o camponês observava: o pássaro voando alto, o homem caminhando pelos campos lamacentos.

Ele chegou ao caminho que levava ao Bosque Imanente, um caminho que se prolongava sempre direto e reto, por mais que o tempo e o mundo se dobrassem, e, ao seguir àquele rumo, logo chegou à sombra das árvores.

Os troncos de algumas delas eram imensos. Vendo-os, era possível, enfim, acreditar que o Bosque nunca se movia: os troncos eram como torres imemoriais que os anos coloriram de cinza; as raízes eram como as bases das montanhas. Ainda assim, entre essas árvores mais antigas, algumas tinham folhas finas e galhos mortos. Elas não eram imortais. Entre as árvores gigantes cresciam as novas, altas e vigorosas, coroadas de folhagem radiante, e arbustos, varetas cobertas de folhas leves que não eram mais altas do que uma garotinha.

O solo sob as árvores era macio, farto de folhas apodrecidas de tantos anos. Nele cresciam samambaias e plantinhas de bosque, mas não havia outro tipo de árvore além daquela, que não tinha nome na língua hárdica de Terramar. Sob os galhos, o ar era fresco e exalava cheiro de terra, deixando na boca o gosto de água pura de nascente.

Em uma clareira aberta anos antes pela queda de uma árvore enorme, Ged encontrou o Mestre Padronista, que vivia dentro do bosque e raramente ou nunca o deixava. O cabelo dele era amarelo-manteiga; ele não era do Arquipélago. Depois da restauração do Anel de Erreth-Akbe, os bárbaros de Kargad haviam interrompido suas incursões e chegado a acordos de paz e de comércio com as Terras Centrais. Eles não eram pessoas amigáveis e mantinham distância. Mas, de vez em quando, um jovem guerreiro ou o filho de um mercador vinha sozinho para o oeste, atraído pelo amor à aventura ou pelo desejo de aprender feitiçaria. Assim era o Mestre Padronista dez anos antes: um jovem violento, com uma espada na cintura e pluma vermelha vindo de Karego-At, que chegou a Gont em uma manhã chuvosa dizendo ao Sentinela em um hárdico imperioso e limitado: — Vim para aprender! — E agora ali estava ele, à luz verde--dourada sob as árvores, um homem alto e claro, com longos cabelos louros e estranhos olhos verdes, o Mestre Padronista de Terramar.

Talvez ele também soubesse o nome de Ged, mas, nesse caso, nunca o mencionou. Os dois se cumprimentaram em silêncio.

— O que você está olhando aí? — perguntou o Arquimago, e o outro respondeu:

— Uma aranha.

Entre duas folhas altas de relva na clareira, uma aranha teceu uma teia, um círculo delicadamente suspenso. Os fios prateados captavam a luz solar. No centro, a tecelã aguardava, uma criatura cinza-escura não maior do que a pupila de um olho.

— Ela também é uma padronista — afirmou Ged, estudando a teia engenhosa.

— O que é o mal? — perguntou o homem mais novo.

A teia redonda e seu centro preto pareciam observar os dois.

— Uma teia que nós, homens, tecemos — respondeu Ged.

Naquele bosque, nenhum pássaro cantava. Havia silêncio e calor ali à luz do meio-dia. Ao redor deles, erguiam-se as árvores e as sombras.

— Chegaram notícias de Narveduen e Enlad: as mesmas.

— Sul e sudoeste. Norte e noroeste — disse o Padronista, sem tirar os olhos da teia redonda.

— Viremos aqui hoje à noite. É o melhor lugar para aconse-lhamento.

— Não tenho nada a aconselhar. — Agora, o Padronista fitava Ged, e seus olhos esverdeados estavam frios. — Estou com medo — confessou. — Há medo. Há medo nas raízes.

— Sim — concordou Ged. — Precisamos procurar as nascentes profundas, creio eu. Desfrutamos da luz do sol por muito tempo, nos aquecendo naquela paz que o restabelecimento do Anel trouxe, realizando pequenas coisas, pescando nas águas rasas. Hoje à noite, precisamos examinar as profundezas. — Então, deixou o Padronista sozinho, ainda observando a aranha na relva ensolarada.

Na fronteira do Bosque, onde as folhas das árvores grandes se estendiam sobre o solo comum, ele se sentou, com as costas apoiadas em uma raiz poderosa e o cajado sobre os joelhos. Fechou os olhos como se descansasse e enviou uma emanação de seu espírito por cima das colinas e dos campos de Roke rumo ao norte, até o cabo fustigado pelo mar onde fica a Torre Isolada.

— Kurremkarmerruk — disse ele em espírito, e o Mestre Nomeador ergueu os olhos do grosso livro de nomes de raízes, ervas, folhas, sementes e pétalas que estava lendo para seus alunos e respondeu:

— Estou aqui, meu senhor.

Então, ele, um homem velho, grande e magro, de cabelos brancos sob o capuz escuro, escutou; e, de suas carteiras, os alunos na sala da torre o contemplaram e entreolharam-se.

— Eu irei — replicou Kurremkarmerruk, e inclinou de novo a cabeça para o livro, dizendo: — Ora, a pétala da flor de alho-dourado tem um nome, que é *iebera*, e a sépala também, que é *partonath*; e caule, folha e raiz têm cada um seu nome…

Mas sob sua árvore, o Arquimago Ged, que conhecia todos os nomes do alho-dourado, recolheu sua emanação e, ao esticar as pernas a fim de obter mais conforto, porém mantendo os olhos fechados, adormeceu no mesmo instante, sob a luz do sol encoberta pelas folhas.

CAPÍTULO 2
OS MESTRES DE ROKE

É para a escola de Roke que são enviados os garotos que se mostram promissores para a feitiçaria; eles chegam de todas as Terras Centrais de Terramar em busca de aprender as mais altas artes da magia. Lá, tornam-se proficientes nos vários tipos de feitiçaria, aprendendo nomes, runas, habilidades e feitiços, o que deve e o que não deve ser feito, e por quê. E lá, depois de muita prática, e caso mão, mente e espírito mantenham-se unidos em um só ritmo, eles talvez sejam nomeados feiticeiros e recebam o cajado do poder. Os feiticeiros de verdade só se formam em Roke.

Como existem ocultistas e bruxas em todas as ilhas, e os usos da magia são tão necessários para seu povo quanto o pão e tão prazerosos quanto a música, a Escola de Feitiçaria é um lugar respeitado. Os nove magos que são os Mestres da Escola são considerados iguais aos grandes príncipes do Arquipélago. O mestre deles, o guardião de Roke, o Arquimago, não deve prestar contas a nenhum homem, exceto ao Rei de Todas as Ilhas; e isso apenas por um ato de lealdade, por gratidão, pois nem mesmo um rei poderia obrigar um mago tão notável a servir à lei comum se outra fosse sua vontade. No entanto, mesmo nos séculos sem rei, os Arquimagos de Roke mantiveram a lealdade e obedeceram a essa lei geral. Tudo em Roke era feito como fora feito por muitas centenas de anos; o lugar parecia a salvo de todos os problemas, e as risadas dos garotos ecoavam nos pátios e enchiam os corredores largos e frios do Casarão.

O guia de Arren na escola era um rapaz atarracado cuja capa estava presa ao pescoço com prata, um sinal de que ele havia terminado a iniciação e era comprovadamente um ocultista, estudando para obter seu cajado. Ele se chamava Lance:

— Porque — explicou — meus pais tiveram seis filhas e o sétimo filho, meu pai disse, foi um lance contra o Destino. — Ele era um colega divertido, pensava e falava rápido. Em outro momento, Arren teria apreciado o senso de humor dele, mas hoje estava de cabeça cheia. Na verdade, não prestou muita atenção ao colega. E Lance, com um desejo natural de ter sua existência reconhecida, começou a tirar vantagem da distração do hóspede. Contou fatos estranhos sobre a escola; em seguida, contou mentiras estranhas sobre a escola, e para tudo Arren respondia: "Ah, sim" ou "Entendo", até que Lance concluiu que ele era um idiota da realeza.

— Obviamente, aqui não se cozinha — anunciou ele, mostrando a Arren as enormes cozinhas de pedra, repletas do brilho dos caldeirões de cobre, do som cortante das facas e do odor de cebolas que fazia os olhos arderem. — Isso é só exibição. Vamos para o refeitório e cada um faz aparecer o que quer comer com um encantamento. Isso também nos poupa de lavar a louça.

— Sim, compreendo — afirmou Arren educadamente.

— É evidente que os aprendizes, que ainda não conhecem os feitiços, quase sempre perdem muito peso nos primeiros meses; mas acabam aprendendo. Tem um garoto de Havnor que sempre tenta comer frango assado, mas só consegue mingau de milho. Parece que ele não consegue fazer feitiços que vão além do mingau de milho. Mas ontem conseguiu acompanhar o prato com hadoque seco. — Lance estava ficando rouco pelo esforço de provocar a incredulidade do hóspede. Então, desistiu e parou de falar.

— De onde... de qual terra vem o Arquimago? — perguntou o hóspede, sem sequer olhar para a monumental galeria por onde passavam, toda esculpida na parede e no teto abobadado com a Árvore de Mil-Folhas.

— Gont — respondeu Lance. — Ele era pastor de cabras da aldeia.

Agora, diante desse fato nítido e bem-conhecido, o garoto de Enlad virou-se e olhou com incredulidade e desaprovação para Lance.

— Pastor de cabras?

— A maioria dos gonteses é, a menos que sejam piratas ou ocultistas. Veja bem, não falei que agora ele é pastor de cabras!

— Mas como um pastor de cabras se tornaria arquimago?

— Da mesma forma que um príncipe o faria! Chegando a Roke e superando todos os Mestres, roubando o Anel em Atuan, navegando pelo Território dos Dragões, sendo o maior feiticeiro desde Erreth-Akbe... De que outra maneira?

Ambos saíram da galeria pela porta norte. O fim de tarde era quente e claro nas colinas estriadas, nos telhados do Povoado de Thwil e na baía mais além. Eles pararam ali para conversar. Lance disse:

— Evidentemente, isso aconteceu há muito tempo. Ele não fez muita coisa desde que foi nomeado Arquimago. Eles nunca fazem. Apenas ficam sentados em Roke e observam o Equilíbrio, imagino. E ele já está bem velho.

— Velho? Com quantos anos?

— Ah, uns quarenta ou cinquenta.

— Você já o viu?

— Óbvio que sim — retrucou Lance, em tom rude. O idiota da realeza também parecia ser um esnobe da realeza.

— Muitas vezes?

— Não. Ele é reservado. Mas quando cheguei a Roke eu o vi, no Pátio da Fonte.

— Conversei com ele lá hoje — contou Arren.

O tom de sua voz fez Lance o fitar e, em seguida, dar-lhe uma resposta completa:

— Faz três anos. E eu estava tão assustado que, na verdade, nem olhei para ele. Eu era muito novo, é óbvio. Mas é difícil enxergar as coisas com nitidez ali. Lembro-me principalmente da voz dele e da fonte funcionando. — Depois de um instante, acrescentou: — Ele tem sotaque gontês.

— Se eu pudesse falar com dragões na língua deles — falou Arren —, não me importaria com meu sotaque.

Ao ouvir isso, Lance o encarou com certa aprovação e perguntou:

— Veio em busca de entrar para a escola, príncipe?

— Não. Trouxe uma mensagem do meu pai para o Arquimago.

— Enlad é um dos Principados do Reino, não é?

— Enlad, Ilien e Way. Havnor e Éa já foram, mas a linha sucessória dos reis naquelas terras chegou ao fim. Ilien remonta à descendência de Gemal Marinho através de Maharion, que era o Rei de Todas as Ilhas. Way remonta à de Akambar e da Casa de Shelieth. Enlad, o mais antigo, à de Morred mediante seu filho Serriadh e a Casa de Enlad.

Arren recitou tais genealogias com um ar sonhador, como um erudito bem-preparado cuja mente está em outro tema.

— Acha que veremos um rei em Havnor outra vez em nossa vida?

— Nunca pensei muito a respeito.

— Em Ark, de onde venho, as pessoas pensam nisso. Somos parte do Principado de Ilien agora, sabe, desde a pacificação. Quanto tempo já se passou, dezessete ou dezoito anos, desde que o Anel da Runa do Rei foi devolvido à Torre dos Reis em Havnor? As circunstâncias melhoraram por um tempo, mas agora estão piores do que nunca. Chegou a hora de um rei ocupar novamente o trono de Terramar para brandir o Sinal de Paz. As pessoas estão cansadas de guerras e ataques, dos mercadores que cobram caro e dos príncipes que exigem impostos altos, além de toda a confusão de poderes incontroláveis. Roke orienta, mas não pode governar. A Harmonia está aqui, mas o Poder deve estar nas mãos do rei.

Lance falou com real interesse, deixando todas as tolices de lado, e a atenção de Arren enfim foi cativada.

— Enlad é uma terra rica e pacífica — afirmou ele pausadamente.
— Nunca entrou nessas rivalidades. Ouvimos falar dos problemas em outras terras. Mas não há rei no trono em Havnor desde que Maharion morreu: há oitocentos anos. Será que as terras aceitariam mesmo um rei?

— Se ele viesse em nome da paz e da força; se Roke e Havnor reconhecessem a alegação dele.

— E há uma profecia que deve ser cumprida, não há? Maharion disse que o próximo rei deve ser um mago.

— O Mestre Cantor é um havnoriano e está interessado no assunto. E ele tem repetido as informações há três anos. Maharion disse: *Herdará meu trono aquele que tiver atravessado a terra da escuridão e, sobrevivendo, chegar às praias distantes da luz do dia.*

— Um mago, portanto.

— Sim, já que apenas um feiticeiro ou mago consegue estar entre os mortos na terra da escuridão e retornar. Embora não a *atravesse*. Pelo menos, sempre falam dessa terra como se só tivesse uma fronteira e, além dela, não houvesse fim. Quais são *as praias distantes da luz do dia*, então? Mas assim reza a profecia do Último Rei e, portanto, um dia alguém nascerá para cumpri-la. E Roke o reconhecerá; as frotas, os exércitos e as nações se unirão a ele. Então, haverá majestade outra vez no centro do mundo, na Torre dos Reis, em Havnor. Eu estaria à altura dele: serviria a um verdadeiro rei com todo o meu coração e toda a minha arte — afirmou Lance, e depois riu e deu de ombros, para que Arren não pensasse que falava com emoção exagerada. Arren, porém, contemplou-o com simpatia, pensando: *ele sentiria pelo Rei o que sinto pelo Arquimago.* Em voz alta, disse:

— Um rei precisaria de homens como você por perto.

Eles permaneceram ali, cada um com os próprios pensamentos, mas em atitude amistosa, até que um gongo soou alto no Casarão atrás dos dois.

— Pronto! — exclamou Lance. — Sopa de lentilha e cebola esta noite. Vamos.

— Pensei que você tinha dito que não cozinhavam — falou Arren, ainda sonhador, seguindo-o.

— Ah, às vezes, por engano…

Não havia magia alguma envolvida no jantar, mas havia bastante substância. Depois de comer, caminharam pelos campos sob o azul suave do crepúsculo.

— Esta é a Colina de Roke — explicou Lance, quando começaram a subir uma encosta arredondada. A relva coberta de orvalho roçava as pernas deles e, perto do pântano de Thwilburn, ouviu-se um coro de sapinhos para saudar o calor e as noites estreladas cada vez mais curtas.

Havia um mistério naquele solo. Lance comentou baixinho:

— Esta foi a primeira colina a emergir do mar, quando a Primeira Palavra foi dita.

— E será a última a afundar, quando todas as coisas forem destruídas — completou Arren.

— Logo, é um lugar seguro para estar — continuou Lance, desvencilhando-se do medo; mas depois gritou, apavorado: — Olhe! O Bosque!

Ao sul da colina, surgiu uma luz intensa sobre a terra, como o nascer da lua, mas a lua era tênue e já se encaminhava para o oeste, no topo do monte; e nesse esplendor havia o mesmo tremor do movimento das folhas ao vento.

— O que é isso?

— Vem do Bosque... Os Mestres devem estar lá. Dizem que, quando se reuniram para escolher o Arquimago, há cinco anos, o bosque ardia assim, uma luz como a do luar, a noite toda. Mas por que estão se encontrando agora? Por causa da notícia que você trouxe?

— Pode ser — reconheceu Arren.

Lance, animado e inquieto, queria voltar ao Casarão para ouvir algum boato sobre o que o Conselho dos Mestres prenunciava. Arren foi com ele, mas voltou os olhos muitas vezes para aquele brilho estranho, até que a encosta o encobriu e restaram apenas a lua nova que se recolhia e as estrelas da primavera.

Sozinho no escuro da cela de pedra que era o seu quarto de dormir, Arren deitou-se de olhos abertos. Ele dormira em uma cama a vida toda, sob peles macias; até mesmo na galé de vinte remos em que ele viera de Enlad haviam proporcionado ao jovem príncipe mais conforto do que aquilo: um catre de palha no chão de pedra e um cobertor esfarrapado de feltro. Mas ele não percebeu nada disso. *Estou no centro do mundo,* pensou. *Os Mestres estão conversando no local santo. O que eles vão fazer? Será que vão tecer uma grande magia para salvar a magia? Será que é verdade que a feitiçaria está desaparecendo do mundo? Será que existe algum perigo e até mesmo Roke está ameaçada? Vou continuar aqui. Não vou para casa. Prefiro* varrer *o quarto dele a ser um príncipe em Enlad. Será que ele me deixa ficar como aprendiz? Mas talvez não haja mais ensino da Arte da Magia nem aprendizado dos nomes verdadeiros das coisas. Meu pai tem o dom da feitiçaria, mas eu, não; talvez ela esteja mesmo desaparecendo do mundo. Mas eu ficaria perto* dele, *mesmo que ele perdesse seu poder e sua arte. Mesmo que eu nunca o visse. Mesmo que ele nunca mais me dirigisse a palavra.* Mas sua imaginação ardente o levou além, de modo que em certo momento ele se viu frente a frente com o Arquimago, outra vez no pátio, debaixo da sorveira; o céu estava escuro, a árvore, desfolhada, e a fonte em silêncio; ele disse:

— Meu senhor, a tempestade está sobre nós, mas ficarei a seu lado como seu servo. — E o Arquimago sorriu para ele... Porém, a imaginação cometeu um erro, pois ele nunca vira aquele rosto negro sorrir.

De manhã, ele se levantou sentindo que, se no dia anterior, era um garoto, agora era um homem. Estava preparado para qualquer coisa. Mas o que aconteceu o deixou boquiaberto.

— O Arquimago deseja falar-lhe, Príncipe Arren — avisou um rapazinho aprendiz à sua porta, que esperou um instante e saiu correndo antes que Arren pudesse se recompor para responder.

Ele desceu a escadaria da torre e atravessou os corredores de pedra em direção ao Pátio da Fonte, sem saber para onde deveria se dirigir. Um velho encontrou-o no corredor e sorriu de um modo que rugas profundas desciam por suas faces, do nariz até o queixo: o mesmo que o recebera no dia anterior na porta do Casarão, quando ele veio do porto, e requisitou que Arren dissesse seu verdadeiro nome antes de entrar.

— Venha por aqui — chamou o Mestre Sentinela.

Os corredores e passagens daquela parte do prédio eram silenciosos, livres da correria e do barulho dos garotos que enchiam de vida os espaços restantes. Ali sentia-se a idade excepcional das paredes. Era palpável o encantamento com que as pedras antigas estavam dispostas e protegidas ali. Runas foram gravadas nas paredes, espaçadamente, em entalhes profundos, algumas incrustadas em prata. Arren aprendera as Runas Hárdicas com o pai, mas não conhecia nenhuma daquelas, embora algumas parecessem ter um significado que ele quase sabia, ou sabia e não conseguia lembrar.

— Aí está você, rapaz — disse o Sentinela, que não dava qualquer importância a títulos como Senhor ou Príncipe. Arren seguiu-o até uma sala longa, de vigas baixas, na qual o fogo ardia em uma lareira de pedra em uma das laterais, com as chamas refletindo no chão de carvalho, enquanto, do lado oposto, as janelas ogivais deixavam entrar a luz fria e tênue da neblina. Diante da lareira, havia um grupo de homens. Todos o observaram quando ele entrou, mas Arren viu apenas um deles, o Arquimago. Parou, fez uma reverência e permaneceu calado.

— Estes são os Mestres de Roke, Arren — explicou o Arquimago —, sete dos nove. O Padronista não quis deixar seu Bosque, e o Nomeador está em sua torre, cinquenta quilômetros ao norte. Todos eles têm conhecimento da sua missão aqui. Meus senhores, este é o filho de Morred.

A frase não despertou nenhum orgulho em Arren, apenas uma espécie de pavor. Sentia orgulho de sua linhagem, mas pensava em si mesmo apenas como um herdeiro de príncipes, um membro da Casa de Enlad. Morred, de quem descendia aquela casa, estava morto havia dois mil anos. Seus feitos eram matéria das lendas, não do mundo presente. Era como se o Arquimago se referisse a ele como filho do mito, herdeiro dos sonhos.

Ele não ousou erguer os olhos para os rostos dos oito magos. Contemplou a base de ferro do cajado do Arquimago e sentiu o sangue zumbir em seus ouvidos.

— Venham, vamos tomar o café da manhã juntos — convidou o Arquimago, e os conduziu até uma mesa posta sob as janelas. Havia leite e cerveja tipo *sour*, pão, manteiga fresca e queijo. Arren sentou-se com eles e comeu.

Ele estivera entre nobres, proprietários de terras, mercadores ricos, toda a sua vida. O salão de seu pai em Berila estava cheio deles: homens que possuíam muito, que compravam e vendiam muito, que tinham abundância de bens materiais. Comiam carne, bebiam vinho e falavam alto; muitos competiam, muitos eram bajuladores, a maioria buscava algo para si. Apesar de jovem, Arren aprendera muito sobre as maneiras e os disfarces da humanidade. Mas nunca estivera entre homens como aqueles. Eles comiam pão, falavam pouco e estampavam no rosto uma expressão tranquila. Se buscavam algo, não era para si. Ainda assim, eram homens de grande poder: Arren também reconhecia isso.

Gavião, o Arquimago, estava sentado à cabeceira da mesa e parecia ouvir o que era dito, mas havia silêncio ao redor dele, e ninguém lhe dirigia a palavra. Arren também foi poupado, para ter tempo de se recuperar. À sua esquerda estava o Sentinela e à direita um homem grisalho e de olhar amistoso, que enfim falou com ele:

— Somos conterrâneos, Príncipe Arren. Nasci no leste de Enlad, perto da Floresta de Aol.

— Cacei naquela floresta — respondeu Arren, e conversaram um pouco sobre os bosques e os povoados da Ilha dos Mitos, de modo que Arren se sentiu reconfortado com a lembrança de sua terra natal.

Quando a refeição terminou, agruparam-se outra vez em frente à lareira, alguns se sentaram e outros ficaram em pé, em silêncio por certo tempo.

— Ontem à noite — começou o Arquimago —, reunimo-nos no conselho. Conversamos por um longo tempo, mas não resolvemos nada. Eu gostaria de ouvir vocês dizerem agora, à luz do dia, se mantêm ou retiram o julgamento da noite.

— O fato de não termos resolvido nada — respondeu o Mestre Herbalista, um homem atarracado, de pele escura e olhos tranquilos — é, em si, um julgamento. No Bosque são encontrados padrões; mas não encontramos lá nada além de argumentos.

— Apenas porque não conseguimos perceber o padrão evidente — comentou o mago grisalho de Enlad, o Mestre Transformador. — Não sabemos o bastante. Rumores de Wathort; notícias de Enlad. Notícias estranhas e que devem ser consideradas. Mas é desnecessário despertar o terror a partir de um fundamento tão insignificante. Nosso poder não está ameaçado apenas porque alguns ocultistas se esqueceram de seus feitiços.

— É o que eu digo — afirmou um homem magro e de olhar penetrante, o Mestre Cifra dos Ventos. — Não preservamos todos os nossos poderes? As árvores do Bosque não crescem e produzem folhas? As tempestades do céu não obedecem à nossa palavra? Quem pode temer pela arte da feitiçaria, que é a mais antiga das artes do homem?

— Homem nenhum — respondeu o Mestre Invocador, alto, de voz grave, um jovem de rosto escuro e aristocrático —, homem nenhum, força nenhuma, pode limitar a ação da feitiçaria ou deter as palavras de poder. Pois elas são as próprias palavras da Criação, e quem fosse capaz de silenciá-las poderia destruir o mundo.

— Sim, e alguém capaz de fazer isso não estaria em Wathort ou Narveduen — complementou o Transformador. — Estaria aqui, diante dos portões de Roke, e o fim do mundo estaria próximo! Ainda não chegamos a esse ponto.

— Mesmo assim, algo está errado — ponderou outro, e todos olharam para ele: um homem de peito largo, sólido como um barril de carvalho, sentado perto do fogo, e a voz dele saiu branda e cristalina como o som de um grande sino. Era o Mestre Cantor.

— Onde está o rei que deveria estar em Havnor? Roke não é o coração do mundo, e sim aquela torre, na qual está colocada a espada de Erreth-Akbe, e na qual está o trono de Serriadh, de Akambar, de Maharion. Há oitocentos anos o coração do mundo está vazio! Temos a coroa, mas nenhum rei para usá-la. Temos a Runa Perdida, a Runa do Rei, a Runa da Paz, que nos foi devolvida, mas temos paz? Que um rei ocupe o trono, então teremos paz, e, mesmo nos Extremos mais distantes, os ocultistas praticarão suas artes com a mente despreocupada, e haverá ordem e um momento oportuno para todas as coisas.

— Sim — disse o Mestre Mão, um homem leve e ágil, modesto de porte, mas com olhos claros e perspicazes. — Estou com você,

Cantor. Será que é surpresa que a feitiçaria vá mal quando todo o resto vai mal? Se o rebanho todo perde o caminho, será que nossa ovelha negra ficará junto ao redil? Ao ouvir isso, o Sentinela riu, mas não se pronunciou.

— Então, para vocês todos — retomou o Arquimago —, aparentemente não há nada de errado ou, se há, é porque nossas terras estão sem governo ou malgovernadas, de modo que todas as artes e as altas especialidades dos homens sofrem de negligência. Quanto a isso, estou de acordo. Aliás, é porque o Sul está quase inativo no comércio pacífico que precisamos depender de rumores; e quem tem alguma informação segura do Extremo Oeste, além dessa vinda de Narveduen? Se os navios saíssem e voltassem em segurança, como nos velhos tempos, e as regiões de Terramar fossem unidas, saberíamos como vão as coisas em lugares remotos e, assim, poderíamos agir. E acho que agiríamos! Pois, meus senhores, quando o Príncipe de Enlad nos conta que pronunciou as palavras da Criação em um feitiço e, enquanto as dizia, não sabia seu significado, quando o Mestre Padronista afirma que há medo nas raízes e não quer dizer mais nada, seria esse um fundamento insignificante para a ansiedade? A tempestade, quando começa, é apenas uma nuvenzinha no horizonte.

— Você tem tino para as coisas das trevas, Gavião — disse o Sentinela. — Sempre teve. Diga o que acha que está errado.

— Não sei. Há um enfraquecimento do poder. Há a necessidade de uma solução. Há a diminuição do brilho do sol. Sinto, meus senhores... Sinto que nós, que estamos aqui conversando, estamos todos mortalmente feridos, e, enquanto jogamos conversa fora, nosso sangue se esvai suavemente de nossas veias...

— E você preferiria se levantar e agir.

— Preferiria — admitiu o Arquimago.

— Certo — disse o Sentinela —, e as corujas podem impedir o falcão de voar?

— Mas para onde você iria? — perguntou o Cantor, e o próprio Cantor respondeu: — Procurar nosso rei e conduzi-lo ao trono!

O Arquimago fitou-o com atenção, mas respondeu apenas:

— Eu iria aonde o problema está.

— Sul ou oeste — sugeriu o Mestre Cifra dos Ventos.

— E norte e leste, se necessário — lembrou o Sentinela.

— Mas o senhor é necessário aqui — advertiu o Transformador.

— Em vez de procurar à toa entre povos hostis em mares estranhos, não seria mais sábio ficar aqui, onde toda a magia é forte, e descobrir por meio de suas artes o que é esse mal ou essa desordem?

— Minhas artes não me ajudam — declarou o Arquimago. Havia algo em sua voz que fez todos o contemplarem, sérios e com olhos inquietos. — Sou o Guardião de Roke. Não sairei de Roke com a alma leve. Gostaria que a recomendação de vocês coincidisse com a minha; mas já não se pode esperar isso. O julgamento deve ser meu: e eu devo ir.

— Nós nos rendemos a esse julgamento — afirmou o Invocador.

— E vou só. Vocês formam o Conselho de Roke, e o Conselho não precisa ser desfeito. No entanto, levarei alguém comigo, se ele quiser vir. — O Arquimago olhou para Arren. — Você me ofereceu seus serviços ontem. Ontem à noite, o Mestre Padronista disse: "nenhum homem vem às praias de Roke por acaso. Nem é por acaso que um filho de Morred é o portador de uma notícia dessas". E ele não nos disse mais nenhuma palavra durante a noite toda. Por isso, pergunto, Arren: você quer vir comigo?

— Sim, meu senhor — respondeu Arren, com a garganta seca.

— O Príncipe, seu pai, certamente não permitiria que você corresse esse risco — enfatizou o Cantor, e dirigindo-se ao Arquimago: — O rapaz é jovem e não está preparado para a feitiçaria.

— Tenho idade e feitiços suficientes para nós dois — rebateu Gavião, em tom seco. — Arren, e quanto a seu pai?

— Ele permitiria que eu fosse.

— Como sabe? — perguntou o Invocador.

Arren não sabia para onde estava sendo chamado a ir, nem quando ou por quê. Estava confuso e desconcertado diante daqueles homens sérios, honestos e assustadores. Caso lhe dessem tempo para refletir, ele poderia não ter dito absolutamente nada. Mas não houve tempo para pensar; e foi o Arquimago que lhe perguntou: "Você quer vir comigo?".

— Quando meu pai me mandou para cá, ele me disse: "temo que uma era de trevas esteja chegando ao mundo, uma era perigosa. Por isso, envio você, e não qualquer outro mensageiro, pois você pode julgar se devemos pedir a ajuda da Ilha dos Sábios nessa questão ou lhes oferecer a ajuda de Enlad". Assim, se eu for necessário, é para isso que estou aqui.

Nesse momento, ele viu o sorriso do Arquimago. Um sorriso de grande doçura, apesar de breve.

— Percebem? — disse ele aos sete magos. — Idade ou feitiçaria podem acrescentar algo a isso?

Arren sentiu que naquele momento encaravam-no com aprovação, mas ainda com expressão pensativa ou intrigada. O Invocador respondeu, e suas sobrancelhas arqueadas se alinharam conforme franzia a testa:

— Não entendo, meu senhor. Que você esteja determinado a ir, sim. Você está enjaulado aqui há cinco anos. Mas antes você sempre esteve só; sempre foi sozinho. Por que, agora, ser acompanhado?

— Antes, nunca precisei de ajuda — afirmou Gavião, com uma ponta de ameaça ou ironia na voz. — E encontrei um companheiro adequado. — Havia algo perigoso nele, e o Invocador não fez mais perguntas, embora ainda franzisse a testa.

No entanto, o Mestre Herbalista, de olhos calmos e escuros como os de um boi sábio e paciente, levantou-se de onde estava sentado e ficou em pé, enorme.

— Vá, meu senhor — declarou ele —, e leve o rapaz. E toda a nossa confiança o acompanha.

Um por um, os outros deram seu consentimento silencioso, e sozinhos ou em duplas, retiraram-se, até que, dos sete, apenas o Invocador ficou.

— Gavião — ponderou ele —, não pretendo questionar seu julgamento. Apenas digo: se você estiver certo, se houver a desarmonia e o perigo de um grande mal, não será suficiente uma viagem para Wathort, para o Extremo Oeste ou para o fim do mundo. Você pode levar esse companheiro para onde talvez tenha de ir? E é justo com ele? Eles estavam afastados de Arren e o Invocador baixou a voz, mas o Arquimago respondeu abertamente:

— É justo.

— Você não está me contando tudo o que sabe — declarou o Invocador.

— Se eu soubesse, falaria. Não sei de nada. Imagino muita coisa.

— Deixe-me ir com você.

— Alguém deve vigiar os portões.

— O Sentinela faz isso...

— Não apenas os portões de Roke. Fique aqui. Fique aqui e observe o nascer do sol para ver se é brilhante, e observe a parede de pedras para ver quem a atravessa e para onde seu rosto está voltado. Há uma brecha, Thorion, há uma ruptura, uma ferida, é o que vou procurar. Se eu estiver perdido, talvez você a encontre. Mas espere. Peço-lhe que espere por mim. — Ele passara a falar na Língua Arcaica, a língua da Criação, na qual todos os verdadeiros feitiços são lançados e da qual dependem todos os grandes atos de magia; mas que é muito raramente usada em conversas, exceto entre os dragões. O Invocador não discutiu nem protestou mais, mas inclinou a cabeça alta em silêncio tanto para o Arquimago quanto para Arren e partiu.

O fogo crepitava na lareira. Não se ouvia nenhum outro som. Do lado externo das janelas, a névoa se comprimia, sem forma e opaca.

O Arquimago contemplou as chamas, parecendo ter se esquecido da presença de Arren. O garoto ficou a alguma distância da lareira, sem saber se deveria ir embora ou esperar a dispensa, indeciso e um tanto desolado, sentindo-se novamente uma figura insignificante em um espaço escuro, ilimitado e confuso.

— Iremos primeiro ao Povoado de Hort — explicou Gavião, virando as costas para o fogo. — Lá chegam notícias de todo o Extremo Sul e talvez encontremos uma pista. Seu navio ainda aguarda na baía. Converse com o comandante para que ele avise seu pai. Acho que devemos partir o mais rápido possível. Amanhã, ao nascer do sol. Esteja nos degraus do ancoradouro.

— Meu senhor, o que... — A voz dele ficou presa por um instante. — O que você procura?

— Não sei, Arren.

— Então...

— Então, como poderei procurar por algo? Também não sei. Talvez esse algo procure por mim. — Ele abriu um meio-sorriso para Arren, mas seu rosto parecia ferro sob a luz cinzenta que entrava pelas janelas.

— Meu senhor — continuou Arren, e sua voz se tornara firme —, é verdade que venho da linhagem de Morred, se é que o vestígio de uma linhagem tão antiga seja verdadeiro. Se eu puder servi-lo, considerarei isso a maior chance e honra de minha vida, e não há nada que eu prefira fazer. Mas temo que você me considere erroneamente algo além do que sou.

— Talvez — admitiu o Arquimago.

— Não tenho grandes dons ou habilidades. Sou capaz de esgrimir com a espada curta e a espada nobre. Posso conduzir um barco. Conheço as danças da corte e as danças do campo. Consigo encerrar uma briga entre cortesãos. Posso lutar. Sou um arqueiro medíocre, mas habilidoso no jogo de bola ao cesto. Sei cantar, tocar harpa e alaúde. E isso é tudo. Nada mais. Que utilidade terei para o senhor? O Mestre Invocador está certo...

— Ah, você viu aquilo, não é? Ele está com ciúmes. Ele reivindica o privilégio da lealdade de mais longa data.

— E da maior habilidade, meu senhor.

— Então, prefere que ele vá comigo e você fique para trás?

— Não! Mas tenho medo...

— Medo de quê?

Lágrimas brotaram dos olhos do garoto.

— De decepcioná-lo — confessou ele.

O Arquimago virou-se novamente para o fogo.

— Sente-se, Arren — recomendou ele, e o rapaz aproximou-se do assento de pedra no canto da lareira. — Não tomei você por um feiticeiro, um guerreiro ou qualquer ser preparado. O que você é eu não sei, embora esteja feliz em saber que você é capaz de conduzir um barco... O que você vai ser, ninguém sabe. Mas uma coisa eu sei: você é filho de Morred e de Serriadh.

Arren ficou em silêncio.

— Isso é verdade, meu senhor — admitiu ele, enfim. — Mas...

— O Arquimago não se manifestou e ele teve de terminar a frase: — Mas não sou Morred. Sou apenas eu mesmo.

— Você não tem orgulho de sua linhagem?

— Sim, tenho orgulho... porque ela faz de mim um príncipe; é uma responsabilidade, uma coisa que se deve honrar...

O Arquimago assentiu uma vez, enfaticamente.

— Foi o que eu quis dizer. Negar o passado é negar o futuro. Um homem não faz seu destino: ele o aceita ou o nega. Se as raízes da sorveira são rasas, ela não tem copa. — Ao ouvir isso, Arren ergueu os olhos, assustado, pois o seu verdadeiro nome, Lebannen, significava sorveira. Mas o Arquimago não disse seu nome. — Suas raízes são profundas — continuou o mais velho. — Você tem força e precisa ter espaço, espaço para crescer. Assim, ofereço-lhe, em vez de uma viagem segura de volta para casa em Enlad, uma viagem insegura para um fim desconhecido. Você não precisa ir. A escolha é sua. Mas ofereço-lhe essa escolha. Pois estou cansado de lugares seguros, telhados e paredes à minha volta. — Ele se deteve de repente, observando ao redor com olhos cortantes, cegos. Arren viu a profunda inquietação do homem e aquilo o assustou. No entanto, o medo aguça a euforia, e foi com o coração sobressaltado que ele respondeu:

— Escolho acompanhá-lo, meu senhor.

Arren saiu do Casarão com o coração e a mente fascinados. Disse a si mesmo que estava feliz, mas a palavra não parecia adequada. Disse a si mesmo que o Arquimago afirmara que ele era forte, um homem de destino, e que se orgulhava de tal elogio; mas não estava orgulhoso. Por que não? O feiticeiro mais poderoso do mundo lhe disse:

"Amanhã navegaremos para os confins da morte", ele assentiu e ali estava: não deveria sentir orgulho? Mas não sentia. Sentia apenas fascínio.

Ele desceu pelas ruas íngremes e errantes do Povoado de Thwil, encontrou o comandante de seu navio no cais e lhe disse:

— Amanhã, navego com o Arquimago para Wathort e para o Extremo Sul. Diga ao príncipe, meu pai, que, quando eu for dispensado desse serviço, voltarei a Berila.

O capitão do navio pareceu contrariado. Ele sabia como o portador de tais notícias poderia ser recebido pelo Príncipe de Enlad.

— Preciso ter isso escrito pela sua mão, príncipe — respondeu ele.

Entendendo que o pedido era justo, Arren se apressou — sentia que tudo devia ser feito de imediato —, encontrou uma lojinha esquisita na qual comprou tinta em pedra, pincel e uma folha de papel macio, grosso como feltro; depois, voltou às pressas para o cais e sentou-se no embarcadouro para escrever aos pais. Quando pensou na mãe segurando aquele pedaço de papel e lendo a carta, uma angústia se abateu sobre si. Sua mãe era uma mulher alegre e paciente, mas Arren sabia que ele era a base de sua alegria e que ela ansiava por seu rápido retorno. Não havia como a consolar por sua longa ausência. A carta foi seca e breve. Ele assinou com a runa da espada, selou a carta com um pouco de piche de calafetagem de um pote que estava por perto e a entregou ao comandante do navio.

— Espere! — exclamou ele em seguida, como se o navio estivesse pronto para zarpar naquele instante, e correu de volta pelas ruas de paralelepípedos até a lojinha esquisita. Teve dificuldade para encontrá-la, pois havia algo enganoso nas ruas de Thwil; quase como se as conversões parecessem diferentes a cada passagem. Por fim, entrou na rua certa e entrou como uma flecha através dos fios de contas de argila vermelha que ornamentavam a porta. Quando comprava tinta e papel, percebeu, em uma bandeja de prendedores de cabelo e broches, um broche de prata em forma de rosa selvagem; e sua mãe se chamava Rose.

— Quero comprar isto — afirmou ele, à sua maneira apressada e principesca.

— Ourivesaria antiga da Ilha de O. Vejo que é um bom juiz dos antigos ofícios — replicou o lojista, contemplando o punho, e não a bela bainha, da espada de Arren. — Custa quatro marfins.

Arren pagou o preço bastante alto sem questionar; tinha em sua algibeira muitas fichas de marfim que servem como dinheiro nas Terras Centrais. A ideia de um presente para a mãe o satisfez; o ato de comprar o satisfez; ao sair da loja, pôs a mão no punho da espada, com um ar de insolência.

Seu pai lhe dera aquela espada na véspera de sua partida de Enlad. Arren a recebeu solenemente e a portava como se fosse um dever usá-la, mesmo a bordo do navio. Estava orgulhoso do peso dela em seu cinto, o peso da idade do objeto em sua alma. Pois era a espada de Serriadh, que era filho de Morred e Elfarran; não havia nenhuma outra mais antiga no mundo, exceto a espada de Erreth-Akbe, que foi colocada no topo da Torre dos Reis, em Havnor. A espada de Serriadh nunca fora guardada ou protegida em um tesouro, e sim carregada; ainda não estava danificada pelos séculos, nem desgastada, porque havia sido forjada com o grande poder do encantamento. Dizia a história que nunca fora sacada, nem poderia ser sacada, exceto a serviço da vida. Pois ela não se deixaria empunhar para propósitos sanguinários, vingativos ou gananciosos. Dela, o grande tesouro de sua família, Arren recebeu seu nome usual: Arrendek, ele era chamado quando criança, "pequeno sabre".

Ele não havia usado a espada, nem seu pai, nem seu avô. Havia paz em Enlad havia muito tempo.

Assim, na rua do desconhecido povoado da Ilha dos Feiticeiros, o cabo da espada parecia estranho quando o segurava. Era incômodo e frio na mão. Pesada, a espada atrapalhava seu caminhar, retardando-o. E o fascínio que ele sentira ainda estava ali, mas esfriara. Arren voltou para o cais e confiou o broche para a mãe ao comandante do navio; despediu-se do homem e lhe desejou uma boa viagem de volta. Virando-se, puxou o manto sobre a bainha que guardava a arma antiga e inflexível, o objeto mortal que herdara. Ele não desejava mais agir com insolência.

— O que estou fazendo? — perguntou-se enquanto subia, agora sem pressa, pelos caminhos estreitos até a fortaleza do Casarão acima do povoado. — Como posso não ir para casa? Por que estou procurando algo que não sei o que é com um homem que não conheço? E ele não tinha resposta para as próprias perguntas.

CAPÍTULO 3
O POVOADO DE HORT

Na escuridão que precede o amanhecer, Arren vestiu a roupa que lhe foi dada, um traje de marinheiro bastante gasto, mas limpo, e desceu depressa pelos corredores silenciosos do Casarão até a porta do leste, talhada de chifre e presa de dragão. Lá, com um leve sorriso, o Sentinela deixou-o sair e indicou o rumo que ele deveria tomar. Ele seguiu a rua mais importante do povoado e depois uma trilha que levava aos ancoradouros da escola, rumando para o sul ao longo das margens da baía e afastando-se das docas de Thwil. O garoto mal conseguia encontrar o caminho. Árvores, telhados, colinas volumosas como massas escuras em meio à opacidade; o ar denso, em total inércia e muito frio; tudo se mantinha parado, contido e obscuro. Entretanto, ao leste, sobre o mar escuro, havia uma linha tênue e clara: o horizonte indicando gradualmente a direção do sol invisível.

Ele chegou aos degraus do ancoradouro. Não havia ninguém; nada se movia. Sob seu casaco volumoso de marinheiro e o gorro de lã, estava bastante aquecido, mas tremia parado, esperando em pé nos degraus de pedra e na escuridão.

Os ancoradouros eram indistintos, pretos sobre a água preta e, de repente, deles emergiu um som monótono, oco, uma batida estrondosa que se repetiu três vezes. Os cabelos de Arren se arrepiaram no couro cabeludo. Uma sombra longa deslizou para a água em silêncio. Era um barco e deslizava com suavidade em direção ao cais. Arren apressou-se degraus abaixo até o cais e pulou no barco.

— Pegue o leme — ordenou o Arquimago, seu contorno esguio e sombrio na proa — e mantenha o barco estável enquanto iço a vela.

Eles já estavam na água, a vela abria-se como uma asa branca no mastro, captando a luz cada vez mais forte.

— Um vento oeste para nos poupar de sair da baía remando, esse é um presente de despedida do Mestre Cifra dos Ventos, não tenho a menor dúvida. Atenção ao barco, rapaz, ele é bem leve de timonear! Aí está. Um vento oeste e um amanhecer límpido para o dia da Harmonia da primavera.

— Este barco é o *Visão Ampla*? — Arren ouvira sobre o barco do Arquimago em canções e contos.

— Sim — confirmou o outro, ocupado com as cordas. O barco forçou e mudou de direção quando o vento ficou mais fresco; Arren cerrou os dentes e tentou mantê-lo estável.

— Ele é bem leve de timonear, mas um pouco voluntarioso, senhor.

O Arquimago riu.

— Deixe-o fazer a própria vontade; ele também é sábio. Escute, Arren. — Então, fez uma pausa e se ajoelhou no banco do remador para ficar de frente para Arren. — Agora não sou um senhor, nem você um príncipe. Sou um comerciante chamado Falcão, e você é meu sobrinho, que está aprendendo sobre os mares comigo e se chama Arren: pois somos de Enlad. De que povoado? Tem que ser grande, para o caso de encontrarmos um habitante de lá.

— Temere, na costa sul? Eles têm comércio com todos os Extremos.

O Arquimago concordou.

— Mas — pontuou Arren, cauteloso — você não tem o sotaque do Enlad.

— Eu sei. Tenho sotaque gontês — replicou o colega, e riu, erguendo os olhos para o leste, cada vez mais radiante. — Mas acho que posso pegar emprestado de você aquilo de que preciso. Então, viemos de Temere em nosso barco *Golfinho*, e não sou nenhum senhor nem mago nem Gavião, mas... como me chamo?

— Falcão, meu senhor.

Arren imediatamente mordeu a língua.

— Pratique, sobrinho — sugeriu o Arquimago. — Isso exige prática. Você nunca foi nada além de um príncipe. Já eu fui muitas coisas, a última delas e talvez a menos importante: arquimago... Vamos para o sul procurar por emelita, aquela coisa azul de que fazem amuletos. Sei que a valorizam em Enlad. Fazem amuletos com ela contra reumatismo, mau jeito, torcicolo e língua solta.

Depois de um instante, Arren riu. Quando levantou a cabeça, o barco se ergueu em uma onda comprida e ele avistou a beirada do sol contra a borda do oceano, um clarão dourado e repentino diante deles.

Gavião ficou de pé com a mão apoiada no mastro, pois o barquinho saltava nas ondas agitadas, e, mirando o sol nascente do equinócio de primavera, ele cantou. Arren não conhecia a Língua Arcaica, a língua dos feiticeiros e dos dragões, mas compreendeu o louvor e a alegria nas palavras, e havia nelas um ritmo cadenciado como os altos e baixos das marés ou a harmonia entre dia e noite, um sucedendo o outro eternamente. Gaivotas grasnavam ao vento, as margens da Baía de Thwil deslizavam para a direita e para a esquerda, e eles entraram nas longas ondas, plenamente iluminadas, do Mar Central.

A viagem não é longa de Roke ao Povoado de Hort, mas os dois passaram três noites no mar. O Arquimago tivera urgência em partir, mas, assim que partiu, tornou-se extremamente paciente. Os ventos sopraram em contrário assim que eles se afastaram das águas encantadas de Roke, mas ele não invocou o vento mágico para a navegação, como qualquer manipulador do clima poderia ter feito; pelo contrário, passou horas ensinando a Arren como manobrar o barco na adversidade do vento contrário, no mar rochoso a leste do Issel. Na segunda noite, choveu: a chuva áspera e fria de março, mas ele não proferiu nenhum feitiço para afastá-la. Na noite seguinte, enquanto permaneciam diante da entrada do Porto de Hort, em uma escuridão calma, fria e nebulosa, Arren pensou e concluiu que, no pouco tempo que o conhecia, o Arquimago não fez nenhuma mágica sequer.

Era, no entanto, um marinheiro sem igual. Arren aprendeu mais em três dias de navegação com ele do que em dez anos de passeios e competições na Baía de Berila. E a diferença entre mago e marinheiro não é tão grande assim; os dois trabalham com os poderes do céu e do mar, e dobram as ventanias por meio das mãos, trazendo para perto o que está longe. Arquimago ou Falcão, o comerciante do mar, era tudo a mesma coisa.

Era um homem um tanto silencioso, embora extremamente bem-humorado. Nada na falta de jeito de Arren o irritava; ele era cordial; não poderia haver melhor colega de bordo, pensava Arren. Mas ele se entregava aos próprios pensamentos e ficava em silêncio por horas e horas; depois, quando dizia alguma coisa, havia aspereza em sua voz, e ele parecia olhar para Arren sem o enxergar. Tal fato não diminuía a intensidade do amor que o garoto sentia por ele, mas talvez tenha reduzido um pouco o apreço; aquilo era um pouco assustador. Talvez Gavião tenha percebido isso, pois naquela noite nebulosa no mar das praias de Wathort, começou a falar a Arren, com certa hesitação, sobre si mesmo.

— Não quero voltar à convivência dos homens amanhã — anunciou ele. — Tenho fingido que sou livre... que não há nada errado no mundo. E que não sou o Arquimago ou sequer um ocultista; que sou o Falcão de Temere, que não tem responsabilidades ou privilégios, que não deve nada a ninguém... — Ele parou de falar e, depois de algum tempo, continuou: — Tente fazer uma escolha cautelosa, Arren, quando as grandes escolhas precisarem ser feitas. Quando eu era jovem, tive de escolher entre a vida do ser e a vida da ação. E lancei-me a esta última como uma truta que pega uma mosca. Mas você é enredado por todos os seus feitos, todos os seus atos, e pelas consequências deles, e isso o obriga a agir outra vez e mais outra. Por isso, é raro encontrar-se em um espaço e em um tempo como este, em que você pode parar e apenas ser. Ou ponderar quem você é, afinal.

Como, pensou Arren, um homem daquele poderia estar em dúvida sobre quem e o que era? Ele acreditava que dúvidas do tipo estavam reservadas a jovens, que ainda não haviam realizado nada.

O barco oscilava na escuridão ampla e fria.

— É por isso que gosto do mar. — A voz do Gavião soou no escuro.

Arren o compreendia; mas seus próprios pensamentos avançavam, como haviam feito durante todos aqueles três dias e noites, para a empreitada deles, o objetivo da viagem de barco. E como seu companheiro estava, enfim, com disposição para conversar, perguntou:

— Acha que vamos encontrar o que procuramos no Povoado de Hort?

Gavião sacudiu a cabeça, talvez querendo dizer que não, talvez querendo dizer que não sabia.

— Pode ser um tipo de epidemia, uma peste, que é levada de uma terra a outra, arruinando as colheitas, os rebanhos e o espírito dos homens?

— Uma epidemia é um movimento da grande Harmonia, do Equilíbrio em si... Isso é diferente. Carrega o cheiro do mal. Podemos sofrer quando a harmonia das coisas se ajusta, mas não perdemos a esperança nem renunciamos à arte e esquecemos as palavras da Criação. A Natureza não é antinatural. Não se trata de um ajuste da Harmonia, e sim de sua perturbação. Há apenas uma criatura que pode provocar isso.

— Um homem? — Arren arriscou.

— Nós, os homens.

— Como?

— Com um desejo desmedido pela vida.

— Pela vida? Mas é errado desejar viver...?

— Não. Mas quando ansiamos pelo poder sobre a vida... Riqueza infinita, segurança invencível, imortalidade... Aí o desejo torna-se ganância. E se o conhecimento se alia a essa ganância, sobrevém o mal. Então, a harmonia do mundo é abalada e a ruína pesa muito na balança.

Arren remoeu a ideia durante um tempo e, por fim, sugeriu:

— Então acha que é um homem o que procuramos?

— Um homem, que é um mago. Sim, acho.

— Mas pensei, pelo que meu pai e meus professores ensinaram, que as grandes artes da feitiçaria dependiam da Harmonia, do Equilíbrio das coisas, e por isso poderiam não ser usadas para o mal.

— Esse — comentou Gavião, um tanto irônico — é um tema de debate. "Infinitos são os debates entre os magos." Todas as regiões de

Terramar conhecem bruxas que lançam feitiços impuros, ocultistas que usam suas artes para obter riqueza. Mas há mais do que isso. O Senhor do Fogo, que tentou destruir a escuridão e estagnar o sol no meio-dia, era um excelente mago; mesmo Erreth-Akbe dificilmente o venceria. O Inimigo de Morred foi outro exemplo. Por onde ele esteve, cidades inteiras se ajoelharam a seus pés; exércitos lutaram por ele. O feitiço que ele teceu contra Morred foi tão poderoso que, mesmo depois que ele morreu, não se pôde interrompê-lo. A ilha do Soléa foi assolada pelo mar, e tudo nela pereceu. Esses foram homens cuja força e conhecimento excepcionais serviram ao mal e se alimentaram dele. Se a feitiçaria que serve ao objetivo do bem pode se mostrar sempre mais forte, não sabemos. Mas é o que esperamos.

Havia certa desolação em encontrar esperança onde se imaginava haver certeza. Arren percebeu que não estava disposto a permanecer naqueles terrenos gélidos. Depois de algum tempo, disse:

— Entendo por que você diz que só os homens fazem o mal, acho. Até os tubarões são inocentes; eles matam porque precisam.

— É por isso que nada mais pode resistir a nós. Apenas uma criatura no mundo pode resistir a um homem de mau coração. E essa criatura é outro homem. Em nossa vergonha reside nossa glória. Apenas nosso espírito, que é capaz do mal, é capaz de superar o mal.

— Mas e os dragões? — perguntou Arren. — Eles não causam um grande mal? Eles são inocentes?

— Os dragões! Os dragões são avarentos, insaciáveis, traiçoeiros; não têm compaixão nem remorso. Mas eles são maus? Quem sou eu para julgar os atos dos dragões? Eles são mais sábios do que os homens. É a mesma coisa com eles e com os sonhos, Arren. Nós, homens, sonhamos os sonhos, executamos a magia, fazemos o bem, fazemos o mal. Os dragões não sonham. Eles são sonhos. Não executam a magia: ela é a substância, o ser deles. Eles não fazem; eles são.

— Em Serilune — contou Arren — está a pele de Bar Oth, morto por Keor, Príncipe de Enlad, três centenas de anos atrás. Nenhum dragão foi a Enlad desde aquele dia. Eu vi a pele do Bar Oth. É pesada como ferro e tão grande que, se a estendêssemos, ela cobriria todo o mercado de Serilune, segundo disseram. Os dentes são tão longos quanto os meus antebraços. Mesmo assim, disseram que Bar Oth era um dragão jovem, não adulto.

— Há em você um desejo — comentou o Gavião — de ver dragões.

— Sim.

— O sangue deles é frio e venenoso. Você não deve encará-los nos olhos. Eles são mais antigos do que a humanidade... — Ele ficou em silêncio por algum tempo e depois prosseguiu: — E, ainda que eu viesse a esquecer ou me arrepender de tudo que já fiz, ainda me lembraria de que certa vez vi os dragões ao pôr do sol em pleno voo sobre as ilhas ocidentais; e ficaria satisfeito.

Ambos ficaram em silêncio e não houve mais som algum além do sussurro da água no barco, e a escuridão. Então, finalmente adormeceram ali, sobre águas profundas.

**

Na bruma cintilante da manhã, os dois entraram no Porto de Hort, onde uma centena de embarcações estavam ancoradas ou saindo em viagem: barcos de pescadores, caranguejeiros, arrastões, navios mercantes, duas galés de vinte remos, uma imensa galé de sessenta remos mal restaurada e alguns barcos à vela estreitos, longos, com velas triangulares e altas projetadas para pegar os ventos altos das águas calmas e quentes do Extremo Sul.

— É um navio de guerra? — perguntou Arren quando passaram por uma das galés de vinte remos, e o colega respondeu:

— Um navio de pessoas escravizadas, imagino, pelos ferrolhos das correntes no porão. No Extremo Sul, vendem-se homens.

Arren ponderou por um instante e então foi até a caixa de equipamentos e dela tirou a espada, que havia envolvido com cuidado e escondido de manhã, antes de seguirem viagem. Desembrulhou-a e ficou parado, indeciso, segurando com as duas mãos a espada embainhada, de onde pendia o cinto.

— Esta não é a espada de um comerciante — afirmou. — A bainha é muito requintada.

Gavião, ocupado no leme, olhou-o de relance.

— Pode carregá-la, se quiser.

— Achei que seria sensato.

— Comparada a outras espadas, essa é pura sensatez — disse seu companheiro, de olhos atentos à passagem da baía apinhada. — Não é uma espada que reluta em ser usada?

Arren fez que sim com a cabeça.

— É o que dizem. Mas ela já matou. Matou homens. — Ele olhou para o cabo delgado, desgastado por mãos. — Ela matou; mas eu, não. E isso faz com que me sinta um tolo. Ela é muito mais velha do que eu... Vou pegar meu facão — concluiu ele, embrulhando a espada outra vez e enfiando-a no fundo da caixa de equipamentos. A expressão em seu rosto era de perplexidade e irritação.

Gavião não se manifestou, até perguntar:

— Pode pegar os remos agora, rapaz? Estamos indo para o cais, ali perto das escadas.

O Povoado de Hort, um dos Sete Grandes Portos do Arquipélago, erguia-se da orla barulhenta pelas encostas de três colinas íngremes em um emaranhado de cores. As casas eram rebocadas com argila vermelha, laranja, amarela e branca; cobertas com telhas vermelho-púrpura; pendigueiros floridos formavam massas vermelhas ao longo das ruas mais elevadas. Toldos listrados e vistosos abriam-se de um telhado a outro, fazendo sombra para mercados estreitos. Os cais cintilavam à luz do sol; as ruas que se afastavam da orla eram fendas escuras repletas de sombras, pessoas e ruídos.

Quando amarraram o barco, Gavião se inclinou por cima dos ombros de Arren, como se verificasse o nó, e falou:

— Arren, há pessoas em Wathort que me conhecem muito bem; então, olhe para mim, para que você possa me reconhecer. — Assim que endireitou o corpo, não havia cicatriz em seu rosto. Seu cabelo estava bastante grisalho e o nariz estava grosso e um pouco arrebitado; e, em vez de segurar um cajado de teixo da sua altura, carregava

um bastão de marfim, que escondeu dentro de sua camisa. — Tu me reconheces? — perguntou a Arren com um sorriso largo, e falou com o sotaque de Enlad. — Já viste teu tio antes?

Arren já tinha visto feiticeiros na corte de Berila mudarem o rosto quando representavam a Saga de Morred e sabia que era apenas ilusão; manteve-se calmo e conseguiu dizer:

— Ó, por certo, tio Falcão!

Mas, enquanto o mago barganhava com um guarda do porto a taxa de atracação e vigilância do barco, Arren ficou observando-o, para ter certeza de que o reconhecia. E, enquanto observava, a transformação o confundia mais, não menos. Foi uma transformação completa, aquele não era o Arquimago de forma alguma, não era nenhum guia e líder sábio... A taxa do guarda era alta; Gavião a pagou resmungando e se afastou com Arren, ainda resmungando.

— Um teste para minha paciência — reclamou. — Pagar esse ladrão barrigudo para vigiar meu barco! Quando meio feitiço faria o dobro do trabalho! Enfim, é o preço do disfarce... E me esqueci da minha fala respeitosa, não é, sobrinho?

Estavam caminhando por uma rua apinhada, fedorenta e ruidosa, com as laterais repletas de lojas que eram pouco mais do que barracas, e cujos proprietários ficavam à entrada, entre amontoados de mercadorias, proclamando em voz alta a beleza e barateza de suas panelas, roupas de baixo, chapéus, pás, alfinetes, bolsas, chaleiras, cestos, anzóis, facas, cordas, ferrolhos, roupas de cama e todos os demais tipos de artigos metálicos e miudezas.

— É uma feira?

— Hein? — falou o homem de nariz arrebitado, inclinando a cabeça grisalha.

— É uma feira, tio?

— Feira? Não, não. Eles têm isso o ano todo por aqui. Guarde seus bolinhos de peixe, patroa, já tomei meu café! — E Arren tentou se desvencilhar de um homem com uma bandeja cheia de garrafinhas de latão, que o seguia de perto, choramingando:

— Compre, experimente, jovem mestre boa-pinta, eles não vão decepcionar você, hálito tão doce quanto os das rosas de Numima, as mulheres vão ficar encantadas por você, experimente, jovem lorde do mar, jovem príncipe...

De repente, Gavião estava entre Arren e o mascate, dizendo:

— Que encantos são esses?

— Não são encantos! — gemeu o homem, encolhendo-se. — Não vendo encantos, comandante! Apenas xaropes para adoçar o hálito depois da bebida ou da raiz de házia... São só xaropes, grande príncipe! — Ele se agachou junto às pedras do calçamento, as garrafas da bandeja tilintando e chacoalhando, algumas delas virando a ponto de uma ou outra gota da substância pegajosa ali dentro escorrer, rosada ou arroxeada, pela borda.

Gavião se afastou sem falar e continuou andando com Arren. A multidão logo diminuiu e as lojas se tornaram terrivelmente pobres, meras casinholas em que toda a mercadoria exposta era um punhado de pregos tortos, um pilão quebrado e uma velha escova de lã. Aquela pobreza não enojou Arren tanto quanto o restante; na parte rica da rua sentiu-se sufocado, asfixiado pela pressão dos itens à venda e pelas vozes gritando que comprasse e comprasse. E a submissão do mascate o deixou chocado. Ele pensou nas ruas frescas e iluminadas de seu povoado no norte. Em Berila, refletiu, nenhum homem se humilharia daquela maneira para um estranho.

— Este povo é imundo! — comentou ele.

— Por aqui, sobrinho. — Foi tudo o que seu companheiro respondeu. Eles viraram para o lado, entrando em uma passagem entre paredes altas, vermelhas e sem janelas de casas, que seguia pela encosta e por uma arcada enfeitada com bandeiras deterioradas, saindo novamente à luz do sol em uma praça escarpada, em outro mercado, lotado de tendas e barracas, um enxame de gente e moscas.

Às margens da praça, estava um número grande de homens e mulheres, sentados ou deitados de costas, imóveis. Na boca, um curioso aspecto enegrecido, como se tivessem sofrido escoriações, e, em volta dos lábios, enxames de moscas que se juntavam em grupos, como cachos de groselha seca.

— São tantos — comentou Gavião em voz baixa e apressada, como se também estivesse em choque; mas, quando Arren olhou para ele, encontrou o rosto sincero e sereno do robusto comerciante Falcão, que não revelava incômodo algum.

— O que há de errado com essas pessoas?

— Házia. Ela acalma e entorpece, libertando o corpo da mente. E a mente vaga livre. Mas, quando ela retorna ao corpo, precisa de mais házia... E o desejo cresce e a vida encurta, pois a substância é veneno. Primeiro começa um tremor, e depois, a paralisia, por fim, a morte.

Arren observou uma mulher sentada, com as costas apoiadas em uma parede aquecida pelo sol; ela ergueu a mão como se afastasse as moscas do rosto, mas a mão fez um movimento vacilante, arisco, no ar, como se ela tivesse se esquecido de fazê-lo e fosse impulsionada pela tensão de uma paralisia ou por um tremor muscular. O gesto parecia um sortilégio esvaziado de qualquer intenção, um feitiço sem significado.

Falcão também estava olhando para ela, inexpressivo.

— Vamos! — chamou.

Ele foi à frente, atravessando o mercado até uma tenda sombreada por um toldo. Raios de luz do sol coloridos de verde, laranja, verde-limão, carmim e azul-celeste transpassavam tecidos, xales e cintos trançados ali expostos, e dançavam, multiplicando-se, nos espelhinhos que enfeitavam o turbante alto e emplumado da mulher que vendia aquelas coisas. Ela era grande e gritava em voz grave:

— Sedas, cetins, lonas, peles, feltros, lãs, felpas de Gont, gazes do Sowl, sedas de Lorbanery! Ei, vocês, homens do norte, tirem esses casacões compridos; não estão vendo o sol que está fazendo? Querem levar isso para uma garota que ficou em casa, lá longe, em Havnor? Olhem só, seda do sul, fina como uma aleluia! — Com mãos hábeis, ela abriu uma peça de seda transparente cor-de-rosa raiada com fios prateados.

— Nada, patroa, não somos casados com rainhas — respondeu Falcão, e a voz da mulher soou alta como um rugido:

— Então com o que vocês vestem as mulheres de vocês? Estopa? Lona de barco? Unhas de fome, não compram nem um pedaço de seda para uma mulher que fica congelando na neve sem fim do norte! Então essa felpa gontesa, para ajudar você a aquecer a mulher à noite, no inverno! — Ela jogou sobre o balcão um grande quadrado bege e marrom, tecido com o pelo macio das cabras das ilhas do nordeste. O falso comerciante estendeu a mão para tocá-lo e sorriu.

— Ei, você é gontês? — perguntou a voz estridente, e o turbante, em um balanço, lançou milhares de pontos coloridos rodando pelo toldo e os tecidos.

— Isso é feito nas Andrades, está vendo? São só quatro fios de urdidura da grossura de um dedo. Gont usa seis ou mais. Mas me diga: por que parou de trabalhar com magia para vender farrapos? Quando estive aqui, anos atrás, vi você tirando labaredas das orelhas dos homens, e depois transformar as labaredas em pássaros e ramos de sinos-dourados, e aquele era um negócio melhor do que este.

— Não era negócio coisa nenhuma — decretou a mulherona, e por um instante Arren percebeu os olhos dela, severos e duros como ágatas, atentos a ele e ao Falcão, por trás da cintilação e do balanço inquieto das penas e do brilho dos espelhos.

— Era bonito aquilo de tirar fogo das orelhas — afirmou Falcão, em um tom sério, mas ingênuo. — Pensei em mostrar para o meu sobrinho.

— Certo, mas veja — falou a mulher, agora menos áspera, apoiando seus braços amplos e marrons e seu peito pesado no balcão. — Não fazemos mais aqueles truques. As pessoas não querem mais. Não se deixam mais enganar por aquilo. Mas esses espelhos, estou vendo que você se lembra dos meus espelhos. — E ela meneou a cabeça para que os reflexos de luz colorida girassem de modo vertiginoso em volta deles. — Bem, você pode confundir a mente de um homem com o brilho dos espelhos, com palavras e com outros truques que não vou contar, até que ele acredite ver o que não vê, o que não está lá. Como as chamas e os sinos-dourados, ou os trajes com que eu costumava cobrir os marinheiros, feitos de tecido de ouro com diamantes do tamanho de damascos, e eles se pavoneavam como o Rei de Todas as Ilhas... Mas eram truques, enganação. Dá para enganar os homens. São como galinhas encantadas por uma cobra, por um dedo na frente delas. Os homens são como as galinhas. Mas, no fim das contas, sabem que foram enganados e enrolados e ficam com raiva, perdem o gosto por essas coisas. Por isso, entrei neste ramo, e talvez as sedas todas não sejam sedas, nem as felpas gontesas, mas todas servem para vestir... Elas servem para vestir. São de verdade, não simples mentiras ou ar, como os trajes de ouro.

— Ora, ora — disse o Falcão —, então não sobrou ninguém no Povoado de Hort para tirar fogo de orelhas ou fazer alguma magia, como faziam?

Ao ouvir as últimas palavras, a mulher franziu a testa; ela se endireitou e começou a dobrar a felpa meticulosamente.

— Aqueles que querem mentiras e visões mascam házia — respondeu ela. — Converse com eles, se quiser! — Com a cabeça, ela indicou as figuras estáticas em volta da praça.

— Mas aqui havia ocultistas, daqueles que encantam os ventos para os marinheiros e lançam feitiços de prosperidade sobre as cargas. Todos eles mudaram de ramo?

Mas, em uma fúria repentina, a mulher começou a vociferar mais alto do que as palavras dele:

— Tem um ocultista, se você quiser um, dos grandes, um feiticeiro com cajado e tudo... Olhe ali. Ele veio navegando com Egre em pessoa, manipulando os ventos e descobrindo galés ricas; foi o que ele disse, mas era tudo mentira, e o Capitão Egre lhe deu o castigo justo: cortou a mão direita dele fora. E ele está sentado ali, olhe, com a boca cheia de házia e a barriga cheia de ar. Ar e mentiras! Ar e mentiras! É tudo o que sobrou da sua magia, Bode, o Capitão do Mar!

— Ora, ora, patroa — respondeu Falcão com uma brandura obstinada —, eu só estava perguntando. — Ela virou de costas, produzindo um grande brilho ofuscante de reflexos de espelho em rotação, e Falcão saiu andando sem pressa, com Arren ao lado.

O caminhar lento dele era decidido. Levou-os até o homem para quem ela havia apontado. Ele estava sentado, apoiado contra uma parede, contemplando o nada; o rosto escuro já tinha sido muito bonito no passado. O pulso decepado, enrugado, encontrava-se sobre as pedras do calçamento à luz quente e radiante do sol, em um gesto de vergonha.

Havia algum alvoroço nas tendas atrás deles, mas Arren tinha dificuldade em desviar o olhar do homem; o fascínio do ódio o impedia.

— Ele era mesmo um feiticeiro? — perguntou Arren, em voz muito baixa.

— Talvez seja um chamado de Lebre, que foi o manipulador de ventos do pirata Egre. Eram ladrões famosos... Aqui, abra caminho, Arren! — Um homem, saindo do meio das tendas e correndo a toda velocidade, quase se chocou contra eles. Outro passou trotando, empenhando-se para sustentar o peso de uma grande caixa cheia de cordas, cordões e rendas. Uma tenda desabou, causando estrondo; toldos eram recolhidos ou desmontados às pressas; emaranhados de pessoas se empurravam e se engalfinhavam por todo o mercado; vozes se erguiam aos gritos e berros. Acima de tudo isso, ouvia-se o brado da mulher do turbante de espelhos. Arren a avistou empunhando algum tipo de barrote ou bastão contra um bando do homens, defendendo-se deles com movimentos amplos como os de um espadachim acossado. Se foi uma discussão que se espalhou e se transformou em motim ou no ataque de uma quadrilha de ladrões, ou em uma briga entre dois grupos de mascates, não havia como dizer. As pessoas passavam correndo com os braços cheios de mercadorias que poderiam ser pilhagem ou propriedade própria sendo protegida da pilhagem. Havia briga de faca, briga de soco e discussão por toda a praça.

— Por ali — falou Arren, apontando para uma rua lateral próxima, que levava para longe da praça. Ele apressou o passo em direção à rua, pois estava evidente que era melhor saírem dali de uma vez, mas seu companheiro o puxou pelo braço. Arren olhou para trás e viu o homem, Lebre, esforçando-se para ficar em pé. Quando conseguiu, cambaleou por um instante, e depois, sem olhar à sua volta, começou a circundar as margens da praça, arrastando a única mão pelas paredes das casas para se orientar e se sustentar.

— Não o perca de vista — orientou Gavião, e o seguiram. Ninguém os importunou, nem ao homem que seguiam, e em um minuto estavam fora da praça do mercado, descendo a encosta, no silêncio de uma rua estreita, sinuosa.

Acima deles, os sótãos das casas quase se encostavam aos do outro lado da rua, cortando a entrada da luz; sob seus pés, as pedras estavam escorregadias por causa da água e do lixo. Lebre seguia em um ritmo bom, mas continuava arrastando a mão pelas paredes, cego. Eles tinham de segui-lo bem de perto a fim de não se perderem do homem em alguma rua transversal. De repente, a emoção da perseguição tomou Arren; seus sentidos ficaram todos em alerta como durante a caça a um cervo nas florestas de Enlad; ele viu nitidamente cada rosto por que passavam e inalava o fedor adocicado da cidade: um cheiro de lixo, incenso, carniça e flores. Enquanto abriam caminho por outra rua, ampla e apinhada, Arren ouviu a batida de um tambor e avistou uma fila de homens e mulheres nus, acorrentados uns aos outros pelo pulso e pela cintura, com os cabelos emaranhados caindo sobre o rosto: em um piscar de olhos, haviam desaparecido, enquanto ele seguia, furtivo, atrás de Lebre, descendo uma escadaria e chegando a uma praça estreita, vazia, exceto por algumas mulheres que futricavam junto à fonte.

Ali, Gavião alcançou Lebre e colocou a mão sobre o seu ombro, ao que Lebre se encolheu como se tivesse sido escaldado, recuando para a entrada de um grande abrigo. Ele ficou ali, tremendo, fixando neles os olhos cegos de uma caça.

— Você se chama Lebre? — perguntou Gavião, falando com a própria voz, que tinha uma aspereza característica, mas era branda na entonação. O homem não disse nada, parecendo não dar atenção nem escutar. — Quero uma coisa de você — Gavião continuou. Outra vez, não houve resposta. — Eu pago.

Uma reação lenta:

— Marfim ou ouro?

— Ouro.

— Quanto?

— O feiticeiro conhece o valor de um feitiço.

O rosto de Lebre expressou medo e se transformou, tornando-se vivo por um instante tão repentino que pareceu cintilar e, em seguida, enuviou-se outra vez no vazio.

— Tudo se foi — lamentou ele —, se foi. — Uma tosse fez com que ele se dobrasse; ele expeliu um cuspe preto. Quando se endireitou, ficou passivo, tiritando, aparentemente esquecido do que estavam falando.

Arren o observou, novamente fascinado. O ângulo em que ele estava era formado por duas silhuetas gigantes que flanqueavam a entrada, estátuas cujos pescoços pendiam sob o peso de um frontão e cujos corpos de músculos nodosos emergiam apenas parcialmente da parede, como se tivessem tentado sair da pedra com muito esforço e ganhar vida, mas fracassassem no meio do caminho. A porta que defendiam tinha as dobradiças podres; a casa, que já fora um palácio, estava em ruínas. As faces sombrias e estufadas dos gigantes estavam lascadas e cobertas de líquen. Entre aquelas formas pesadas, achava-se o homem chamado Lebre, indolente e debilitado, seus olhos tão escuros quanto as janelas da casa vazia. Ele ergueu o braço cortado entre o próprio corpo e o do Gavião e queixou-se:

— Uma caridade para um pobre amputado, mestre...

O mago franziu a testa, como se estivesse com dor ou vergonha; Arren sentiu ter visto o verdadeiro rosto dele por um instante, sob o disfarce. Ele colocou a mão novamente no ombro de Lebre e proferiu algumas palavras, baixinho, na língua da feitiçaria, que Arren não compreendia.

Mas Lebre as compreendeu. Ele agarrou Gavião com a única mão que tinha e balbuciou:

— Você ainda consegue falar... Falar... Venha comigo, venha...

O mago olhou para Arren e, em seguida, assentiu.

Eles desceram por ruas íngremes até um dos vales entre as três colinas do Povoado de Hort. Os caminhos se tornaram mais estreitos, mais escuros e silenciosos à medida que desciam. O céu era uma faixa pálida entre os beirais das casas, cujas paredes, dos dois lados do caminho, estavam úmidas. No fim do desfiladeiro, corria um riacho fétido como esgoto a céu aberto; entre pontes em arco, as casas se apinhavam ao longo das margens. Na entrada escura de uma dessas casas, Lebre virou para o lado, desaparecendo como uma vela apagada. Eles o seguiram.

A escadaria sem iluminação rangia e balançava a cada passo. No alto dos degraus, Lebre abriu uma porta, e puderam ver onde estavam: um quarto vazio com um colchão de palha em um dos cantos e uma janela sem vidraça, fechada, que só deixava entrar um pouco de luz e pó.

Lebre voltou o rosto para Gavião e segurou-o pelo braço de novo. Os lábios dele entraram em ação. Enfim, o homem falou, gaguejando:

— Dragão... Dragão...

Gavião retribuiu o olhar firmemente, sem dizer nada.

— Não consigo falar — revelou Lebre, e soltou o braço de Gavião, agachando-se no chão, chorando.

O mago se ajoelhou com ele e falou brandamente na Língua Arcaica. Arren se manteve perto da porta fechada, segurando o cabo de sua faca. A luz cinzenta e o quarto empoeirado, os dois contornos ajoelhados, o som suave e estranho da voz do mago falando no idioma dos dragões, tudo se sobrepôs como em um sonho, sem qualquer relação com o que acontece no mundo externo ou com a passagem do tempo.

Lebre se levantou devagar. Tirou o pó dos joelhos com sua única mão e escondeu o braço cortado nas costas. Espiou à sua volta e fitou Arren; agora, ele enxergava o que havia diante de seus olhos. Virou--se no mesmo instante e se sentou no colchão. Arren permaneceu em pé, vigilante; mas Gavião, com a simplicidade de alguém cuja infância foi totalmente desprovida de mobília, sentou-se de pernas cruzadas no chão vazio.

— Explique para mim como você perdeu seu ofício e a língua própria do seu ofício — pediu.

Lebre não respondeu durante algum tempo. Começou a bater o braço mutilado contra a coxa de um modo inquieto, arisco, e acabou falando, forçando as palavras a saírem em lufadas:

— Cortaram minha mão. Não consigo tecer os feitiços. Cortaram minha mão fora. O sangue escorreu, secou.

— Mas isso foi depois de você perder seu poder, Lebre, ou então não conseguiriam fazer isso.

— Poder...

— Poder sobre os ventos, as ondas e os homens. Você os chamava pelo nome e eles obedeciam.

— Sim. Eu me lembro de estar vivo — sussurrou o homem em uma voz baixa e rouca. — E eu sabia as palavras e os nomes...

— Você está morto agora?

— Não. Vivo. Vivo. Só uma vez eu fui um dragão... Não estou morto. Durmo, às vezes. O sono chega bem perto da morte, todo mundo sabe disso. Os mortos entram nos sonhos, todo mundo sabe disso. Eles vêm até você vivos e dizem coisas. Saem da morte para dentro dos sonhos. Existe um caminho. E, se você for longe o bastante, acha um jeito de refazer o caminho de volta. O caminho todo. Você encontra, se souber onde procurar. E se estiver disposto a pagar o preço.

— Que preço é esse? — A voz de Gavião pairava no ar opaco como a sombra da queda de uma folha.

— A vida... O que mais? Com o que você pode comprar a vida, se não com vida? — Lebre balançava para a frente e para trás em seu catre; havia um esplendor perspicaz, estranho, em seus olhos. — Entende? Eles podem cortar minha cabeça fora. Não importa. Consigo achar o caminho de volta. Sei onde procurar. Só os homens de poder podem ir até lá.

— Feiticeiros, você quer dizer?

— Sim. — Lebre hesitou, pareceu ensaiar aquela palavra várias vezes; não conseguiu dizê-la. — Homens de poder — repetiu. — E eles precisam... Precisam entregar. Pagar.

Então, ele ficou mal-humorado, como se a palavra "pagar" tivesse despertado associações e ele tivesse percebido que estava dando uma informação de graça, em vez de vendê-la. Nada mais se poderia tirar dele, nem mesmo indícios ou palavras gaguejadas sobre "um caminho de volta", algo que Gavião pareceu considerar significativo, então, o mago logo se levantou.

— Certo, para bom entendedor, meia palavra basta — disse ele —, isso também vale para o pagamento. — Habilidoso como um ilusionista, ele lançou uma moeda de ouro no catre de Lebre. Lebre a pegou. Olhou para a moeda, para Gavião e para Arren, com movimentos ariscos de cabeça.

— Espere — gaguejou ele. Assim que a situação mudou, ele perdeu a firmeza e ensaiava tristemente o que queria dizer. — Hoje à noite — falou, por fim. — Espere. Esta noite. Tenho házia.

— Não preciso disso.

— Para mostrar para você... Para lhe mostrar o caminho. Hoje à noite. Eu o levo. Eu mostro. Você consegue chegar até lá, porque você... Você é... — Ele ensaiou a palavra até que Gavião a verbalizou:

— Eu sou um feiticeiro.

— Sim! Então nós podemos... Podemos chegar lá. No caminho. Quando eu sonho. No sonho. Entende? Levo você. Você vai comigo, para o... Para o caminho.

Gavião permaneceu firme e refletindo na opacidade do quarto.

— Talvez — respondeu, por fim. — Se viermos, estaremos aqui ao anoitecer. — Então ele se virou para Arren, que abriu a porta de imediato, ansioso para sair dali.

A rua úmida e sombria pareceu clara como um jardim em comparação com o quarto de Lebre. Eles rumaram para a cidade alta pelo caminho mais curto, uma escadaria íngreme de pedra entre paredes cobertas de hera. Arren inspirou e expirou como um leão-marinho.

— Eca! Você vai voltar lá?

— Bom, vou, sim, se não conseguir obter a mesma informação de uma fonte menos perigosa. Ele provavelmente vai armar uma emboscada para nós dois.

— Mas você não é protegido contra ladrões e tudo o mais?

— Protegido? — questionou Gavião. — O que quer dizer? Acha que ando por aí envolto em feitiços, que nem uma velha com medo de reumatismo? Não tenho tempo para isso. Escondo meu rosto para encobrir nossa busca, só isso. Podemos cuidar um do outro. Mas o fato é que não seremos capazes de ficar longe do perigo nesta jornada.

— É evidente que não — Arren respondeu, com hostilidade, em sua irritação orgulhosa. — Não procurei fazer isso.

— Melhor ainda — respondeu o mago, inflexível, e também com uma espécie de bom humor que apaziguou o temperamento de Arren. Na verdade, ele estava assustado por sentir raiva; nunca pensou em falar daquela maneira com o Arquimago. Porém, aquele era e não era o Arquimago, aquele era o Falcão de nariz arrebitado, faces com a barba por fazer, cuja voz às vezes era de um homem e outras vezes, de outro: um estranho, não confiável.

— Faz sentido aquilo que ele lhe disse? — Arren perguntou, pois não ansiava por voltar ao quarto opaco às margens do rio fétido. — Toda aquela baboseira de estar vivo e morto e retornar com a cabeça decepada?

— Não sei se faz sentido. Eu queria conversar com um feiticeiro que perdeu o poder. Ele diz que não o perdeu, mas o entregou... Trocou-o. Pelo quê? Vida por vida, foi o que afirmou. Poder por poder. Não, não o entendo, mas ele merece ser ouvido.

A racionalidade firme de Gavião envergonhou Arren ainda mais. Ele se sentiu petulante e nervoso, tal qual uma criança. Lebre o havia fascinado, mas agora que o fascínio se quebrara, sentia uma repulsa doentia, como se tivesse comido algo asqueroso. Ele decidiu não falar mais até conseguir controlar o próprio temperamento. Logo em seguida, errou um degrau na escadaria gasta e escorregadia, deslizou e se reequilibrou, esfolando as mãos nas pedras.

— Ai, que esse povoado imundo seja amaldiçoado! — Ele explodiu de raiva. E o mago respondeu secamente:

— Não será necessário, creio eu.

De fato, havia algo errado com o Povoado de Hort, errado com a atmosfera em si, a ponto de se poder pensar seriamente que o local estava sob uma maldição; ainda que não se tratasse de uma qualidade presente, e sim de uma ausência, um enfraquecimento de todas as qualidades, como uma doença que infectasse imediatamente o espírito de qualquer visitante. Até mesmo o calor do sol da tarde era debilitante, um calor pesado demais para março. As praças e ruas fervilhavam de atividades e negócios, mas nem mesmo ali havia ordem ou prosperidade. As mercadorias eram medíocres, os preços eram altos, e os mercados não eram seguros nem para quem vendia nem para quem comprava, pois estavam cheios de ladrões e gangues itinerantes. Não havia muitas mulheres nas ruas, e as poucas que havia apareciam geralmente em grupos. Era uma cidade sem lei nem governo. Conversando com as pessoas, Arren e Gavião logo descobriram que, de fato, não sobrara nenhum conselho, prefeito ou senhor no Povoado de Hort. Alguns dos antigos governantes da cidade tinham morrido, outros, renunciado, e outros ainda tinham sido assassinados; vários chefes controlavam vários bairros da cidade; os guardas administravam o porto, enchendo o bolso, e assim por diante.

À cidade, não restava mais um centro. O povo, apesar de toda a atividade incansável, parecia desprovido de propósito. Artesãos pareciam ter perdido a vontade de executar um bom trabalho; até mesmo os assaltantes só o faziam porque era a única coisa que sabiam fazer. Toda a balbúrdia e o brilho de uma grande cidade portuária estava ali, na superfície, mas nas margens do entorno, mascadores de házia jaziam, sentados, imóveis. E, sob a superfície, as coisas não pareciam inteiramente reais, nem mesmo os rostos, os sons, os odores. Tudo isso desvanecia de tempos em tempos, durante aquela tarde longa e quente, enquanto Gavião e Arren caminhavam pelas ruas e conversavam com esta ou aquela pessoa. Tudo praticamente desaparecia. Os toldos listrados, os paralelepípedos sujos, as paredes coloridas e toda a vivacidade da existência desapareceria, tornando a cidade um local onírico, vazio e lúgubre sob a luz enevoada do sol.

Somente no alto da cidade, para onde eles foram para descansar por algum tempo no fim da tarde, aquele humor doentio de devaneio foi brevemente interrompido.

— Este não é um povoado de sorte — dissera Gavião algum tempo antes, e agora, depois de horas vagando sem rumo e conversando inutilmente com estranhos, ele parecia cansado e sombrio. Seu disfarce estava se tornando um pouco gasto; certa dureza e obscuridade podiam ser vistas por trás do rosto fingido do comerciante marítimo. Arren conseguira se livrar da irritabilidade que o acometera pela manhã. Sentaram-se na turfa áspera do topo da colina sob as copas de um bosque de pendigueiros de folhas escuras e carregados de botões vermelhos, alguns abertos. Dali, não enxergavam nada da cidade além das telhas dos inúmeros telhados que desciam até o mar. A baía, de tom azul cinzento, abria seus braços sob a neblina da primavera, alcançando o ar. Nenhuma linha traçada, nenhum limite. Eles ficaram sentados observando o imenso espaço azul. A mente de Arren se esvaziou, abrindo-se para conhecer e celebrar o mundo.

Quando foram beber a água de um riacho próximo, que descia cristalina entre rochas marrons, direto da fonte em algum jardim principesco das colinas, ele deu um grande gole e afundou a cabeça na água fria. Depois, levantou-se e declamou versos da *Saga de Morred*.

Louvadas sejam as Fontes de Shelieth, a harpa de prata das águas,
Mas abençoe, em meu nome, para sempre, este rio que saciou minha sede!

Gavião riu dele, e ele riu junto. Arren chacoalhou a cabeça como um cachorro, e as gotas esvoaçaram no último raio dourado da luz do sol.

Tiveram de deixar o bosque e descer para as ruas de novo e, depois do jantar em uma estalagem que vendia bolinhos de peixe encharcados em óleo, a noite já pesava no céu. A escuridão caiu depressa sobre as ruas estreitas.

— Melhor irmos, rapaz — anunciou Gavião, e Arren perguntou:

— Para o barco? — Mas ele sabia que era não para o barco e sim para a casa às margens do rio e para o quarto vazio, empoeirado, terrível.

Lebre os esperava na entrada.

Ele acendeu uma lamparina a óleo para conduzir os convidados pela escadaria escura. A chama pequena tremia o tempo todo em sua mão, projetando sombras amplas e breves nas paredes.

Ele tinha conseguido um outro saco de palha para as visitas se sentarem, mas Arren ocupou seu posto no chão duro perto da porta.

A porta se abria para fora e, para vigiá-la, ele se sentou do lado de fora: mas aquele corredor escuro como breu era mais do que podia suportar e, além disso, ele queria ficar de olho em Lebre. A atenção, e talvez os poderes, de Gavião, estariam concentrados no que Lebre tinha para lhe dizer e lhe mostrar; cabia a Arren ficar alerta às armadilhas.

Lebre se manteve erguido e tremeu menos; ele havia limpado a boca e os dentes; falou com bastante sensatez no começo, apesar da agitação. À luz da lamparina, seus olhos eram tão escuros como os dos animais, pareciam desprovidos de branco. Ele discutiu honestamente com Gavião, encorajando-o a mascar házia.

— Quero levar você, levar você comigo. Temos de seguir pelo mesmo caminho. Não demora, e já vou, estando você pronto ou não. Você precisa da házia para me seguir.

— Acho que consigo seguir você.

— Não para onde vou. Isso não é como… lançar feitiços. — Ele parecia incapaz de proferir as palavras "mago" ou "magia". — Sei que você pode chegar ao… lugar, sabe, a parede. Mas não é lá. É um caminho diferente.

— Pode ir, eu consigo ir atrás.

Lebre sacudiu a cabeça. Seu rosto bonito, arruinado, estava ruborizado; ele olhou para Arren muitas vezes, para incluí-lo, embora só falasse com Gavião.

— Veja: existem dois tipos de homens, não é? O nosso tipo e o restante. Os… os dragões e os outros. Homens sem poder só estão meio vivos. Eles não contam. Não sabem o que sonham; eles têm medo do escuro. Mas os outros, os senhores dos homens, não têm medo de entrar na escuridão. Nós temos força.

— Contanto que saibamos os nomes das coisas.

— Mas nomes não têm importância lá… Essa é a questão, essa é a questão! Não é o que você faz, o que você sabe, de que você precisa. Feitiços não adiantam. Você tem que esquecer tudo e deixar para lá. É aí que mascar házia ajuda; você se esquece dos nomes, não se importa com as formas das coisas, você entra direto na realidade. Vou partir logo, se você quiser saber para onde, deve fazer o que eu mandar. Eu mando o que ele manda. Você deve ser um senhor dos homens para ser um senhor da vida. Tem de encontrar o segredo. Posso contá-lo, dizer-lhe o nome dele, mas o que é um nome? Um nome não é real, a realidade, a realidade eterna. Dragões não podem ir lá. Dragões morrem. Todos eles morrem. Masquei tanto esta noite que você nunca vai me alcançar. Nem chegar aos meus pés. Onde eu me perder, você pode me guiar. Lembra-se de qual é o segredo? Lembra? Não há morte. Não há morte... não! Nada de cama molhada de suor, de caixão apodrecendo, nada mais, nunca. O sangue seca como um rio seco e pronto. Nada de medo. Nada de morte. Os nomes desaparecem, as palavras e o medo desaparecem. Mostre para mim quando eu me perder, mostre, senhor...

Então ele continuou, em um arroubo sufocado de palavras que eram como o canto de um feitiço, mesmo sem criar nenhum feitiço, nenhuma unidade, nenhum sentido. Arren escutou, escutou, esforçando-se para entender. Se ao menos ele conseguisse entender! Gavião devia fazer o que ele disse e tomar a droga, só dessa vez, para poder descobrir sobre o que Lebre estava falando, o mistério que ele não queria ou não conseguia dizer. Afinal, para que estavam ali? Mas (Arren desviou os olhos do rosto estático de Lebre para a outra feição) talvez o mago já compreendesse... Aquela feição era dura como rocha. Onde estavam o nariz arrebitado e o olhar sereno? Falcão, o comerciante marítimo, desapareceu, foi esquecido. Era o mago, o Arquimago, que estava sentado ali.

Agora a voz de Lebre cantarolava baixinho, e ele balançava o corpo sentado de pernas cruzadas. O rosto tinha se tornado abatido, e a boca, mole. Diante dele, à luz fraca e constante da lamparina a óleo colocada no chão entre eles, o outro nada dizia, mas tinha estendido o braço e segurado a mão de Lebre, detendo-o. Arren não viu aquele movimento. Havia lacunas na ordem do acontecimentos, lacunas de inexistência... devia ser o sono. Com certeza, algumas horas tinham se passado; talvez fosse quase meia-noite. Se ele dormisse, também seria capaz de entrar no sonho de Lebre e chegar àquele lugar, ao caminho secreto? Talvez fosse. Parecia bastante possível. Mas ele estava ali para vigiar a porta. Ele e Gavião mal falaram a respeito, mas ambos estavam cientes de que, ao convidá-los naquela noite, Lebre talvez tivesse planejado alguma emboscada; ele havia sido pirata; conhecia ladrões. Eles não disseram nada, mas Arren sabia que devia manter a guarda, pois, enquanto estivesse em sua estranha jornada espiritual, o mago estaria desprotegido. Mas, tolo, ele havia deixado sua espada no barco, e de que adiantaria sua faca se aquela porta se abrisse de repente atrás de si? Mas isso não aconteceria; ele podia ouvir e escutar. Lebre não estava mais falando e os dois homens permaneciam em total silêncio; a casa toda estava silenciosa. Ninguém poderia subir aquelas escadas bambas sem fazer algum barulho. E ele podia falar, se ouvisse algum barulho: gritaria bem alto, e o transe se romperia e Gavião retornaria para defender a si mesmo e a Arren com todos os raios vingativos da ira de um feiticeiro... Quando Arren se sentou junto à porta, Gavião o espiou, apenas um relance de aprovação: aprovação e confiança. Ele era o vigia. Não havia perigo, contanto que se mantivesse vigilante. Mas era difícil, difícil continuar olhando aqueles dois rostos, a minúscula pérola da chama da lamparina entre ambos no chão, os dois agora em silêncio, os dois imóveis, com os olhos abertos, mas sem enxergar a luz ou o quarto empoeirado, sem enxergar o mundo, mas apenas algum outro mundo de sonho e morte... Observá-los sem tentar segui-los...

Ali, na escuridão vasta e seca, alguém chamava. *Venha*, dizia ele, o grande senhor das sombras. Na mão, segurava uma pequena chama, não maior do que uma pérola, e a entregou a Arren, oferecendo vida. Lentamente, Arren deu um passo em sua direção, seguindo-o.

CAPÍTULO 4
LUZ MÁGICA

Seca, a boca dele estava seca. O gosto na boca era de poeira. Os lábios estavam cobertos de poeira.

Sem levantar a cabeça do chão, observou o jogo de sombras. Havia as sombras grandes, que se moviam e se curvavam, inchavam e encolhiam, e as mais fracas, que passavam correndo pelas paredes e pelo teto, zombando das outras. Havia uma sombra no canto e outra no chão, e nenhuma delas se movia.

A nuca dele começou a doer. Ao mesmo tempo, o que via se tornou mais nítido em sua mente, um clarão, congelado em um instante: Lebre caído em um canto, com a cabeça entre os joelhos; Gavião esparramado de costas, um homem ajoelhado junto a Gavião, outro jogando moedas de ouro em um saco, um terceiro de pé, observando. O terceiro homem segurava uma lamparina em uma mão e uma adaga na outra, a adaga de Arren.

Se falavam, ele não os ouvia. Ouvia apenas os próprios pensamentos, que lhe disseram de imediato, sem hesitação, o que fazer. Ele os obedeceu de pronto. Arrastou-se bem devagar alguns metros para a frente, estendeu a mão esquerda e agarrou o saco da pilhagem, pôs-se de pé de um salto e correu para a escadaria com um grito rouco. Disparou para o pé da escada na escuridão opaca sem errar um degrau, sem sequer senti-los sob os pés, como se voasse. Saiu para a rua e correu a toda velocidade no escuro.

As casas eram cascos negros em um fundo estrelado. A luz das estrelas brilhava, tênue, no rio à sua direita, e, ainda que não conseguisse ver para onde levavam as ruas, ele conseguia distinguir as transversais e, assim, fazer as conversões e os retornos do caminho.

Eles o seguiam; Arren podia ouvi-los em seu encalço, não muito atrás. Estavam descalços, e o som de suas respirações ofegantes era mais alto que o dos passos. Ele riria, se tivesse tempo; enfim entendeu o que era ser a caça e não o caçador, a presa e não o líder da perseguição. Era estar só e ser livre. Ele dobrou à direita e se esquivou, atravessando uma ponte de parapeitos altos, entrou em uma rua lateral, virou uma esquina, voltou para a beira do rio e o margeou por um caminho, atravessando outra ponte. Os sapatos dele faziam barulho nos paralelepípedos, o único som em toda a cidade; ele parou na pilastra da ponte para soltá-los, mas os cadarços estavam presos em nós e os caçadores não o tinham perdido. A lamparina cintilou por um segundo do outro lado do rio; os pés maleáveis, pesados e rápidos estavam se aproximando. Ele não conseguiria escapar. Poderia apenas correr mais rápido do que eles, continuar, seguir em frente e levá-los para bem longe do quarto empoeirado...

Os homens haviam tirado o casaco de Arren junto à adaga, e ele estava apenas de camisa, leve e quente, com a cabeça flutuando e a dor na nuca dando pontadas a cada passo, e ele corria sem parar... A bolsa o atrapalhava. Ele a largou no chão de repente e uma moeda de ouro se soltou, voando e atingindo as pedras com um tilintar nítido.

— Aí está o dinheiro de vocês! — gritou, em voz rouca e ofegante. Correu. E a rua terminou de repente. Sem cruzamentos, sem estrelas diante de si, um beco sem saída. Sem parar, virou-se e correu na direção dos perseguidores. A luz da lamparina golpeava cruelmente seus olhos, e ele bradou em desafio enquanto se aproximava dos homens.

***

Havia uma lanterna balançando de um lado para o outro diante dele, um ponto tênue de luz em uma vastidão cinzenta e movediça. Ele o observou por um longo tempo. O ponto de luz ficou mais fraco e, por fim, uma sombra passou diante dele e, quando a sombra passou, a luz se foi. Ele lamentou um pouco esse fato; ou talvez estivesse lamentando por si mesmo, porque sabia que era hora de acordar.

A lanterna, morta, ainda balançava contra o mastro ao qual estava fixada. Por toda a volta, o mar cintilava com o sol que nascia. Um toque de tambor. Os remos rangeram, pesados, ritmados; um homem na proa gritou algo para os marinheiros atrás de si. Os homens acorrentados com Arren no porão da popa estavam todos em silêncio. Cada um usava argolas de ferro em volta da cintura e algemas nos pulsos; esses dois grilhões estavam ligados, por uma corrente curta e pesada, ao homem vizinho; o cinto de ferro também estava acorrentado a um ferrolho no convés, para que o homem ficasse sentado ou agachado, mas não em pé. Todos estavam muito próximos para se deitar, amontoados no pequeno compartimento de carga. Arren estava na frente, no canto de bombordo. Se esticasse bem a cabeça para o alto, seus olhos ficavam no mesmo nível do convés, entre o porão e a amurada, que tinha uns sessenta centímetros de altura.

Ele não se lembrava de muita coisa da noite anterior depois da perseguição e da rua sem saída. Havia lutado e sido derrubado, amarrado e carregado para algum lugar. Um homem com uma voz desconhecida e murmurante havia falado; tinha algo parecido com uma forja, com o fogo saltando vermelho... Ele não conseguia se lembrar. No entanto, sabia que aquele era um navio de pessoas escravizadas e que ele havia sido vendido.

Não que isso significasse muita coisa para ele. Estava com sede demais. O corpo e a cabeça doíam. Quando o sol nasceu, a luz disparava uma dor lancinante em seus olhos.

No meio da manhã, cada um recebeu um quarto de pão e um longo gole de um cantil de couro, levado a seus lábios por um homem de rosto astuto e duro. O pescoço dele estava envolto em uma tira de couro, larga e cravejada de ouro, como a coleira de um cão e, ao ouvi-lo falar, Arren reconheceu a voz fraca, desconhecida e murmurante.

A bebida e a comida aliviaram o sofrimento corporal por um instante e desanuviaram sua mente. Ele olhou pela primeira vez para os rostos de seus companheiros escravizados, três na mesma fileira e quatro logo atrás. Alguns estavam sentados com as cabeças entre os joelhos levantados; um estava caído, doente ou drogado. O mais próximo a Arren era um sujeito de mais ou menos vinte anos, de rosto largo e achatado.

— Para onde estão nos levando? — perguntou Arren.

O sujeito fitou-o (a distância entre os rostos deles não chegava a dois palmos) e sorriu, encolhendo os ombros; Arren pensou que ele queria dizer que não sabia; mas então ele sacudiu os braços algemados como se fosse gesticular e abriu a boca, ainda sorridente, para mostrar que, no lugar da língua, tinha apenas uma raiz preta.

— Para Showl — disse alguém atrás de Arren. E outro:

— Ou para o Mercado de Amrun.

Logo o homem com a coleira, que parecia estar por toda parte no navio, estava curvado sobre o porão, e ralhou:

— Fiquem quietos se não quiserem virar isca de tubarão. — E todos ficaram quietos.

Arren tentou imaginar aqueles lugares: Showl, o Mercado de Amrun. Lugares onde vendiam-se pessoas escravizadas. Sem dúvida, colocavam-nos à vista dos compradores, como os bois ou carneiros à venda no Mercado de Berila. Ele ficaria lá, acorrentado. Alguém o compraria, o levaria para casa e lhe daria uma ordem; e ele se recusaria a obedecer. Ou obedeceria e tentaria escapar. E, de um jeito ou de outro, seria morto. Não que sua alma se rebelasse contra a ideia da escravidão; ele estava muito doente e confuso para isso. Mas simplesmente sabia que não conseguiria fazer aquilo; em uma ou duas semanas, morreria ou o matariam. Embora ele vislumbrasse e aceitasse o fato, aquilo o assustava, por isso parou de tentar pensar no futuro. Mirou as tábuas sujas e pretas do porão entre os pés e sentiu o calor do sol nos ombros nus, sentiu a sede secar sua boca e novamente estreitar sua garganta.

O sol caiu. A noite chegou, clara e fria. As estrelas apareceram, vívidas. O tambor batia como um coração vagaroso, mantendo o ritmo das remadas, pois não havia um sopro de vento. Agora, o maior tormento era o frio. As costas de Arren recebiam um pouco de calor das pernas do homem logo atrás e do homem mudo à sua esquerda, que estava sentado, recurvado, murmurando um grunhido de uma nota só. Os remadores mudaram de turno; o tambor voltou a tocar. Arren ansiava pela escuridão, mas não conseguia dormir. Os ossos doíam e ele não conseguia mudar de posição. Ficou sentado, com dor, trêmulo e sedento, olhando para as estrelas, que sacudiam no céu a cada braçada dos remadores, deslizavam de volta ao lugar, paravam e sacudiam novamente, deslizavam, paravam...

O homem com a coleira estava acompanhado de outro entre o mastro e o porão da popa; a lamparina que balançava no mastro lançava clarões entre eles e desenhava a silhueta de suas cabeças e ombros.

— Nevoeiro, seu bexiga de porco — disse a voz fraca e odiosa do homem da coleira —, o que um nevoeiro está fazendo nos Estreitos rumo ao sul nesta época do ano? Maldição!

O tambor tocava. As estrelas sacudiam, deslizavam e paravam. Ao lado de Arren, o homem sem língua estremeceu de repente e, levantando a cabeça, soltou um grito de pesadelo, um ruído terrível e desmedido.

— Quieto aí! — rugiu o segundo homem junto ao mastro. O mudo estremeceu outra vez e calou-se, remexendo as mandíbulas.

As estrelas furtivamente deslizaram para o nada.

O mastro oscilou e desapareceu. Um manto frio e cinzento pareceu cair sobre as costas de Arren. O tambor falhou e depois retomou a batida, mais lento.

— Pesado como leite coalhado — disse a voz rouca em algum lugar acima de Arren. — Continuem remando aí! Não há bancos de areia pelos próximos trinta quilômetros! — Um pé cheio de calos e cicatrizes surgiu do nevoeiro, parou um instante junto ao rosto de Arren e depois desapareceu num passo.

Em meio ao nevoeiro, não havia a sensação de deslocamento, apenas do vaivém dos remos. O toque do tambor estava abafado. O frio era pegajoso. A névoa que se condensava nos cabelos de Arren escorria para seus olhos; ele tentou pegar as gotas com a língua e respirar o ar úmido com a boca aberta para aplacar a sede. Mas batia os dentes. O metal frio de uma corrente golpeava sua coxa, queimando como fogo o ponto em que a tocava. O tambor tocou, tocou e parou.

Silêncio.

— Mantenham o ritmo! Qual o problema? — rugiu a voz rouca, ralhando na proa. Não houve nenhuma resposta.

O navio girou um pouco no mar calmo. Depois da amurada quase indistinta, não havia nada: vazio. Algo arranhou a lateral do navio. Naquele silêncio mortiço e estranho, em meio à escuridão, foi um barulho alto.

— Encalhamos — sussurrou um dos prisioneiros, mas o silêncio reprimiu sua voz.

O nevoeiro se tornou radiante, como se uma luz brotasse dele. Arren viu claramente a cabeça dos homens acorrentados ao seu lado, e as minúsculas gotas de umidade nos cabelos deles.

O navio se agitou de novo e ele puxou ao máximo, esticando o pescoço a fim de ver a frente do navio. O nevoeiro brilhava sobre o convés, frio e radiante como uma lua por trás de nuvens tênues. Os remadores permaneciam sentados como estátuas entalhadas. Os tripulantes estavam parados na meia-nau, com certo brilho nos olhos. Sozinho, a bombordo, havia um homem e era dele que emanava a luz: do rosto, das mãos e do cajado dele, que queimavam como prata derretida.

Aos pés do homem iluminado havia uma forma contraída.

Arren tentou falar e não conseguiu. Vestido na majestade da luz, o Arquimago aproximou-se dele e se ajoelhou no convés. Arren sentiu o toque de sua mão e escutou sua voz. Sentiu os grilhões dos pulsos e do corpo cederem; por todo o porão ouviu-se o barulho de correntes. Mas nenhum homem se moveu; apenas Arren tentou ficar de pé, mas não conseguiu, devido à imobilidade prolongada. O pulso firme do Arquimago estava em seu braço e, com essa ajuda, ele se arrastou para fora do porão de carga e se encolheu no convés.

O Arquimago afastou-se dele e o esplendor enevoado resplandeceu nos rostos impassíveis dos remadores. Ele parou ao lado do homem contraído junto à amurada de bombordo.

— Eu não imponho punição — declarou a voz dura e nítida, fria como a luz mágica e fria no nevoeiro. — Mas, em nome da justiça,

Egre, aceito essa função: ordeno que sua voz fique muda até o dia em que você encontrar uma palavra que mereça ser dita.

Ele voltou para junto de Arren e o ajudou a ficar em pé.

— Agora, vamos, rapaz — chamou ele, e com sua ajuda Arren conseguiu avançar, manquejando, às vezes cambaleando, às vezes caindo, até o barco que balançava junto ao costado do navio: *Visão Ampla*, com a vela aberta como asa de mariposa ao nevoeiro.

No mesmo silêncio e na calma absoluta, a luz se apagou, e o barco virou e escorregou do costado do navio. Quase imediatamente a galé, a lamparina tremeluzente do mastro, os remadores impassíveis, o casco preto e enorme desapareceram. Arren pensou ter ouvido vozes se transformarem em gritos, mas o som era fraco e logo sumiu. Depois de mais algum tempo, o nevoeiro começou a diminuir e se dissipar, espalhando-se na escuridão. Eles estavam sob as estrelas e, silencioso como uma mariposa, o *Visão Ampla* escapou pela noite iluminada sobre o mar.

Gavião estendeu cobertores sobre Arren e deu-lhe água; sentou-se com a mão no ombro do rapaz até que Arren caiu no choro de repente. Gavião não disse nada, mas havia gentileza e firmeza no toque de sua mão. O conforto chegou lentamente a Arren: o calor, o movimento suave do barco, a tranquilidade do coração.

Contemplou o companheiro. Nenhum brilho sobrenatural se apegava ao rosto escuro. Ele mal podia vê-lo no fundo estrelado.

O barco seguiu em frente, guiado por encantos. As ondas sussurravam em suas laterais, como se estivessem surpresas.

— Quem é o homem da coleira?

— Fique quieto. Um ladrão do mar, Egre. Ele usa a coleira para esconder uma cicatriz onde sua garganta foi cortada no passado. Parece que seu comércio passou da pirataria à escravidão. Mas desta vez ele pegou o filhote de urso. — Houve um leve toque de satisfação na voz seca e calma.

— Como você me achou?

— Feitiçaria, suborno… Perdi tempo. Não gostei que soubessem que o Arquimago e Diretor de Roke estava investigando as periferias do Povoado de Hort. Eu gostaria de ter mantido meu disfarce. Mas tive de seguir a pista desse e daquele homem e, quando finalmente descobri que o comerciante de escravizados havia saído para o mar antes do amanhecer, perdi a paciência. Peguei o *Visão Ampla* e fiz a fala do vento na vela dele, em plena calmaria do dia, colei os remos de todos os navios daquela baía nos toletes, e por algum tempo. Como vão explicar isso, se magia é apenas mentira e ar, é problema deles. Mas, na minha pressa e raiva, errei e ultrapassei o navio de Egre, que tinha ido para o sudeste a fim de escapar dos bancos de areia. Maldade, foi tudo o que fiz no dia de hoje. Não há sorte no Povoado de Hort... Bem, no final fiz um feitiço de encontro, e assim entrei no navio em meio à escuridão. Você não deveria dormir agora?

— Estou bem. Sinto-me muito melhor. — Uma febre ligeira tinha substituído o frio de Arren, e ele sentia-se realmente bem, com o corpo sem energia, mas a mente passando levemente de um assunto a outro. — Quanto tempo demorou para você acordar? O que aconteceu com Lebre?

— Acordei com a luz do dia; e felizmente tenho uma cabeça dura; há um caroço e um corte, um pepino dividido em dois, atrás da minha orelha. Deixei Lebre no sono das drogas.

— Eu falhei como vigia...

— Mas não por cair no sono.

— Não. — Arren hesitou. — Foi... eu fui...

— Você estava na minha frente: vi você — disse Gavião, de um jeito estranho. — E assim eles entraram rastejando e bateram em nossas cabeças como cordeiros no matadouro, levaram ouro, roupas boas, um indivíduo escravizado rentável e foram embora. Era atrás de você que eles estavam, rapaz. Você teria o preço de uma fazenda no Mercado de Amrun.

— Eles não bateram em mim com força suficiente. Eu acordei. Eu os fiz correr. Espalhei a pilhagem deles pela rua toda, também, antes de me cercarem. — Os olhos de Arren cintilavam.

— Você acordou enquanto eles estavam lá... e correu? Por quê?

— Para afastá-los de você. — A surpresa na voz de Gavião logo feriu o orgulho de Arren, e ele acrescentou, irritado: — Achei que era atrás de você que estavam. Achei que poderiam matá-lo. Agarrei a bolsa deles para que me seguissem, gritei e corri. E me seguiram.

— É... Iam fazer isso! — Foi tudo o que Gavião disse, nenhuma palavra de elogio, embora permanecesse sentado, refletindo por um instante. Então, ele completou: — Não lhe ocorreu que eu já poderia estar morto?

— Não.

— Assassinar primeiro e roubar depois, é o caminho mais seguro.

— Não pensei nisso. Só pensei em afastá-los de você.

— Por quê?

— Porque você poderia nos defender, nos tirar disso, se tivesse tempo de acordar. Ou de se livrar, no mínimo. Eu estava vigiando, e falhei na minha missão. Tentei uma compensação. Você era o único que eu estava protegendo. Você é quem importa. Estou junto para vigiar, ou para o que você precisar... É você quem vai nos liderar, quem pode chegar aonde quer que tenhamos de ir e endireitar o que deu errado.

— É mesmo? — respondeu o mago. — Eu também pensava assim, até ontem à noite. Achei que tinha um seguidor, mas fui eu que segui você, meu rapaz. — A voz dele era fria e talvez um pouco irônica. Arren não sabia o que dizer. Na verdade, estava completamente confuso. Pensara que seu erro ao cair no sono ou em transe enquanto estava de vigia dificilmente poderia ser compensado pela façanha de afastar os ladrões de Gavião: agora parecia que esse último ato havia sido tolo, ao mesmo tempo que cair em transe no momento errado tinha sido extremamente inteligente.

— Lamento, meu senhor — disse Arren, por fim, tendo os lábios bastante rígidos e voltando a controlar a necessidade de chorar. — Falhei com você. E você salvou minha vida...

— E você a minha, talvez — respondeu o mago com aspereza.

— Quem sabe? Eles poderiam ter cortado minha garganta quando terminassem. Agora chega disso, Arren. Estou feliz que você esteja comigo.

Ele foi até a caixa de armazenagem e acendeu o fogãozinho a carvão, ocupando-se de algo. Arren ficou deitado observando as estrelas, suas emoções se apaziguaram e sua mente desacelerou. E ele percebeu, então, que o que fez e deixou de fazer não seria julgado por Gavião. Ele tinha feito aquilo; Gavião aceitou aquilo como fato. *Eu não imponho punição*, dissera ele, em tom frio, para Egre. Ele também não oferecia recompensas. Mas fora depressa buscar Arren mar afora, libertando o poder da sua feitiçaria por ele; e faria aquilo de novo. Ele era confiável.

Ele era merecedor de todo amor e de toda confiança que Arren nutria por ele. Pois a verdade era que ele confiava em Arren. O que Arren fez foi certo.

Ele retornou, entregando para Arren uma caneca de vinho fumegante.

— Talvez isso o faça dormir. Cuidado para não queimar a língua.

— De onde veio o vinho? Nunca vi nenhum odre a bordo...

— O *Visão Ampla* tem mais do que se pode ver — respondeu Gavião, sentando-se ao lado do garoto, e Arren ouviu sua risada curta e quase silenciosa na escuridão.

Arren sentou-se para beber o vinho. Era muito bom, revigorante para o corpo e para o espírito. Ele perguntou:

— Para onde vamos agora?

— Para o oeste.

— Onde você esteve com Lebre?

— Na escuridão. Não o perdi, mas ele estava perdido. Ele vagou do lado de fora das fronteiras, por ermos intermináveis de delírio e pesadelo. A alma cantava como um pássaro naqueles lugares lúgubres, como uma gaivota gorjeando longe do mar. Ele não é guia nenhum. Sempre esteve perdido. Apesar de todo o seu ofício na feitiçaria, nunca enxergou o caminho diante de si, enxergou apenas a si mesmo.

Arren não compreendeu aquilo tudo, nem queria compreender naquele momento. Ele tinha sido arrastado por um pedaço do caminho para aquela... "escuridão" da qual os feiticeiros falavam, e não queria se lembrar dela, não tinha nada a ver com ele. Na verdade, nem queria dormir, para não a ver novamente em sonho, nem àquela silhueta escura, a sombra que segurava a pérola, murmurando: "Venha".

— Meu senhor — falou ele, com a mente mudando rapidamente de assunto: — Por que...

— Durma! — sugeriu Gavião, levemente exasperado.

— Não consigo dormir, senhor. Eu estava pensando por que você não libertou as outras pessoas escravizadas.

— Eu libertei. Não deixei nenhum prisioneiro naquele navio.

— Mas os homens de Egre tinham armas. Se você *os* tivesse agrilhoado...

— Sim, e se eu os tivesse agrilhoado? Eram seis, apenas. Os remadores eram indivíduos escravizados e acorrentados, assim como você. Egre e seus homens podem estar mortos agora, ou acorrentados pelos outros para serem vendidos como escravizados; mas deixei-os livres para lutar ou negociar. Não sou um sequestrador de escravizados.

— Mas você sabia que eles eram homens perversos...

— Eu deveria me juntar a eles, então? E permitir que as ações deles governassem as minhas? Não vou fazer por eles as escolhas que cabem a eles nem vou deixar que façam por mim as que cabem a mim!

Arren ficou em silêncio, refletindo sobre aquilo. Logo em seguida, o mago falou, com brandura:

— Você entende, Arren, que uma ação não é, como os jovens imaginam, como pegar uma pedra e atirá-la, acertar ou errar, e está acabado? Quando se pega a pedra, a terra fica mais leve; a mão que a segura, mais pesada. Quando ela é atirada, os circuitos das estrelas respondem e, no ponto em que ela bate ou cai, o universo é alterado. De cada ação depende a Harmonia do Todo. Os ventos e os mares, os poderes da água, da terra e da luz, tudo o que fazem, e tudo o que os animais e os vegetais fazem é bem executado e executado com propriedade. Tudo isso atua no Equilíbrio. Desde um furacão e um canto de baleia à queda de uma folha seca e o voo de um pernilongo, tudo é feito dentro da Harmonia do Todo. Mas nós, na medida em que temos poder sobre o mundo e sobre os outros, devemos *aprender* a fazer o que a folha, a baleia e o vento fazem por sua própria natureza. Devemos aprender a manter a Harmonia. Por termos inteligência, não podemos agir com ignorância. Por termos escolha, não podemos agir sem responsabilidade. Quem sou eu, ainda que tenha o poder de fazê-lo, para punir e recompensar, brincando com o destino dos homens?

— Mas então — questionou o garoto, olhando as estrelas com uma ruga na testa —, a Harmonia deve ser mantida pela inação? Um homem certamente deve agir, mesmo não conhecendo todas as consequências de sua ação, se algo precisar ser feito?

— Nunca tenha medo. Para os homens, é muito mais fácil agir do que se abster de agir. Continuaremos a fazer o bem e o mal... Mas, se tivéssemos novamente um rei acima de nós e ele buscasse o aconselhamento de um mago, como nos dias no passado, e eu fosse esse mago, eu diria a ele: Meu senhor, não faça nada apenas porque é justo, louvável ou nobre fazê-lo; não faça nada porque parece bom fazê-lo; faça apenas o que deve fazer e o que não pode fazer de outra maneira.

Havia algo na voz de Gavião que fez Arren se virar para observá-lo enquanto falava. Pensou no esplendor da luz que voltara a brilhar no rosto dele, vendo o nariz de Falcão e a face cheia de cicatrizes, os olhos escuros e intensos. E Arren olhou para ele com amor, mas também com medo, pensando: *Ele está muito acima de mim.* No entanto, enquanto olhava, percebeu finalmente que não era uma luz mágica ou a glória fria da feitiçaria que repousava, sem projetar sombras, em cada superfície e em cada linha do rosto do homem, mas a luz em si: a manhã, a simples luz do dia. Havia um poder maior do que o do mago. E os anos não foram mais gentis com Gavião do que com qualquer homem. Aquelas eram linhas da idade, e ele parecia cansado, enquanto a luz ficava cada vez mais forte. Ele bocejou...

Assim, contemplando, imaginando e refletindo, Arren enfim adormeceu. Mas Gavião ficou sentado ao lado dele, observando a aurora e o nascer do sol, como alguém que examina um tesouro em busca do que há de errado nele: uma pedra preciosa imperfeita, uma criança doente.

CAPÍTULO 5
SONHOS NO MAR

Quase no fim da manhã, Gavião desviou o vento mágico da vela e deixou o barco seguir ao vento do mundo, que soprava suavemente para o sul e para o oeste. Ao longe, à direita, as colinas do sul de Wathort deslizavam, ficando para trás e parecendo azuis e pequenas, como ondas de névoa acima das ondas.

Arren acordou. O mar desfrutava do sol quente e dourado do meio-dia, água sem fim sob a luz sem fim. Na popa do barco, Gavião estava nu, exceto pela tanga e uma espécie de turbante feito de lona. Ele cantava baixinho, batendo as palmas das mãos no banco do remador como se fosse um tambor, num ritmo leve e monótono. A canção que ele entoava não era feitiço de feitiçaria, nem canto ou saga de heróis ou reis, e sim uma lenga-lenga cadenciada de palavras sem sentido, como um garoto cantaria sozinho, pastoreando cabras nas longas, intermináveis, tardes de verão nas altas colinas de Gont.

Na superfície do mar, um peixe saltou, pairando no ar por muitos metros, tremulando as barbatanas como asas de libélulas.

— Estamos no Extremo Sul — afirmou Gavião quando terminou a música. — Uma região exótica do mundo onde peixes voam e golfinhos cantam, segundo dizem. Mas as águas são amenas para um mergulho, pelo que sei, com tubarões. Lave os vestígios do sequestrador de escravizados de seu corpo.

Arren sentia todos os músculos doerem e, no começo, relutou em se mexer. Além disso, ele era um nadador inexperiente, pois os mares de Enlad eram ferozes, de modo que era preciso lutar contra em vez de mergulhar neles, o que era exaustivo. Aquele mar de azul mais intenso estava frio no primeiro mergulho, e depois excelente.

As dores desapareceram. Ele se debatia ao lado do *Visão Ampla* como uma jovem cobra-do-mar. Jatos d'água voavam como nas fontes. Gavião juntou-se a ele, nadando com uma braçada mais firme. Obediente e protetor, o *Visão Ampla* os aguardava, com seus flancos esbranquiçados na água luminosa. Um peixe saltou do mar para o ar; Arren perseguiu-o; mergulhou, saltou de novo, nadando no ar, voando no mar, perseguindo-o.

Dourado e ágil, o garoto brincou e se aqueceu na água até que o sol tocou o mar. Escuro e magro, poupando os gestos e a força limitada da idade, o homem nadou, manteve o barco no rumo, improvisou um toldo de lona e observou o garoto nadador e o peixe-voador com uma ternura imparcial.

— Vamos para qual direção? — perguntou Arren ao entardecer, depois de se fartar de carne curada e pão duro, sonolento outra vez.

— Lorbanery — respondeu Gavião, e as sílabas suaves formaram a última palavra que Arren ouviu naquela noite, de modo que seus primeiros sonhos se entrelaçaram a ela. Sonhou que estava caminhando sobre montes de coisas macias, de cor clara, retalhos e fios cor-de-rosa, dourados e azul-celeste, e sentiu um prazer tolo; disse-lhe alguém:

— Estes são os campos de seda de Lorbanery, onde nunca escurece. — Contudo, mais tarde, no fim da noite, quando as estrelas do outono brilhavam no céu da primavera, ele sonhou que estava em uma casa em ruínas. Estava seco ali. Tudo estava coberto de pó e adornado com teias esfarrapadas e empoeiradas. As pernas de Arren estavam emaranhadas nas teias, que resvalavam sobre sua boca e narinas, impedindo-o de respirar. O pior de tudo era que ele sabia que o quarto do alto, em ruínas, era o salão onde tomara o café da manhã com os Mestres, no Casarão de Roke.

Ele acordou todo consternado, com o coração acelerado, as pernas encolhidas contra o banco do remador. Sentou-se, na tentativa de escapar do pesadelo. No leste, nenhuma luz ainda, apenas a diluição das trevas. O mastro estalou; a vela, ainda esticada para a brisa nordeste, refletia sobre ele um brilho alto e desbotado. Na popa, seu companheiro dormia tranquilo e silencioso. Arren deitou-se outra vez e cochilou até o dia claro o acordar.

Naquele dia, o mar estava mais azul e mais calmo do que ele jamais imaginou ser possível, a água era tão amena e límpida que nadar era como deslizar ou flutuar no ar; era estranho e parecia um sonho. Ao meio-dia, ele perguntou:

— Os feiticeiros dão muita importância aos sonhos?

Gavião estava pescando. Ele observava a linha com atenção. Depois de muito tempo, falou:

— Por quê?

— Eu estava pensando se há alguma verdade neles.

— Com certeza, há.

— Eles são proféticos de verdade?

Mas o mago viu que um peixe mordeu a isca e, dez minutos depois, quando ele capturou o almoço, um esplêndido robalo azul-prateado, a questão havia sido completamente esquecida.

À tarde, enquanto descansavam sob o toldo improvisado como proteção do sol inclemente, Arren perguntou:

— O que vamos procurar em Lorbanery?

— Aquilo que estamos procurando — respondeu Gavião.

— Em Enlad — disse Arren depois de um tempo —, temos uma história sobre o garoto cujo professor era uma pedra.

— É? O que ele aprendeu?

— A não fazer perguntas.

Gavião ofegou, como se reprimisse uma risada, e sentou-se.

— Muito bem! — exclamou ele. — Mas prefiro não falar antes de saber o que estou dizendo. Por que não há mais magia no Povoado de Hort e em Narveduen e talvez em todos os Extremos? É isso que estamos procurando descobrir, não é?

— Sim.

— Você conhece o velho ditado "nos Extremos as regras mudam"? Os marinheiros o usam, mas é um ditado dos feiticeiros, e significa que a própria feitiçaria depende do lugar. Um feitiço que é verdadeiro em Roke pode ser mero palavreado em Iffish. A língua da Criação não é lembrada em todos os lugares; apenas uma palavra aqui, outra ali. E a trama do feitiço se entrelaça à terra e à água, aos ventos e à incidência luminosa do lugar onde ele é lançado. Certa vez naveguei para bem longe, a leste, tão longe que nem vento nem água atenderam ao meu comando, ignorando seus verdadeiros nomes; ou, o que é mais provável, eu que os ignorava.

"O mundo é muito grande, o Mar Aberto supera todo conhecimento; e há mundos além do mundo. Acima desses abismos do espaço e por toda a longa extensão do tempo, duvido que qualquer palavra que possa ser dita carregasse, para toda parte e para sempre, o peso de seu significado e poder; a menos que seja aquela Primeira Palavra que Segoy pronunciou, criando tudo, ou a Palavra Final, que não foi nem será dita até que todas as coisas sejam destruídas... Por isso, mesmo neste nosso mundo de Terramar, nas ilhotas que conhecemos, existem diferenças, mistérios e mudanças. E o lugar menos conhecido e mais misterioso é o Extremo Sul. Poucos feiticeiros das Terras Centrais estiveram entre aqueles povos. Eles não aceitam feiticeiros, pois têm... acredita-se... suas próprias espécies de magia. Mas os rumores a respeito delas são vagos, e pode ser que a Arte da Magia nunca tenha sido de fato conhecida ou plenamente compreendida por lá. Nesse caso, ela seria anulada com facilidade por quem se propusesse a anulá-la, e antes disso mais enfraquecida do que nossa feitiçaria das Terras Centrais. E então talvez ouvíssemos histórias do fracasso da magia no sul.

"Pois a disciplina é o leito de ações fortes e profundas; onde não há direção, os feitos dos homens são rasos, vagos e se perdem. Assim, aquela mulher corpulenta dos espelhos perdeu a arte dela, e acredita que nunca a teve. E assim Lebre toma sua házia e pensa que foi mais longe do que os maiores magos, quando mal entra nos campos do sonho e já se perde... Mas onde é que ele *pensa* que vai? O que ele procura? O que consumiu sua feitiçaria? Já obtivemos o bastante do Povoado de Hort, creio eu, por isso vamos mais para o sul, para Lorbanery, para ver o que os feiticeiros fazem lá, para descobrir o que precisamos descobrir... Isso responde à sua pergunta?"

— Sim, mas...

— Então, deixe a pedra onde está por ora! — sugeriu o mago. Ele sentou-se ao lado do mastro, à sombra amarelada e radiante do toldo, e voltou os olhos para o mar, a oeste, enquanto o barco navegava com suavidade para o sul tarde adentro. Ele ficou sentado, com as costas eretas e imóvel. As horas se passaram. Arren nadou algumas vezes, deslizando em silêncio para a água pela popa do barco, pois não queria transpor a linha daqueles olhos escuros que, contemplando o mar a oeste, pareciam ver muito além da linha clara do horizonte, além do céu azul, além dos limites da luz.

Gavião finalmente regressou de seu silêncio e falou, embora não mais do que uma palavra de cada vez. A educação familiar de Arren fazia com que ele logo percebesse o estado de ânimo que a cortesia ou a reserva ocultavam; ele sabia que o coração de seu companheiro estava pesado. Não fez mais perguntas e, à noite, perguntou:

— Se eu cantar, isso vai perturbar seus pensamentos?

Gavião respondeu, esforçando-se para fazer uma piada.

— Depende da canção.

Arren sentou-se recostado no mastro e cantou. A voz dele já não era aguda e doce como quando o mestre de música do Salão de Berila o ensinara, anos atrás, tocando as harmonias em sua alta harpa; agora, os tons mais agudos eram roucos, e os tons graves tinham a ressonância de uma viola, profunda e límpida. Ele cantou *O lamento pelo encantador branco*, aquela canção que Elfarran fez quando soube da morte de Morred e aguardava a sua. Essa música não é cantada com frequência, nem com leveza. Gavião escutou a voz jovem, forte, segura e triste, entre o céu vermelho e o mar, e as lágrimas brotaram de seus olhos, enevoando-os.

Arren ficou em silêncio por um tempo depois da canção; em seguida, começou a entoar melodias triviais, mais leves, baixinho, dissimulando a imensa monotonia do ar sem vento, do mar ondulante e da luz tênue à medida que a noite caía.

Quando parou de cantar, tudo estava quieto, o vento baixo, as ondas pequenas, madeira e corda mal rangiam. O mar estava calmo e, acima dele, as estrelas surgiam uma a uma. Em um clarão, abrindo o caminho para o sul, uma luz amarela lançou chuviscos e partículas de ouro pela água.

— Olhe! Um farol! — E, um minuto depois: — Será que pode ser uma estrela?

Gavião contemplou a luz por um tempo e respondeu, enfim:

— Acho que deve ser a estrela Gobardon. Ela só pode ser vista no Extremo Sul. "Gobardon" significa "Coroa"... Kurremkarmerruk nos ensinou que navegar avançando ainda mais para o sul traria, uma a uma, mais oito estrelas no horizonte além de Gobardon, formando uma grande constelação. Algumas pessoas falam de um homem correndo, outras falam da Runa Agnen. A Runa do Fim.

Eles a observaram clarear o inquieto horizonte marítimo e brilhar continuamente.

— Você — comentou Gavião — cantou a música de Elfarran como se conhecesse a dor dela, e me fez conhecê-la também... De todas as histórias de Terramar, essa sempre me atraiu mais. A grande coragem de Morred contra o desespero; e Serriadh, o rei gentil, que nasceu apesar do desespero. E ela, Elfarran. Quando fiz o maior mal que já causei, foi para a beleza dela que pensei ter me voltado; e a vi... Por um instante, eu vi Elfarran.

Um arrepio frio percorreu a coluna de Arren. Ele engoliu em seco e ficou sentado, calado, contemplando a estrela esplêndida, agourenta, amarelo-topázio.

— Qual dos heróis é o seu? — perguntou o mago, e Arren respondeu com um pouco de hesitação:

— Erreth-Akbe.

— Porque ele era o maior?

— Porque ele poderia ter governado toda a Terramar, mas optou por não o fazer, seguiu sozinho e morreu sozinho, lutando contra o dragão Orm na costa de Selidor.

Eles permaneceram assim por algum tempo, cada um seguindo os próprios pensamentos, e então Arren perguntou, ainda observando a amarela Gobardon:

— É verdade, então, que os mortos podem ser trazidos de volta à vida e, por meio da magia, levados a falar com almas vivas?

— Com feitiços de Invocação. Isso está em nosso poder. Mas raramente é feito, e duvido que seja feito com sabedoria. Nisso o Mestre Invocador concorda comigo; ele não usa nem transmite os Ensinamentos Palneses, em que tais feitiços estão contidos. O maior deles foi feito por alguém chamado Gris, o mago de Paln, mil anos atrás. Ele invocou os espíritos de heróis e magos, até mesmo de Erreth-Akbe, para aconselhar os Senhores de Paln em suas guerras e governos. Mas o aconselhamento dos mortos não é proveitoso para os vivos. Paln atravessou tempos difíceis e o mago Gris foi expulso; morreu sem nome.

— Trata-se de algo perverso, então?

— Eu preferiria chamar de um mal-entendido. Um mal-entendido da vida. Morte e vida são a mesma coisa… Como os dois lados da minha mão, a palma e o dorso. Mesmo assim, a palma e o dorso não são exatamente a mesma coisa… Elas não podem ser separadas nem confundidas.

— Então, ninguém mais usa esses feitiços?

— Conheço apenas um homem que os usava livremente, sem considerar o risco. Pois eles são arriscados, mais perigosos do que qualquer outra magia. A morte e a vida são como os dois lados da minha mão, como eu disse, mas a verdade é que não sabemos o que é a vida ou o que é a morte. Reivindicar poder sobre o que você não entende não é sábio e não é provável que resulte em algo bom.

— Quem foi o homem que os usou? — perguntou Arren. Ele nunca tinha visto Gavião tão disposto a responder perguntas antes, estando naquele estado de espírito quieto e pensativo; os dois encontravam consolo na conversa, por mais sombrio que fosse o tema.

— Ele morava em Havnor. Consideravam-no um mero ocultista, mas, em seu poder inato, era um grande mago. Ele ganhava dinheiro com sua arte, mostrando a qualquer um que pagasse o espírito que a pessoa pedisse para ver: a esposa, o marido ou o filho morto, enchendo a própria casa de sombras inquietas de séculos passados, as belas mulheres dos tempos dos reis. Eu o vi invocar da Terra Árida meu velho mestre, que era Arquimago quando eu era jovem, Nemmerle, como um mero truque para divertir desocupados. E aquela alma notável atendeu ao chamado, como um cão ao lado do dono. Fiquei com raiva e o desafiei… Na época eu não era Arquimago… Falei: "Você obriga os mortos a entrarem em sua casa; quer vir comigo até a casa deles?". E o obriguei a me acompanhar até a Terra Árida, mesmo com ele lutando comigo, mudando de forma e chorando, quando nada mais adiantou.

— Aí você o matou? — sussurrou Arren, fascinado.

— Não! Eu o obriguei a me seguir até a terra dos mortos e voltar de lá comigo. Ele estava com medo. Aquele que chamava os mortos com tanta facilidade tinha mais medo da morte, da própria morte, do que qualquer homem que já conheci. Diante da muralha de pedra… Mas estou lhe contando mais do que um aprendiz deveria saber. E você nem é aprendiz. — À luz do anoitecer, os olhos aguçados retribuíram o olhar de Arren por um momento, desconcertando-o. — Não importa — concluiu o Arquimago. — Enfim, existe uma muralha de pedras em determinado ponto do limiar. Atravessando-o, o espírito passa para a morte e, atravessando-o, um homem vivo pode ir e voltar, se for mago… Diante da muralha de pedra, esse homem se agachou, do lado dos vivos, e tentou resistir à minha vontade; não conseguia. Ele se agarrou às pedras com as mãos, praguejou e gritou. Eu nunca tinha visto um medo assim; adoeci daquela doença. Àquela altura eu já deveria saber que agi mal. Eu estava possuído pela raiva e pela vaidade. Pois ele era muito forte e eu estava ansioso para provar que eu era mais forte.

— O que ele fez depois… quando você voltou?

— Ele se rebaixou e prometeu nunca mais usar os Ensinamentos Palneses outra vez; beijou minha mão e teria me matado se tivesse coragem. Ele deixou Havnor e foi para o oeste, talvez para Paln; anos depois, soube que ele havia morrido. Ele tinha cabelos brancos quando o conheci, embora tivesse braços longos e fosse rápido como um lutador. O que me fez começar a falar dele? Não consigo nem lembrar o nome dele.

— O verdadeiro nome?

— Não! Não consigo me lembrar... — Então ele fez uma pausa e, pelo intervalo de três batimentos cardíacos, ficou totalmente impassível.

— Eles o chamavam de Cob em Havnor — continuou ele, em uma voz alterada e cautelosa. Estava escuro demais para ver a expressão em seu rosto. Arren percebeu que ele se virou e observou a estrela amarela, agora mais alta, acima das ondas, que lançava sobre eles um rasto de ouro tão fino quanto um fio de aranha. Depois de um longo silêncio, falou: — Não é apenas nos sonhos, entende, que nos vemos diante do que ainda está por vir em algo que foi esquecido há muito tempo, e que falamos o que parece sem sentido porque não desejamos enxergar qual é o sentido.

CAPÍTULO 6
LORBANERY

Vista a uma distância de dezesseis quilômetros de água iluminada pelo sol, Lorbanery era verde, verde como o musgo vivo na borda de uma fonte. De perto, ele se dividia em folhas e troncos de árvores, sombras, estradas, casas, rostos e roupas de pessoas, poeira e tudo o que forma uma ilha habitada por homens. Ainda assim, era sobretudo verde: pois cada acre não construído ou pisado estava entregue aos arbustos de copas arredondadas de hurbá, cujas folhas alimentam as larvinhas que produzem a seda que é transformada em fio e tecida por homens, mulheres e crianças de Lorbanery. Ao anoitecer, o ar fica cheio de morceguinhos cinzentos que se alimentam das larvinhas. Eles comem muitas delas, mas são tolerados pelos tecelões de seda, que não os matam e, na verdade, consideram que matar os morcegos de asas cinzentas é uma ação que traz maus presságios. Pois, afirmam eles, se os seres humanos vivem das larvas, certamente os morceguinhos têm o mesmo direito.

As casas eram interessantes, com janelinhas dispostas ao acaso e telhados de ramos de hurbá, todas verdes de musgo e líquen. A ilha fora rica, comparada a outras do Extremo, e isso ainda podia ser notado em casas com boa pintura e boa mobília, nas rocas e nos teares imensos de cabanas e oficinas e nos píeres de pedra do pequeno porto de Sosara, onde várias galés de comércio poderiam ter atracado. Mas não havia galés no porto. A pintura das casas estava desbotada, não havia mobília nova e a maioria das rocas e teares estava parada, coberta de poeira e teias de aranha de pedal a pedal, do rolo de urdume ao quadro de liços.

— Ocultistas? — perguntou o prefeito da aldeia de Sosara, um homem baixo de rosto tão duro e marrom quanto as solas de seus pés descalços. — Não existem ocultistas em Lorbanery. Nem nunca existiram.

— Quem pensaria uma coisa dessas? — admirou-se Gavião. Ele estava sentado com oito ou nove aldeões, bebendo vinho de frutinhas de hurbá, de uma safra fraca e amarga. Por necessidade, contou-lhes que estava no Extremo Sul atrás da emelita, mas nem ele nem o companheiro se disfarçaram, exceto pelo fato de que Arren tinha deixado sua espada escondida no barco, como sempre, e se Gavião trazia seu cajado, ele não estava à vista. Os aldeões estavam rabugentos e hostis no início, e estavam dispostos a se tornar rabugentos e hostis novamente a qualquer momento; e só o talento e a autoridade de Gavião os forçava a uma aceitação relutante.

— Vocês devem ter aqui homens muito bons com as árvores — ele dizia. — O que eles fazem quando uma geada tardia atinge os pomares?

— Nada — respondeu um homem magrelo no fim da fileira de aldeões. Todos estavam sentados enfileirados, com as costas apoiadas na parede da hospedaria, sob o beiral do telhado. À pouca distância de seus pés grandes e descalços, a chuva fina e insistente de abril tamborilava na terra.

— A chuva é que é o perigo, não a geada — explicou o prefeito. — Ela apodrece os casulos das larvas. Nenhum homem vai impedir a chuva de cair. Nem nunca impediu. — Ele era um opositor dos ocultistas e da feitiçaria; alguns dos outros pareciam mais reflexivos em relação ao tema.

— Nunca chovia assim nesta época do ano — disse um deles — quando o velho estava vivo.

— Quem? O velho Mildi? Bom, mas ele não está vivo. Está morto — declarou o prefeito.

— Costumavam chamar o velho de Pomareiro — recordou o magricela.

— É. Era chamado de Pomareiro — concordou outro. O silêncio desceu sobre eles como a chuva.

À janela da estalagem, que dispunha de apenas um quarto, estava Arren. Ele encontrara um velho alaúde pendurado na parede, um alaúde de braço longo e três cordas, típico da Ilha da Seda, e estava brincando com o instrumento, aprendendo a tirar a música dele, não muito mais alto do que o tamborilar da chuva no telhado.

— Nos mercados do Povoado de Hort — contou Gavião —, vi coisas serem vendidas como seda de Lorbanery. Algumas eram seda. Mas nenhuma era seda de Lorbanery.

— As temporadas têm sido ruins — contou o homem magro. — Já faz quatro, cinco anos.

— Cinco anos se passaram desde a Véspera do Declínio — revelou um velho de voz autocomplacente e entrecortada —, desde que o velho Mildi morreu, é, ele morreu, e não chegou nem perto da idade que tenho. Ele morreu na Véspera do Declínio.

— A escassez aumenta os preços — afirmou o prefeito. — Para uma peça de seda semitransparente tingida de azul, recebemos agora o que costumávamos receber por três peças.

— Isso se a vendermos. Onde estão os navios? E o azul é falso — queixou-se o magricela, provocando assim uma discussão de meia hora sobre a qualidade dos corantes que usavam nas grandes oficinas.

— Quem produz as tintas? — perguntou Gavião, e outra briga começou. A conclusão dessa vez foi que todo o processo de tingimento era supervisionado por membros de uma família que, na verdade, se autodenominava como de feiticeiros; mas, se eles já haviam sido feiticeiros, haviam perdido sua arte, e ninguém mais a encontrou, segundo o comentário amargo do homem magricela. Pois todos concordavam, exceto o prefeito, que os famosos corantes azuis de Lorbanery e o carmesim inigualável, o "fogo do dragão" usado pelas rainhas em Havnor há muito tempo, não eram mais como antes. Algo havia se apagado neles. A culpa era das chuvas fora de época, dos pigmentos naturais ou das refinarias.

— Ou dos olhos — provocou o homem magro —, dos olhos de gente que não sabe distinguir o verdadeiro azul-celeste do azul-

-oceânico. — E ele olhou para o prefeito, que não deu continuidade à provocação; eles ficaram em silêncio novamente.

O vinho ralo parecia apenas acidificar os temperamentos, e o rosto dos homens parecia sombrio. Não havia mais som, exceto o farfalhar da chuva nas incontáveis folhas dos pomares do vale, o sussurro do mar no fim da rua e o lamento do alaúde na escuridão no interior da hospedaria.

— Ele sabe cantar, aquele seu rapazinho efeminado? — perguntou o prefeito.

— É, ele sabe cantar. Arren! Cante uma toada para nós, rapaz.

— Não consigo fazer este alaúde sair do tom menor — disse Arren à janela, sorrindo. — Ele quer chorar. O que gostariam de ouvir, meus anfitriões?

— Alguma coisa nova — rosnou o prefeito.

O alaúde ressoou brevemente; Arren já tinha pegado o jeito.

— Esta pode ser nova por aqui — anunciou ele. Então, cantou.

Entre os brancos desfiladeiros de Soléa
e os ramos vermelhos recurvados
que deitavam suas flores
sobre a cabeça dela, baixa e pesada
de tristeza pelo amor perdido,
entre o ramo vermelho e o ramo branco
e uma dor incessante
eu juro, Serriadh,
filho de minha mãe e de Morred,
que me lembrarei do mal causado
para sempre, todo o sempre.

Eles estavam imóveis: os rostos amargos e inteligentes, as mãos e os corpos castigados pelo trabalho. Permaneceram em silêncio, ao crepúsculo quente e chuvoso do sul, e ouviram aquela canção como o grasnado do cisne cinzento dos mares frios de Éa, melancólico, desolador. Depois que a música acabou, permaneceram quietos por algum tempo.

— É uma música esquisita — comentou um, sem muita certeza.

Outro, seguro quanto à centralidade absoluta da ilha de Lorbanery no tempo e no espaço, comentou:

— A música estrangeira é sempre esquisita e triste.

— Cantem uma das de vocês — sugeriu Gavião. — Eu gostaria de ouvir um refrão alegre. O rapaz sempre canta sobre velhos heróis mortos.

— Eu faço isso — anunciou o último a falar, vacilou um pouco e começou a cantar sobre um barril de vinho forte e confiável, e olê, olá, vamos lá! Mas ninguém se juntou a ele no refrão, e ele desanimou no olê, olá.

— Não há canto mais perfeito — queixou-se, irritado. — A culpa é dos jovens, sempre estropiando e mudando o modo como as coisas são feitas e deixando de aprender as músicas antigas.

— Não é isso — disse o magricela. — É que nada mais é perfeito. Nada mais dá certo.

— É, é, sim — gemeu o mais velho —, a sorte acabou. É isso. A sorte acabou.

Depois disso, não havia muito mais a dizer. Os aldeões foram embora, em duplas ou trios, até que Gavião ficou sozinho do lado externo da janela e Arren do lado de dentro. Então, Gavião finalmente riu. Mas não era uma risada alegre.

A tímida esposa do estalajadeiro veio fazer as camas para eles no chão e foi embora, e eles se deitaram para dormir. Mas as vigas altas do quarto eram um ninho de morcegos, que voaram a noite toda, entrando e saindo da janela sem vidraça, trinando muito alto. Ao amanhecer, todos retornaram e se acomodaram, cada um formando um pequeno volume cinzento que pendia de uma viga de cabeça para baixo.

Talvez tenha sido o alvoroço dos morcegos que tornou agitado o sono de Arren. Fazia muitas noites que ele não dormia em terra firme; seu corpo não estava acostumado à imobilidade do chão e, quando pegava no sono, insistia na sensação de balanço, balanço... e então o mundo parecia desaparecer embaixo dele, que acordava com um grande sobressalto. Quando finalmente dormiu, sonhou que estava acorrentado no porão do navio de pessoas escravizadas; havia outros acorrentados com ele, mas todos estavam mortos. O garoto acordou desse sonho lutando para se libertar, mas logo adormeceu, voltando ao mesmo sonho. Por fim, teve a sensação de estar sozinho no navio, mas ainda acorrentado, de modo que não conseguia se mover. Então, uma voz intrigante falou lentamente em seu ouvido.

— Solte os grilhões — dizia. — Solte os grilhões. — Em seguida, ele tentou se mover e conseguiu. Estava em um pântano vasto e escuro, sob um céu carregado. Havia horror na terra e no ar denso, um horror monstruoso. Aquele lugar era o medo, o próprio medo; e ele estava ali dentro, não havia passagens. Precisava encontrar uma saída, mas não havia passagens, e ele era pequeno como uma criança, como uma formiga, e o lugar era imenso, interminável. Ele tentou andar, tropeçou e acordou.

Agora que estava acordado, o medo estava dentro de si, não era ele que estava dentro do medo, mas isso não o tornava menos imenso e interminável. Arren sentiu-se sufocado pela escuridão do quarto e procurou as estrelas no quadrado escuro da janela, mas, embora a chuva tivesse cessado, não havia estrelas. Estava acordado e com medo, e os morcegos voavam para dentro e para fora com suas asas de couro silenciosas. Às vezes, ouvia as vozes agudas deles, no limiar da audição.

A manhã chegou clara e ambos acordaram cedo. Gavião indagou seriamente sobre a emelita. Embora nenhum dos moradores da cidade soubesse o que era emelita, todos tinham teorias a respeito e discutiam por causa delas; e ele escutava, embora prestasse atenção a informações sobre algo que não era emelita. Por fim, ele e Arren seguiram o caminho que o prefeito lhes sugerira, na direção das pedreiras de onde pigmentos naturais azuis eram escavados. Mas no meio do caminho, Gavião tomou um desvio.

— Esta deve ser a casa — anunciou ele. — Falaram que essa família de tintureiros e mágicos desacreditados mora nesta estrada.

— Será que vale a pena falar com eles? — perguntou Arren, lembrando-se perfeitamente bem de Lebre.

— Há um centro para essa má sorte — afirmou o mago, com aspereza. — Há um lugar onde a sorte acaba. Preciso de um guia para ir ao lugar! — E ele continuou andando, então Arren precisou segui-lo.

A casa ficava isolada entre seus próprios pomares, uma bela construção de pedra, mas ela e todo o terreno estiveram muito tempo sem cuidado. Casulos não colhidos de bichos-da-seda pendiam, debotados, dos galhos irregulares, e abaixo deles o chão estava recoberto com uma camada grossa de restos, finos como papel, de larvas e mariposas mortas. Por toda a casa, sob as árvores próximas, pairava um odor de podridão e, enquanto se aproximavam, Arren lembrou-se subitamente do horror que se abateu sobre ele durante a noite.

Antes de a alcançarem, a porta foi escancarada. Dela saiu uma mulher de cabelos grisalhos, fuzilando-os com os olhos avermelhados e gritando:

— Fora, seus malditos, ladrões, difamadores, imbecis, mentirosos, tolos bastardos! Saiam, saiam, xô! Que o infortúnio se abata sobre vocês para sempre!

Gavião parou, parecendo um tanto espantado, e depressa ergueu a mão em um gesto intrigante. Ele disse uma só palavra:

— Desvio!

Ao ouvi-la, a mulher parou de gritar. Ela o encarou.

— Por que fez isso?

— Para desencaminhar sua Maldição.

Ela olhou por mais algum tempo e disse, por fim, com a voz rouca:

— Estrangeiros?

— Do norte.

Ela se aproximou. No início, Arren estava inclinado a rir, uma velha gritando na porta de casa, mas perto dela o rapaz sentiu apenas vergonha. A mulher estava suja e malvestida, tinha o hálito fétido e exibia nos olhos uma terrível inércia de dor.

— Não tenho poder para amaldiçoar — confessou ela. — Nenhum poder. — Ela imitou o gesto de Gavião. — Ainda se faz isso na sua terra?

Ele assentiu. Fixou os olhos nela, que retribuiu o olhar. Logo o rosto da mulher começou a se alterar e ela disse:

— Onde está o cajado?

— Eu não o mostro aqui, irmã.

— Não, nem deve. Ele o afastaria da vida. Assim como meu poder: ele me afastou da vida. Por isso o perdi. Perdi todas as coisas que sabia, todas as palavras e nomes. Tudo saiu por fiozinhos, como teias de aranha, dos meus olhos e da minha boca. Há um buraco no mundo, e a luz está acabando nele. E as palavras vão com a luz. Sabia disso? Meu filho fica o dia todo olhando para o escuro, à procura do buraco no mundo. Alega que veria melhor se fosse cego. Ele perdeu a mão trabalhando como tintureiro. Éramos os Tintureiros de Lorbanery. Olhe! — Ela sacudiu diante deles os braços musculosos e finos, manchados até o ombro com uma mistura fraca e irregular de pigmentos indeléveis. — Nunca sai da pele — disse ela —, mas a mente fica limpa. Ela não retém as cores. Quem são vocês?

Gavião não respondeu. Mais uma vez, seus olhos encontraram os da mulher; e Arren, em pé, ao lado, observava, inquieto.

De repente, ela estremeceu e sussurrou:

— Eu te conheço.

— É. Os iguais se reconhecem, irmã.

Foi estranho perceber como ela se afastou do mago, aterrorizada, querendo fugir dele, e como suspirou para ele como se fosse ajoelhar-se a seus pés.

Gavião pegou a mão dela e a segurou.

— Você gostaria de ter seu poder de volta, as habilidades, os nomes? Posso lhe dar isso.

— Você é o Homem Notável — murmurou ela. — Você é o Rei das Sombras, o Senhor do Refúgio Sombrio.

— Não sou. Não sou rei. Sou um homem, um mortal, seu irmão e seu semelhante.

— Mas você não vai morrer?

— Vou.

— Mas você vai retornar e viver para sempre.

— Não. Nem homem nenhum vai.

— Então você não é... Não é o Notável na escuridão... — concluiu ela, franzindo a testa e fitando-o um pouco desconfiada, com menos medo. — Mas você é um Notável. Existem dois? Qual é o seu nome?

O rosto severo de Gavião se suavizou por um instante.

— Não posso lhe contar — afirmou, com delicadeza.

— Vou lhe contar um segredo — declarou ela, que se colocara em pé, ereta, de frente para ele, e havia o eco da dignidade do passado em sua voz e em sua postura. — Não quero viver, viver, viver para sempre. Eu preferiria ter de volta os nomes das coisas. Mas todos eles se foram. Os nomes não importam agora. Não há mais segredos. Você quer saber meu nome? — Os olhos dela se encheram de luz, os punhos estavam cerrados, ela se inclinou para a frente e sussurrou: — Meu nome é Ákaren. — Então elevou a voz em um grito: — Ákaren! Ákaren! Meu nome é Ákaren! Agora todos eles sabem meu nome secreto, meu verdadeiro nome, e não há segredos, e não há verdade, e não há morte... Morte... Morte... — Ela bradou a palavra chorando, e saliva voava de seus lábios.

— Cale-se, Ákaren!

Ela se calou. Lágrimas escorriam pelo rosto, que estava sujo e coberto de mechas de cabelo grisalho, desgrenhado.

Gavião tomou aquele rosto enrugado, debulhado em lágrimas, entre as mãos e com muita leveza, muita ternura, beijou-a nos olhos. A mulher ficou imóvel, de olhos fechados. Então, com os lábios próximos à orelha dela, ele falou algumas palavras na Língua Arcaica, beijou outra vez e a soltou.

Ela abriu os olhos claros e o encarou por algum tempo, em contemplação pensativa, admirada. Assim como um bebê recém-nascido observa a mãe; assim como uma mãe olha para sua criança. Ela se virou lentamente e foi até a porta, entrou e a fechou atrás de si: em silêncio, ainda com o olhar de admiração no rosto.

Em silêncio, o mago se virou e começou a voltar para a estrada. Arren o seguiu. Ele não se atreveu a fazer perguntas. Logo em seguida, o mago parou, ali mesmo, no pomar em ruínas, e explicou:

— Tomei o nome dela e dei-lhe um novo. E com isso, de algum modo, houve uma sensação de renascimento. Não há nenhuma outra ajuda ou esperança para ela.

A voz dele estava trêmula e reprimida.

— Ela foi uma mulher de poder — prosseguiu. — Não uma mera bruxa ou inventora de poções, e sim uma mulher de arte e habilidade, que usava seu ofício para a criação do belo, uma mulher altiva e honrada. Assim era a vida dela. E tudo está perdido. — Ele se virou abruptamente, saiu caminhando pelos corredores do pomar e se deteve ao lado do tronco de uma árvore, de costas.

Arren o esperou sob a luz quente do sol salpicada com a sombra das folhagens. Ele sabia que Gavião tinha vergonha de sobrecarregar Arren com sua emoção; e, de fato, não havia nada que o garoto pudesse fazer ou dizer. Mas o coração dele estava todo com seu companheiro, não mais com ardor e adoração românticos, mas com dor, como se um elo fosse retirado do fundo do seu peito e forjado em um vínculo inquebrantável. Pois naquele amor que ele sentia nascera compaixão: algo sem o qual o amor é inapto, e não é completo, e não dura.

Gavião voltou até ele pela sombra verde do pomar. Nenhum dos dois se manifestou e seguiram lado a lado. Já estava quente; a chuva da noite anterior havia secado e seus pés levantavam a poeira na estrada. No início, o dia parecia triste e insípido para Arren, como se estivesse infectado por seus sonhos; agora, ele sentia prazer no ardor da luz do sol e no alívio da sombra, e apreciava a caminhada sem pensar em seu destino.

Melhor assim, pois não conseguiram nada. A tarde foi dedicada à conversa com os homens que extraíram os corantes e à negociação de alguns fragmentos do que se dizia ser emelita. Enquanto caminhavam pesadamente de volta para Sosara, com o sol de fim de tarde fustigando-lhes a cabeça e o pescoço, Gavião observou:

— É malaquita azul; mas duvido que saibam a diferença em Sosara.

— O povo daqui é estranho — comentou Arren. — É assim com tudo; eles não sabem a diferença. Como um dos homens disse ao prefeito ontem à noite: "Você não sabe distinguir o verdadeiro azul-celeste do azul-oceânico...". Reclamam dos maus tempos, mas não sabem quando os maus tempos começaram; dizem que o trabalho é malfeito, mas não o aprimoram; nem sabem a diferença entre um artesão e um manipulador de feitiços, entre artesanato e Arte da Magia. É como se não tivessem linhas, distinções e cores nítidas na cabeça. Tudo para eles é igual, tudo é cinza.

— É — respondeu o mago, em tom de reflexão. Ele espreitou adiante por um momento, a cabeça curvando-se entre os ombros, à maneira dos falcões; embora fosse um homem baixo, caminhava a passos largos. — O que eles não estão percebendo?

Arren respondeu sem hesitação:

— A alegria da vida.

— É — repetiu Gavião, aceitando a declaração de Arren e ponderando por algum tempo. — Fico feliz — continuou ele, por fim — que você possa pensar em meu lugar, rapaz... Sinto-me cansado e burro. Estou deprimido desde a manhã, desde que conversamos com aquela que foi Ákaren. Não gosto de desperdício e de destruição. Não quero um inimigo. Se preciso ter um inimigo, não quero procurar por ele, achá-lo e conhecê-lo... Se é preciso caçar, que o prêmio seja um tesouro, não algo detestável.

— Um inimigo, meu senhor? — questionou Arren.

Gavião assentiu.

— Quando ela falou sobre o Homem Notável, o Rei das Sombras? Gavião assentiu mais uma vez.

— Acho que sim — replicou ele. — Acho que precisamos ir não só até um lugar, mas até uma pessoa. O que se passa nesta ilha é maligno, maligno: essa perda do ofício e da altivez, essa falta de alegria, esse desperdício. Esse é o trabalho de uma vontade maligna. Mas uma vontade que sequer se dirigiu para este lugar, sequer notou Ákaren ou Lorbanery. A pista que seguimos é uma pista de destruição, como se corrêssemos atrás de um carrinho desgovernado na encosta da montanha e o víssemos deflagrar uma avalanche.

— Será que ela... Ákaren... poderia lhe contar mais sobre esse inimigo... Quem ele é e onde está, ou *o que é*?

— Agora não, rapaz — lamentou o mago com uma voz suave, mas um tanto sombria. — Poderia ter contado, com certeza. Em sua insanidade ainda havia feitiçaria. Na verdade, sua insanidade era sua feitiçaria. Mas eu não poderia preservar a insanidade para que ela me respondesse. Havia nela muita dor.

Ele prosseguiu caminhando com a cabeça um pouco caída entre os ombros, como se ele mesmo mal suportasse e ansiasse por evitar alguma dor.

Arren virou-se, ouvindo um barulho de passos na estrada, atrás deles. Um homem vinha correndo, bem longe, mas se aproximava depressa. À luz do poente, a poeira da estrada e os cabelos compridos, crespos, formavam auréolas vermelhas em torno dele; sua sombra longa saltava, fantástica, nos troncos e corredores dos pomares à beira da estrada.

— Escutem! — ele gritou. — Parem! Eu achei! Achei!

Ele os alcançou depressa. A mão de Arren dirigiu-se direto para o vazio onde o punho de sua espada poderia estar, depois para o vazio onde estivera sua faca perdida, e depois fechou-se em punho, tudo isso em meio segundo. Ele contraiu o rosto e avançou. O homem era uns vinte centímetros mais alto do que Gavião, e de ombros largos: um louco ofegante, desvairado, de olhos arregalados.

— Achei! — continuava repetindo, enquanto Arren, tentando dominá-lo com voz e atitudes severas e ameaçadoras, dizia:

— O que você quer dizer? — O homem tentou esquivar-se dele e ir até Gavião; Arren voltou se colocou diante dele.

— Você é o Tintureiro de Lorbanery — afirmou Gavião.

Então Arren sentiu que tinha agido como tolo ao tentar proteger o companheiro; e deu um passo para o lado, abrindo caminho. Pois, ao ouvir as seis palavras do mago, o louco parou de ofegar e de apertar as mãos grandes e manchadas; os olhos dele se apaziguaram; ele concordou com a cabeça.

— Eu era o Tintureiro — disse —, mas agora não posso tingir.

— Então olhou de soslaio para Gavião e sorriu; balançou a cabeça de cabeleira avermelhada e empoeirada. — Você tirou o nome da minha mãe — afirmou. — Agora não a conheço, e ela não me conhece. Ela ainda me ama muito, mas me abandonou. Ela está morta.

O coração de Arren ficou pequeno, mas ele percebeu que Gavião mal abanou a cabeça.

— Não, não — contestou ele —, ela não está morta.

— Mas vai. Ela vai morrer.

— É. Essa é uma consequência de viver — afirmou o mago. O Tintureiro pareceu tentar decifrar aquilo por um minuto, depois foi direto para cima de Gavião, agarrou-o pelos ombros e se inclinou sobre ele. Moveu-se tão depressa que Arren não conseguiu evitar, mas então chegou bem perto e ouviu o murmúrio:

— Encontrei o buraco na escuridão. O Rei estava lá. Ele vigia o buraco, ele o governa. Ele tinha uma pequena chama, uma pequena vela na mão. Soprou-a e a apagou. Depois, soprou-a de novo e ela acendeu! Acendeu!

Gavião não protestou por ter sido segurado e obrigado a ouvir o sussurro. Apenas perguntou:

— Onde você estava quando viu isso?

— Na cama.

— Sonhando?

— Não.

— Do outro lado do muro?

— Não — disse o Tintureiro, subitamente em tom sóbrio, como se estivesse desconfortável. Ele soltou o mago e deu um passo para trás. — Não, eu não sei onde fica. Achei. Mas não sei a localização.

— É isso que eu gostaria de saber — anunciou Gavião.

— Posso ajudar.

— Como?

— Você tem um barco. Você chegou de barco até aqui e vai continuar viagem. Está indo para o oeste? É esse o caminho. O caminho para o lugar de onde o rei sai. Tem de existir um lugar, um lugar *aqui*, porque ele está vivo... Não são só os espíritos, os fantasmas, que vêm pelo muro... Não é assim... Você não pode trazer nada além de almas por cima do muro, mas aquele é o corpo;

aquela é a carne imortal. Eu vi a chama subir na escuridão com a respiração dele, a chama que estava apagada. Eu vi. — O rosto do homem estava transfigurado, havia uma beleza selvagem nele, sob a luz vermelho-dourada. — Sei que ele venceu a morte. Eu sei. Dei minha feitiçaria para saber disso. Já fui feiticeiro! E você sabe disso, e está indo para lá, me leve junto.

A mesma luz brilhou no rosto de Gavião, mas o tornou impassível e hostil.

— Estou tentando ir até lá — declarou.

— Deixe-me ir com você!

Gavião assentiu brevemente.

— Se você estiver pronto quando partirmos — falou, com a mesma frieza de antes.

O Tintureiro recuou mais um passo e ficou olhando para ele, o entusiasmo em seu rosto apagando-se lentamente até ser substituído por uma expressão estranha e pesada; era como se a racionalidade estivesse operando para atravessar a tempestade de palavras, sentimentos e imagens que o confundiam. Por fim, se virou sem proferir uma palavra e se pôs a correr de volta pela estrada, em direção à névoa de poeira que ainda não havia se assentado em seu rastro. Arren deu um longo suspiro de alívio.

Gavião também suspirou, mas não como se tivesse o coração mais leve.

— Bem — disse ele. — Estradas insólitas têm guias insólitos. Vamos continuar.

Arren acompanhou o passo de Gavião.

— Você não vai levá-lo conosco? — perguntou.

— Isso depende dele.

Com um lampejo de raiva, Arren pensou: *E também depende de mim*. Mas não disse nada, e prosseguiram juntos em silêncio.

Não foram bem recebidos no retorno a Sosara. Em uma ilha pequena como Lorbanery, tudo se sabe assim que acontece, e eles, sem dúvida, foram vistos desviando para a Casa dos Tintureiros e conversando com o louco na estrada. O estalajadeiro os atendeu com hostilidade; a esposa agia com pavor deles. No fim da tarde, quando os homens da aldeia vieram se sentar sob o beiral da estalagem, fizeram questão de não falar com os estrangeiros e estavam muito espertos e alegres uns com os outros. Mas não tinham muita esperteza para transmitir e logo perderam a alegria. Ficaram todos sentados em silêncio por muito tempo, e o prefeito por fim se dirigiu a Gavião:

— Encontrou suas rochas azuis?

— Encontrei algumas rochas azuis — respondeu Gavião educadamente.

— Sopli mostrou para você onde encontrá-las, com certeza.

— Hahaha. — Riram os outros homens diante daquele golpe de mestre da ironia.

— Sopli seria o homem ruivo?

— O louco. Você visitou a mãe dele de manhã.

— Eu estava procurando um feiticeiro — disse Gavião.

O homem magricela, que estava sentado mais perto dele, cuspiu na escuridão.

— Para quê?

— Achei que poderia descobrir algo que estou procurando.

— As pessoas vêm para Lorbanery procurar seda — afirmou o prefeito. — Não vêm buscar pedras. Não vêm buscar encantamentos. Ou movimentos com os braços, tagarelices e truques de ocultistas. Aqui vive gente honesta que faz um trabalho honesto.

— Isso aí. Ele está certo — apoiaram outros.

— E nós não queremos nada diferente disso aqui, gente do estrangeiro bisbilhotando e se intrometendo na nossa vida.

— Isso aí. Ele está certo. — Veio o coro.

— Se houvesse algum ocultista por aqui que não estivesse maluco, daríamos a ele um trabalho honesto nos galpões, mas eles não sabem fazer trabalho honesto.

— Talvez soubessem, se houvesse algum a ser feito — respondeu Gavião. — Os galpões de vocês estão vazios, os pomares estão abandonados, a seda em seus armazéns foi toda tecida anos atrás. O que se faz aqui em Lorbanery?

— Cuidamos da nossa vida — retrucou o prefeito, mas o magricela interrompeu, agitado.

— Por que os navios não vêm? Explique! O que estão fazendo no Povoado de Hort? É porque nosso trabalho tem má qualidade? — Ele foi interrompido por negativas irritadas. Começaram a gritar uns com os outros, ficaram em pé e o prefeito agitou o punho diante do rosto de Gavião, outro sacou uma faca. O humor deles tornara-se feroz. Arren se pôs de pé no mesmo instante. Olhou para Gavião, esperando vê-lo se levantar em meio ao esplendor repentino da luz mágica e emudecê-los revelando seu poder. Mas o mago não o fez. Permaneceu sentado, encarando um e outro e ouvindo ameaças. Então, aos poucos, eles se calaram, como se não conseguissem manter a raiva, tal qual não conseguiam manter a alegria. A faca foi embainhada; as ameaças se transformaram em zombaria. Começaram a ir embora assim como cães que abandonam uma rinha, alguns empertigados e outros, furtivos.

Quando os dois ficaram sozinhos, Gavião levantou-se, entrou na pousada e tomou um longo gole de água do jarro ao lado da porta.

— Vamos, rapaz — chamou ele. — Já basta.

— Para o barco?

— É. — Ele colocou duas moedas comerciais de prata no parapeito da janela para pagar pela hospedagem e ergueu seu fardo leve de roupas. Arren estava cansado e com sono, mas passou os olhos pelo quarto abafado e desolador da estalagem e pela inquietação dos morcegos agitados nas vigas; pensou na noite anterior naquele quarto e seguiu Gavião de bom grado. Ele também pensou, enquanto desciam a única rua escura de Sosara, que, partindo agora escapariam do louco Sopli. Mas, quando chegaram ao porto, ele os esperava no cais.

— Aí está você — falou o mago. — Embarque, se quiser vir.

Sem dizer uma palavra, Sopli desceu para o barco e se agachou ao lado do mastro, como um cachorro grande e desleixado. Diante disso, Arren se rebelou.

— Meu senhor! — exclamou ele. Gavião virou-se; ficaram cara a cara no cais, acima do barco.

— Estão todos loucos nesta ilha, mas pensei que não o senhor. Por que vai levá-lo?

— Como guia.

— Guia... para mais loucura? Para a morte por afogamento ou por uma facada nas costas?

— Para a morte, mas pelo caminho que não conheço.

Arren falou com ardor e, embora Gavião respondesse baixinho, havia na voz dele certa ferocidade. Não estava acostumado a ser questionado. Mas, desde que tentou protegê-lo do louco na estrada naquela tarde e percebeu como sua proteção era inútil e desnecessária, Arren estava amargurado e toda a onda de devoção que sentiu pela manhã fora arruinada e desperdiçada. Era incapaz de proteger Gavião; não tinha licença para tomar nenhuma decisão; ou era incapaz, ou não tinha licença nem mesmo para compreender a natureza daquela busca. Era simplesmente arrastado, inútil como uma criança. Mas não era uma criança.

— Eu não discutiria com você, meu senhor — falou ele com a maior frieza que pôde. — Mas isso... Isso está além da razão!

— Está além de toda razão. Vamos para onde a razão não nos leva. Você virá ou não?

Lágrimas de raiva brotaram nos olhos de Arren.

— Eu disse que o acompanharia e o serviria. Não quebro minha palavra.

— Está bem — retrucou o mago, em tom severo, e fingiu se virar. Então, ficou frente a frente com Arren de novo. — Preciso de você, Arren; e você precisa de mim. Pois digo-lhe agora que acredito que este caminho que vamos seguir é seu, não por obediência ou lealdade a mim, mas porque você deveria segui-lo antes mesmo de ter visto a mim; antes de pisar em Roke; antes de zarpar de Enlad. Não pode voltar atrás.

A voz dele não estava mais branda. Arren respondeu com a mesma severidade:

— Como poderia voltar, sem barco, daqui do fim do mundo?

— Este é o fim do mundo? Não, ele fica mais adiante. Talvez ainda cheguemos lá.

Arren assentiu uma vez e desceu para o barco. Gavião soltou o cabo de amarração e conjurou um vento fraco na vela. Uma vez longe das docas altas e vazias de Lorbanery, o ar soprou fresco e puro vindo da escuridão do norte e a lua brilhou prateada no mar reluzente à frente, flutuando para a esquerda quando viraram em direção ao sul da costa da ilha.

CAPÍTULO 7
O LOUCO

O louco, o Tintureiro de Lorbanery, estava encolhido junto ao mastro, os braços em volta dos joelhos e a cabeça abaixada. A cabeleira crespa parecia preta ao luar. Gavião havia se enrolado em um cobertor e ido dormir na popa do barco. Nenhum dos dois se movia. Arren sentou-se na proa; jurara a si mesmo ficar de vigia a noite toda. Se o mago escolheu partir do princípio de que o passageiro lunático não atacaria nem a ele nem a Arren durante a noite, ótimo para ele; Arren, no entanto, partiria dos próprios princípios e assumiria as próprias responsabilidades.

Mas a noite estava muito longa e muito calma. O luar caía, imutável. Encolhido junto ao mastro, Sopli roncava, roncos longos e suaves. Suavemente o barco avançava; suavemente Arren caiu no sono. Ele acordou uma vez e viu a lua um pouco mais alta; abandonou a guarda pretensiosa, acomodou-se e foi dormir.

Sonhou outra vez, como aparentemente sempre acontecia nessa viagem e, no início, os sonhos foram fragmentados, mas estranhamente doces e apaziguadores. No lugar do mastro do *Visão Ampla* crescia uma árvore, com enormes galhos arqueados pela folhagem; cisnes guiavam o barco, arremetendo, com asas fortes, à frente; ao longe, no mar verde-azulado, iluminava-se uma cidade de torres brancas. Logo em seguida, ele estava em uma daquelas torres, subindo degraus em espiral, correndo com leveza e ansiedade. As cenas mudavam, se repetiam e levavam a outras, que passavam sem deixar vestígios; de repente, estava no crepúsculo terrível e sombrio dos pântanos, e seu pavor cresceu até que não conseguiu mais respirar. Mas seguiu em frente, porque precisava ir em frente. Depois de muito tempo, percebeu que, ali, seguir em frente era andar em círculos e retomar a mesma trilha. Mas ele precisava sair, fugir. Isso era cada vez mais urgente. Pôs-se a correr. Enquanto corria, os círculos se estreitaram e o chão começou a se inclinar. Ele estava correndo na escuridão cada vez mais rápido, em volta da borda interna de um fosso, um enorme redemoinho que o sugava para a escuridão; e quando percebeu isso, seu pé escorregou e ele caiu.

— Qual é o problema, Arren?

Gavião conversava com ele da popa. O amanhecer cinzento tornava o céu e o mar quietos.

— Nada.

— O pesadelo?

— Nada.

Arren estava com frio e seu braço direito doía por ter ficado sob o corpo. Ele fechou os olhos, protegendo-os da luz que se intensificava, e pensou: *Ele insinua uma coisa e outra, mas nunca quer me dizer claramente para onde estamos indo, ou o porquê, ou o motivo pelo qual devo ir até lá. E agora ele arrasta esse louco conosco. Quem é mais louco, o lunático ou eu, por vir com ele? Os dois podem compreender um ao outro; agora são os feiticeiros que estão loucos, disse Sopli. Eu poderia estar em casa a essa hora, em casa, no Salão em Berila, no meu quarto de paredes entalhadas e tapetes vermelhos no chão, fogo na lareira, acordando para praticar falcoaria com meu pai. Por que vim com ele? Por que ele me trouxe? Porque é o caminho que devo seguir, diz ele, mas isso é conversa de feiticeiro, fazer as coisas parecerem perfeitas com palavras grandiosas. Mas o significado das palavras está sempre em outro lugar. Se tenho de seguir algum caminho, é para minha casa, não vagando sem rumo pelos Extremos. Tenho deveres em casa e estou me esquivando deles. Se ele realmente acha que há algum inimigo da feitiçaria em ação, por que veio sozinho comigo? Ele poderia ter trazido outro mago para ajudá-lo, uma centena deles. Poderia ter trazido um exército de guerreiros, uma frota de navios. É assim que se enfrenta um grande perigo, enviando um velho e um garoto em um barco? Isso é mera tolice. Ele é que está louco; como ele mesmo disse, buscando a morte. Ele busca a morte e quer me levar junto. Mas não sou louco nem velho; não vou morrer, não vou com ele.*

Ele se apoiou no cotovelo, olhando para a frente. A lua que havia surgido diante deles quando deixaram a Baía de Sosara estava novamente à frente, afundando. Atrás, no leste, o dia nascia, pálido e sem graça. Não havia nuvens, mas um nublado fraco e indistinto. Mais tarde o sol esquentou, mas brilhou encoberto, sem esplendor. Durante todo o dia eles margearam a costa baixa e verde de Lorbanery à direita. Um vento fraco soprou vindo da terra e inflou a vela. Ao anoitecer, passaram por um longo cabo, o último; a brisa se acalmou. Gavião manifestou o vento mágico na vela e, como um falcão que se soltou do pulso, o *Visão Ampla* tomou impulso e avançou com avidez, deixando a Ilha da Seda para trás.

Sopli, o Tintureiro, permaneceu o dia todo encolhido no mesmo lugar, nitidamente com medo do barco e com medo do mar, enjoado e infeliz. Agora, ele estava falando, com a voz rouca.

— Estamos indo para o oeste?

O pôr do sol estava bem diante dele, mas Gavião, paciente ante as perguntas mais estúpidas dele, assentiu.

— Para Obehol?

— Obehol fica a oeste de Lorbanery.

— Bem longe, a oeste. Talvez seja lá o lugar.

— Como é esse lugar?

— Como vou saber? Como poderia vê-lo? Não é em Lorbanery! Procurei por anos, quatro anos, cinco anos, no escuro, à noite, fechando os olhos, sempre ouvindo o chamado dele, *Venha, venha*, mas não consegui ir. Não sou o senhor dos feiticeiros que pode manifestar caminhos na escuridão. Mas existe um caminho para chegar à luz, também sob o sol. É isso que Mildi e minha mãe não quiseram compreender. Continuavam procurando na escuridão. Então o velho Mildi morreu e minha mãe enlouqueceu. Ela esqueceu os feitiços que usamos no tingimento, e isso afetou sua mente. Ela quis morrer, mas pedi que esperasse. Esperasse até eu encontrar o lugar. Tem de haver um lugar. Se os mortos podem voltar à vida no mundo, tem de haver um lugar no mundo onde isso aconteça.

— Os mortos estão voltando à vida?

— Achei que você soubesse dessas coisas — respondeu Sopli após uma pausa, olhando desconfiado para Gavião.

— Busco saber.

Sopli não respondeu. De repente, o mago o fitou, um olhar direto e incontestável, embora o tom de voz fosse gentil:

— Está procurando uma maneira de viver para sempre, Sopli?

Sopli devolveu o olhar por um instante; depois escondeu a cabeça desgrenhada, de cabelos vermelho-acastanhados, nos braços, cruzando as mãos nos tornozelos e balançando levemente para a frente e para trás. Parecia que, quando assustado, voltava a essa posição; e quando estava nela, não falava ou tomava conhecimento do que era dito. Arren afastou-se dele, com desespero e repulsa. Como eles podiam continuar, com Sopli, por dias ou semanas, em um barco de cinco metros e meio? Era como compartilhar um corpo com uma alma doente...

Gavião surgiu ao lado de Arren na proa e apoiou um joelho no banco do remador, observando a tarde pálida. Ele disse:

— O homem tem um espírito pacífico.

Arren não respondeu. Ele perguntou friamente:

— O que é Obehol? Nunca ouvi o nome.

— Conheço o nome e o lugar pelos mapas; nada mais... Olhe lá: as companheiras de Gobardon!

A grande estrela cor de topázio agora estava bem alta ao sul, e abaixo dela, clareando o mar escuro, brilhava uma estrela branca à esquerda e outra, branco-azulada, à direita, formando um triângulo.

— Elas têm nomes?

— O Mestre Nomeador não sabia. Talvez os homens de Obehol e Wellogy tenham nomes para elas. Não sei. Entramos agora em mares desconhecidos, Arren, sob o Signo do Fim.

O garoto não respondeu, olhando com uma espécie de aversão para as estrelas brilhantes e inominadas acima da água infinita.

***

Dia após dia, enquanto navegavam para o oeste, o calor da primavera do sul pairou sobre as águas e o céu permaneceu claro. No entanto, Arren tinha a impressão de que havia uma opacidade na luz, como se ela incidisse, oblíqua, por um vidro. O mar estava morno quando ele nadava, oferecendo pouco frescor. A comida salgada de que dispunham não tinha sabor. Não havia frescor ou brilho em nada, exceto à noite, quando as estrelas ardiam, mais radiantes do que ele jamais vira. Deitava-se e as observava até dormir. Dormindo, ele sonhava: sempre o sonho dos pântanos, do fosso ou de um vale cercado de penhascos ou de uma longa estrada que descia de um céu baixo; sempre a luz fraca, o horror em seu interior e o esforço desesperado para escapar.

Ele nunca falou a esse respeito com Gavião. Não lhe contava nada importante, nada além dos pequenos incidentes diários da navegação; e Gavião, que sempre tinha de ser encorajado a falar, permanecia, como de hábito, calado.

Arren percebia agora como fora tolo ao entregar-se de corpo e alma àquele homem inquieto e reservado, que se deixava levar pelo impulso e não fazia esforço algum para controlar a própria vida ou salvá-la. Por ora, estava em seu humor utópico; e isso, pensou Arren, era porque não ousava enfrentar o seu próprio fracasso... O fracasso da feitiçaria como grande poder entre os homens.

Estava evidente que, para quem conhecia os segredos, não havia grandes segredos naquela Arte da Magia com a qual Gavião, e todas as gerações de ocultistas e feiticeiros, haviam feito tanta fama e poder. Não havia muita coisa além da manipulação do vento e do clima, do conhecimento de ervas curativas e de uma demonstração habilidosa de ilusões como névoas, luzes e mudanças de forma, que podiam assustar os ignorantes, mas que eram meros truques. A realidade não era alterada. Não havia nada na magia que desse ao homem poder verdadeiro sobre os seres humanos; e ela também não tinha qualquer utilidade contra a morte. Os magos não viviam mais do que homens comuns. Todas as suas palavras secretas não podiam adiar em uma hora a chegada de sua morte.

Mesmo nas pequenas coisas, não valia a pena contar com magia. Gavião sempre foi avarento no uso de suas artes; eles navegavam ao vento do mundo sempre que podiam, pescavam comida e poupavam a água, como qualquer marinheiro. Após quatro dias de curso interminável sob vento contrário, Arren perguntou se ele não queria manifestar um pouco de vento a favor na vela e, quando ele abanou a cabeça, o garoto quis saber:

— Por que não?

— Eu não pediria a um doente para disputar uma corrida — replicou Gavião —, nem colocaria uma pedra sobre costas já carregadas.

— Não ficou nítido se ele falava de si mesmo ou do mundo em geral. Suas respostas eram sempre relutantes, difíceis de entender. É aí, pensou Arren, que está a essência da feitiçaria: insinuar significados poderosos sem dizer absolutamente nada e fazer com que a inação absoluta pareça o ápice da sabedoria.

Arren tentara ignorar Sopli, mas era impossível fazê-lo; de um jeito ou de outro, ele logo se viu em uma espécie de aliança com o louco. Sopli não era tão louco, nem apenas um louco, como seu cabelo desgrenhado e sua fala fragmentada faziam parecer. Na verdade, a coisa mais louca sobre ele talvez fosse seu terror da água. Entrar em um barco exigiu dele uma coragem desesperada, e ele nunca conseguiu superar esse medo; mantinha a cabeça muito abaixada para não ter de ver a água ondulando e batendo à sua volta. Ficar em pé no barco o deixava tonto; ele se agarrava ao mastro. Na primeira vez que Arren decidiu nadar e mergulhou da proa, Sopli gritou, horrorizado; quando Arren retornou ao barco, o homem infeliz estava verde de choque.

— Achei que você estivesse se afogando — comentou ele, e Arren não conseguiu conter o riso.

Naquela tarde, quando Gavião estava sentado, meditando, sem prestar atenção e sem ouvir, Sopli veio se arrastando com cautela por cima dos bancos de remador até Arren. Ele disse em voz baixa:

— Você não quer morrer, quer?

— Óbvio que não.

— Ele quer — disse Sopli, com um pequeno movimento do maxilar inferior em direção a Gavião.

— Por que diz isso?

Arren adotou um tom senhorial, que se manifestava nele de modo natural, e Sopli aceitou-o como natural, embora fosse dez ou quinze anos mais velho do que Arren. Ele respondeu com pronta civilidade, ainda que a seu modo fragmentário habitual:

— Ele quer chegar ao lugar secreto. Mas não sei por quê. Ele não quer... Ele não acredita... na promessa.

— Que promessa?

Sopli ergueu os olhos para Arren, sério; havia algo de sua masculinidade arruinada em seus olhos; mas a vontade do rapaz era mais forte. Ele respondeu muito baixo:

— Você sabe. Da vida. Da vida eterna.

Um calafrio intenso percorreu o corpo de Arren. Ele se lembrou dos próprios sonhos: o pântano, o fosso, os penhascos, a luz fraca. Era a morte; aquele era o horror da morte. Era para longe da morte que ele precisava escapar, precisava encontrar o caminho. Na soleira da porta estava a figura coroada de sombra, segurando uma luz ínfima, não maior do que uma pérola, o brilho da vida imortal.

O olhar de Arren se encontrou com o de Sopli pela primeira vez: olhos castanho-claros, muito claros; neles o rapaz viu que finalmente havia compreendido e que Sopli compartilhava sua compreensão.

— Ele — continuou o Tintureiro, com a contração do maxilar em direção a Gavião — não vai desistir do próprio nome. Ninguém pode tomar o nome dele. O caminho é muito estreito.

— Você já o viu?

— Na escuridão, em minha mente. Não basta. Quero chegar lá; quero ver. No mundo, com meus olhos. E se eu... E se eu morrer e não conseguir encontrar o caminho, o lugar? A maioria das pessoas não consegue encontrar; nem mesmo sabem que existe. Há apenas alguns de nós que têm o poder. Mas é difícil, porque você tem de abrir mão do poder para chegar lá... Vão-se as palavras. Vão-se os nomes. É muito difícil enganar a mente. E quando você... morre, sua mente... morre. — Ele emperrava naquela palavra toda vez. — Quero *saber* que posso voltar. Quero estar lá. Do lado da vida. Quero viver, estar em segurança. Odeio... Odeio essa água...

O Tintureiro juntou braços e pernas como uma aranha em queda e curvou a cabeça ruiva entre os ombros, para afastar a visão do mar.

Mas Arren não evitou a conversa depois disso, ciente de que Sopli partilhava não só da mesma visão que ele, mas também do mesmo medo; e de que, se o pior acontecesse, Sopli poderia apoiá-lo contra Gavião.

Eles navegavam sem parar, lentamente, em brisas calmas e inconstantes, para o oeste, para onde Gavião fingia que Sopli os guiava. Mas Sopli não os guiava... Ele não sabia nada do mar, nunca tinha visto um mapa nem estado em um barco, temia a água com um horror doentio. Era o mago que os guiava e os desencaminhava de propósito. Arren percebia isso agora e compreendia o motivo. O Arquimago sabia que eles e outros como eles buscavam a vida eterna, que lhes fora prometida ou que os atraía, e eram capazes de encontrá-la. Em seu orgulho, seu orgulho presunçoso de Arquimago, temia que conseguissem alcançá-la; ele os invejava e os temia, e não aceitaria que homem algum fosse maior do que ele. Pretendia velejar para o Mar Aberto, além de todas as terras, até que estivessem totalmente perdidos e nunca pudessem voltar ao mundo, e lá morreriam de sede. Ele mesmo morreria, para impedir que alcançassem a vida eterna.

De tempos em tempos, chegava um momento, quando Gavião conversava com Arren sobre algum assunto irrelevante da administração do barco, nadava com ele no mar quente ou dava-lhe boa-noite sob as massivas estrelas, quando todas essas ideias pareciam totalmente sem sentido para o rapaz. Ele olhava para o companheiro e o observava, com seu rosto duro, severo, paciente, e pensava: *Este é meu senhor e amigo.* E parecia impossível duvidar dele. Mas logo depois estava em dúvida outra vez, e ele e Sopli trocavam olhares, alertando um ao outro sobre o inimigo em comum.

Todos os dias o sol brilhava quente, mas opaco. Sua luz pairava como um verniz sobre a ondulação morosa do mar. A água era azul, o céu era azul sem alteração ou sombra. As brisas sopravam e morriam, e eles viravam a vela para colhê-las e arrastarem-se vagarosamente rumo ao infinito.

Certa tarde, finalmente tiveram um leve vento a favor; e Gavião apontou para cima, perto do pôr do sol, dizendo:

— Olhem. — Bem acima do mastro, uma revoada de gansos--marinhos movia-se como uma runa negra desenhada no céu. Os gansos voaram para o oeste: e, seguindo-os, no dia seguinte o *Visão Ampla* tinha uma grande ilha à vista.

— É isso — concluiu Sopli. — Aquela terra. Precisamos ir para lá.

— O lugar que você procura está lá?

— Sim. Devemos aportar ali. É o mais longe que podemos ir.

— Aquela terra deve ser Obehol. Além dela, no Extremo Sul, há outra ilha, Wellogy. E no Extremo Oeste há ilhas situadas ainda mais longe do que Wellogy. Tem certeza, Sopli?

O Tintureiro de Lorbanery ficou zangado, e a expressão de dor retornou a seus olhos; mas ele já não falava alucinadamente, pensou Arren, como fizera quando conversaram pela primeira vez, muitos dias antes, em Lorbanery.

— Sim. Devemos aportar ali. Já fomos longe o suficiente. O lugar que procuramos é esse. Você quer que eu jure? Devo jurar pelo meu nome?

— Você não pode — afirmou Gavião em sua voz dura, encarando Sopli, que era mais alto do que ele; Sopli havia se levantado, segurando-se com firmeza no mastro, a fim de olhar a terra à frente.

— Não tente, Sopli.

O Tintureiro contraiu o rosto com raiva ou dor. Ele olhou para as montanhas azuladas ao longe, à frente do barco, além do nível da água ondulante, trêmula, e respondeu:

— Você me aceitou como guia. Aquele é o lugar. Devemos aportar ali.

— Vamos aportar de qualquer maneira; precisamos de água — declarou Gavião e dirigiu-se ao leme. Sopli sentou-se em seu lugar junto ao mastro, resmungando. Arren ouviu-o dizer:

— Juro pelo meu nome. Pelo meu nome — disse várias vezes e, a cada repetição, contraía o rosto como se estivesse com dor.

Avançaram para mais perto da ilha com um vento norte e navegaram em busca de uma baía ou ancoradouro, mas as ondas quebravam, ameaçadoras, sob a luz do sol quente em toda a costa norte. As montanhas verdes terra adentro erguiam-se, ardendo naquela luz, cobertas de árvores até os picos.

Contornando um cabo, por fim avistaram uma baía, profunda em meia-lua, com praias de areia branca. Ali, as ondas chegavam em silêncio, tendo sua força refreada pelo cabo, e um barco poderia aportar. Nenhum sinal de vida humana era visível na praia ou nas florestas acima dela; não avistaram um barco, um telhado, um fio de fumaça. A brisa leve passou assim que o *Visão Ampla* entrou na baía. O lugar era tranquilo, silencioso, quente. Arren pegou os remos, Gavião conduziu o leme. O rangido das forquilhas era o único som. Os picos verdes assomavam acima da baía, cercando-a. O sol cobria a água com lençóis de luz incandescente. Arren ouvia o sangue pulsar em seus ouvidos. Sopli havia deixado a segurança do mastro e se agachado na proa, segurando-se nas amuradas, olhando e se esticando em direção à terra. O rosto escuro e cheio de cicatrizes de Gavião brilhava de suor como se tivesse sido mergulhado em azeite; seu olhar mudava continuamente das ondas baixas para os penhascos cobertos de folhagem acima.

— Agora — disse a Arren e ao barco. Arren deu três grandes braçadas com os remos e o *Visão Ampla* avançou com leveza para a areia. Gavião saltou para empurrar o barco com um último impulso das ondas. Ao estender as mãos para empurrar, tropeçou e quase caiu, mas apoiou-se na popa. Com enorme esforço, arrastou o barco de volta para a água com o refluxo da onda e pulou com dificuldade por cima da amurada, conforme a embarcação flutuava entre o mar e a praia.

— Reme! — soltou ele, ofegante, apoiando-se nas mãos e nos joelhos, com água escorrendo, tentando recuperar o fôlego. Ele estava segurando uma lança… Uma lança de arremesso com pouco mais de meio metro de comprimento. Onde a conseguiu? Outro arpão apareceu enquanto Arren, confuso, esforçava-se nos remos; a embarcação chocou-se lateralmente contra um obstáculo, lascando a madeira do casco e rebatendo de ponta a ponta. Nos barrancos baixos junto à praia, sob as árvores, silhuetas se moviam, arremessando lanças e agachando. Ouviam-se assovios curtos, zumbidos no ar. Arren encolheu de repente a cabeça entre os ombros, dobrou as costas e remou com braçadas poderosas: duas para sair dos baixios, três para virar o barco e se afastar. Sopli, na proa do barco, atrás de Arren, começou a gritar. Os braços de Arren foram agarrados de repente, de tal modo que os remos saíram da água. Uma pancada atingiu-o na boca do estômago, de modo que por um instante ele ficou cego e sem fôlego.

— Vire! Vire! — Sopli estava gritando. O barco saltou na água de uma só vez e sacudiu. Furioso, Arren virou assim que agarrou os remos outra vez. Sopli não estava no barco.

Ao redor deles, as águas da baía ondulavam e reluziam ao sol.

Tolamente, Arren olhou para trás de si e, em seguida, para Gavião agachado na popa.

— Ali — disse Gavião, apontando para o lado, mas não havia nada, apenas o mar e o sol reluzindo. Uma lança vinda de uma atiradeira caiu a poucos metros do barco, entrou na água sem fazer barulho e desapareceu. Arren remou dez ou doze braçadas fortes, depois deu meia-volta na água e olhou mais uma vez para Gavião.

As mãos e o braço esquerdo do Gavião estavam ensanguentados; ele segurava um chumaço de pano de vela no ombro. A lança de ponta de bronze estava no fundo do barco. Ele não a estava segurando quando Arren olhou para ele pela primeira vez; ela saía da cavidade do ombro do mago, onde a ponta tinha entrado. Gavião examinava a água entre eles e a praia branca, onde algumas pequenas silhuetas saltitavam e gesticulavam ao sol. Por fim, ele disse:

— Continue.

— Sopli...

— Ele não emergiu.

— Ele se afogou? — perguntou Arren, incrédulo.

Gavião assentiu.

Arren continuou a remar até a praia se tornar apenas uma linha branca sob as florestas e os picos verdes. Gavião estava sentado ao lado do leme, segurando o chumaço de tecido no ombro, mas sem prestar atenção.

— Uma lança o atingiu?

— Ele pulou.

— Mas ele não sabia nadar. Ele tinha medo da água!

— Sim. Um medo mortal. Ele queria... Queria chegar à terra firme.

— Por que nos atacaram? Quem são eles?

— Devem ter pensado que somos inimigos. Você pode... me dar uma mão por um instante? — Arren percebeu, então, que o pano que ele segurava pressionado contra o ombro estava encharcado e vermelho-vivo.

A lança o atingiu entre a articulação do braço e a clavícula, rasgando uma das artérias, causando um vasto sangramento. Orientado por Gavião, Arren rasgou tiras de uma camisa de linho e improvisou uma faixa para a ferida. O mago pediu a lança e, quando Arren a colocou sobre seus joelhos, Gavião pousou a mão direita sobre a lâmina, comprida e estreita como uma folha de salgueiro, mas grosseiramente forjada em bronze; deu a entender que ia falar, mas, depois de um minuto, meneou a cabeça.

— Não tenho força para feitiços — afirmou. — Depois. Tudo ficará bem. Pode nos tirar desta baía, Arren?

Calado, o garoto voltou aos remos. Curvou as costas para o trabalho e, em pouco tempo, pois havia força em seu corpo perfeito e ágil, ele tirou o *Visão Ampla* da baía em meia-lua, chegando ao mar aberto. A calmaria do meio-dia recaía sobre o mar do Extremo. A vela estava frouxa. O sol brilhava atrás de um véu de neblina, e os picos verdes pareciam tremer e pulsar com o calor veemente. Gavião estendera-se no fundo do barco, a cabeça encostada no banco próximo ao leme; ele ficou imóvel, lábios e pálpebras entreabertos.

Arren não gostava de olhar para o rosto dele, mas olhava por cima da popa do barco. A neblina quente pairava sobre a água, como se véus de teia de aranha estivessem estendidos no céu. Os braços do garoto estavam trêmulos de cansaço, mas ele continuava remando.

— Para onde você está nos levando? — Gavião perguntou com a voz rouca, sentando-se um pouco. Virando-se, Arren viu a baía em forma de meia-lua contornar o barco novamente com seus braços verdes, a linha branca da praia à frente e as montanhas reunidas no alto. Ele virou o barco sem perceber.

— Não consigo mais remar — explicou ele, recolhendo os remos e encolhendo-se na proa. Ele ficava imaginando que Sopli estava atrás dele no barco, perto do mastro. Ambos tinham passado muitos dias juntos, e a morte dele fora repentina e ilógica demais para ser compreendida. Nada podia ser compreendido.

O barco balançava na água, a vela frouxa na trave. A maré, começando a entrar na baía, virou o *Visão Ampla* lentamente de lado para a corrente e empurrou-o, com impulsos curtos, na direção da linha branca e distante à beira-mar.

— *Visão Ampla* — falou o mago em tom afetuoso, e depois uma ou duas palavras na Língua Arcaica; o barco sacudiu com suavidade, virou para fora e deslizou sobre o mar ardente para longe dos braços da baía.

Mas, vagarosa e delicadamente, em menos de uma hora a embarcação parou de abrir caminho e a vela pendeu frouxa outra vez. Arren olhou para trás no barco e viu o companheiro deitado como antes, mas com a cabeça caída para trás e os olhos fechados.

Tudo isso aconteceu enquanto Arren vivenciava um horror intenso e doentio, que crescia dentro de si e o impedia de agir, como se corpo e mente fossem envolvidos por tênues fios. Nenhuma coragem surgiu nele para enfrentar o medo; apenas uma espécie de ressentimento apático contra sua sorte.

Ele não deveria deixar o barco ser levado pela corrente ali, perto das costas rochosas de uma terra cujo povo atacava estranhos; aquilo estava óbvio em sua mente, mas não significava muito. O que ele deveria fazer em vez disso? Remar o barco de volta para Roke? Ele estava perdido, completamente perdido e sem esperanças, na vastidão do Extremo. Nunca conseguiria conduzir o barco de volta por semanas tão longas de viagem, até qualquer terra amistosa. Somente com a orientação do mago conseguiria fazê-lo, e Gavião estava ferido e indefeso, de maneira tão repentina e ilógica quanto Sopli estava morto. O rosto dele havia mudado, estava flácido e amarelado; ele podia estar morrendo. Arren achou que deveria levá-lo para debaixo do toldo, a fim de protegê-lo do sol, e dar-lhe água; homens que haviam perdido sangue precisavam beber. Mas estavam com pouca água havia dias; o barril estava quase vazio. O que importava? Não ajudava, não adiantava. A sorte tinha acabado.

As horas passavam, o sol batia forte e o calor acinzentado envolvia Arren. Ele ficou sentado, imóvel.

Um sopro de frio passou por sua testa. Ele olhou para cima. Era noite: o sol estava baixo; o oeste, vermelho, opaco. O *Visão Ampla* movia-se moroso sob a brisa suave do leste, contornando as margens íngremes e arborizadas de Obehol.

Arren foi ao interior da embarcação e cuidou do companheiro, preparando-lhe um catre sob o toldo e dando-lhe água. Fez essas coisas às pressas, mantendo os olhos longe do curativo, que precisava ser trocado, pois o ferimento ainda não havia parado de sangrar. Gavião, no langor da fraqueza, não falou; mesmo enquanto bebia, sedento, seus olhos permaneceram fechados e ele caiu no sono outra vez, pois essa avidez era maior. Ele ficou deitado em silêncio; e, quando a brisa morreu na escuridão, nenhum vento mágico a substituiu, e o barco voltou a oscilar preguiçosamente na água calma e ondulante. Mas agora as montanhas que se avultavam à direita eram pretas contra o céu iluminado pelas estrelas, e por um longo tempo Arren as contemplou. Elas tinham contornos que pareciam familiares, como se já as tivesse visto antes, como se as conhecesse a vida toda.

Quando ele se deitou para dormir, olhou para o sul, e lá, bem no alto, acima do mar branco, ardia a estrela Gobardon. Abaixo dela estavam os outras duas, formando um triângulo, e abaixo delas, três outras haviam aparecido em linha reta, formando um triângulo maior. Então, escapando das planícies líquidas de preto e prata, mais duas surgiram à medida que a noite avançava; eram amarelas como Gobardon, embora mais fracas, inclinando-se da direita para a esquerda a partir da base reta do triângulo. Eram oito das nove estrelas que deveriam formar a silhueta de um homem, ou a runa hárdica Agnen. Aos olhos de Arren não havia nenhum homem no desenho, a menos que, como em todas as figuras estelares, ele fosse estranhamente distorcido; mas a runa era nítida, um traço em gancho e horizontal, faltava apenas o pé; o último traço para completá-lo era a estrela que ainda não surgira.

Olhando para ela, Arren dormiu.

Quando acordou, ao amanhecer, o *Visão Ampla* tinha se afastado ainda mais de Obehol. Uma neblina escondia as margens e quase todos os picos das montanhas, tornando-se uma névoa sobre as águas violeta do sul, escurecendo as últimas estrelas.

Ele olhou para o companheiro. Gavião respirava de modo irregular, como quando a dor se move sob a superfície do sono sem interrompê-lo. Seu rosto estava enrugado e velho na luz fria e sem sombras. Contemplando-o, Arren vislumbrou um homem sem poder, sem feitiçaria, sem força, sem juventude, sem nada. Ele não salvou Sopli nem afastou a lança de si mesmo. Ele os colocou em perigo e não os salvou. Agora, Sopli estava morto, ele estava morrendo, e Arren morreria. Por culpa daquele homem; e em vão, a troco de nada.

Arren o observou com os olhos claros de desespero e não enxergou nada.

Nada despertou nele a lembrança da fonte sob a sorveira ou da luz mágica branca no navio de indivíduos escravizados sob o nevoeiro ou dos pomares esgotados da Casa dos Tintureiros. Nada despertou qualquer orgulho ou disposição teimosa. Ele assistiu ao surgimento da aurora sobre o mar calmo, onde ondas baixas e volumosas corriam coloridas como uma ametista pálida, e tudo pareceu um sonho, sem cor, sem qualquer firmeza ou vigor real. E nas profundezas do sonho e do mar não havia nada… Uma lacuna, um vazio. Não havia profundezas.

O barco avançava, inconstante e moroso, ao humor esporádico do vento. Atrás deles, os picos de Obehol encolhiam-se, pretos contra o sol nascente, de onde vinha o vento, levando o barco para longe da terra, para longe do mundo, para o mar aberto.

CAPÍTULO 8
OS FILHOS DO MAR ABERTO

Por volta do meio daquele dia, Gavião se moveu e pediu água. Depois de beber, perguntou:
— Para onde estamos indo? — Pois a vela estava esticada acima dele, e o barco mergulhava como uma andorinha nas longas ondulações do mar.

— Oeste ou norte, pelo oeste.

— Estou com frio — declarou Gavião. O sol ardia, enchendo o barco de calor.

Arren não respondeu.

— Tente rumar para oeste. Wellogy, a oeste de Obehol. Aporte lá. Precisamos de água.

O garoto olhou para a frente e examinou o mar vazio.

— Qual é o problema, Arren?

Ele não se manifestou.

Gavião tentou sentar-se e, ao falhar, alcançou seu cajado que estava ao lado da caixa de equipamentos; mas estava fora de seu alcance e, quando tentou falar outra vez, as palavras travaram em seus lábios secos. O sangue escorreu de novo sob o curativo encharcado e coberto de crostas, formando um fiozinho de aranha carmesim na pele escura de seu tórax. Ele respirou fundo e fechou os olhos.

Arren o observou, mas sem sentimentos e por pouco tempo. Avançou e retomou seu posto, encolhido na proa, olhando para a frente. A boca estava muito seca. O vento leste que passara a soprar firme sobre o mar aberto era tão seco quanto um vento do deserto. Restavam apenas dois ou três litros de água no barril; estavam destinados, na cabeça de Arren, para Gavião, não para ele; nunca lhe ocorreu beber daquela água. Ele havia lançado linhas de pesca, pois descobrira, desde que deixaram Lorbanery, que peixe cru satisfaz tanto a sede quanto a fome; mas nunca havia nada nas linhas. Pouco importava. A embarcação se movia sobre o deserto de água. Acima do barco, lento, mas sempre vencedor ao fim da corrida, atravessando toda a extensão do céu, o sol também se movia de leste a oeste.

Certa vez, Arren pensou ter visto um monte azul ao sul, que poderia ser terra ou nuvem; seguiam um pouco a noroeste por horas. Ele não tentou mudar a posição da vela, e deixou que a embarcação continuasse. Aquela terra poderia ser ou não real; pouco importava. Para ele, toda a glória vasta e ardente do vento, da luz e do oceano era obscura e falsa.

Escurecia, clareava de novo, escurecia e clareava, como batidas de tambor na lona esticada do céu.

Ele arrastou a mão na água pela lateral do barco. Por um instante, enxergou nitidamente: sua mão pálida esverdeada sob a água viva. Ele se inclinou e chupou a umidade dos dedos. Era amarga, queimando seus lábios de maneira dolorosa, mas ele repetiu a ação. Então, ficou enjoado e agachou-se vomitando, mas apenas um pouco de bile que queimou sua garganta. Não havia mais água para dar a Gavião, e ele temia se aproximar do mago. Deitou-se, tremendo apesar do calor. Tudo era silêncio, aridez e brilho: um brilho terrível. Ele escondeu os olhos da luz.

***

Estavam no barco, três deles, magros e ossudos, de olhos grandes, como garças ou grous escuros e estranhos. Suas vozes eram finas, como vozes de pássaros. Arren não os entendia. Um deles ajoelhou-se perto e, com um cantil escuro no braço, despejou algo na boca de Arren: era água. Arren bebeu com avidez, engasgou-se, bebeu de novo até esvaziar o recipiente. Então olhou em volta e se esforçou para ficar de pé, dizendo:

— Onde está, onde ele está? — Pois no *Visão Ampla* estavam apenas os três homens estranhos e esguios.

Eles o olharam sem entender.

— O outro homem — resmungou, a garganta rouca e lábios endurecidos eram incapazes de formar as palavras —, meu amigo... Um deles compreendeu a angústia do garoto, mas não pelas palavras, e colocando uma mão leve em seu braço, apontou com a outra.

— Lá — afirmou, tranquilizando o garoto.

Arren olhou. E vislumbrou, à frente do barco e ao norte, algumas próximas e outras espalhadas pelo mar: jangadas... Eram tantas jangadas que jaziam como folhas de outono em um lago. Perto da água, cada qual tinha uma ou duas cabanas ou barracas quase ao centro, e várias tinham mastros erguidos. Como folhas, flutuavam, subindo e descendo muito suavemente, enquanto as vastas ondulações do oceano ocidental lhes perpassavam.

As faixas de água brilhavam como prata entre elas, e no céu grandes nuvens de chuva, violeta e douradas, escureciam o oeste.

— Lá — repetiu o homem, apontando para uma grande jangada perto do *Visão Ampla*.

— Vivo?

Todos olharam-no e, por fim, um compreendeu.

— Vivo. Ele está vivo.

Ao ouvi-lo, Arren se pôs a chorar, a soluçar seco, e um dos homens segurou-lhe o pulso com uma mão forte e delgada, puxando-o para fora da embarcação e para uma jangada à qual o barco tinha sido amarrado. A jangada era tão grande e flutuante que não cedeu nem um pouco ante o peso deles. O homem conduziu Arren, enquanto um dos outros estendeu a mão com um pesado arpão de dente de tubarão-baleia na ponta e puxou uma jangada para mais perto, até conseguirem saltar a fresta. Dali, ele conduziu Arren para o abrigo ou cabana, que era aberto de um lado e fechado com telas de tecido dos outros três.

— Deite-se — recomendou ele, e Arren não compreendeu nada além disso.

***

Ele estava deitado de costas, esticado, fitando um telhado verde, rudimentar e matizado por minúsculos pontos de luz. Pensou que estivesse nos pomares de macieiras de Semermine, onde os príncipes de Enlad passam os verões, nas colinas atrás de Berila; pensou que estivesse deitado no gramado espesso de Semermine, vendo a luz do sol entre galhos de macieiras.

Depois de um tempo, ouviu a água bater e empurrar as concavidades sob a jangada, e as vozes agudas das pessoas da jangada falando uma língua que era o hárdico comum do Arquipélago, mas com muitas variações de sons e ritmos, por isso era difícil entender; e assim soube onde estava: muito além do Arquipélago, além do Extremo, além de todas as ilhas, perdido em mar aberto. Mas, ainda assim, estava despreocupado, confortavelmente deitado como se estivesse no gramado dos pomares de sua casa.

Arren pensou depois de um tempo que deveria se levantar, e assim o fez, constatando que seu corpo estava muito magro, com aparência queimada e pernas trêmulas, mas aptas. Afastou para o lado o tecido que formava as paredes do abrigo e encontrou a tarde. Havia chovido enquanto ele dormia. A madeira da jangada, que incluía grandes toras lisas e quadradas, encaixadas e calafetadas, estava escura pela umidade, e os cabelos das pessoas, magras e seminuas, eram pretos e estavam escorridos pela chuva. Mas parte do céu estava clara, a oeste, onde encontrava-se o sol e as nuvens flutuavam agora para o nordeste em montes prateados.

Um dos homens aproximou-se de Arren com cautela, parando a alguns metros. Ele era magro e baixo, não mais alto do que um menino de doze anos; tinha olhos amendoados, grandes e escuros. Carregava uma lança com ponta farpada de marfim.

Arren disse:

— Devo minha vida a você e a seu povo.

O homem assentiu.

— Você vai me levar ao meu companheiro?

Afastando-se, o homem-jangadeiro ergueu a voz em um grito agudo e penetrante, como o grasnado de uma ave marinha. Depois pôs-se de cócoras, como se esperasse, e Arren fez o mesmo.

As jangadas tinham mastros, embora o mastro daquela em que estavam não estivesse erguido. Neles, podiam ser içadas velas, pequenas em comparação com a largura da jangada. As velas eram feitas de um material marrom, não de lona ou linho, mas de um material fibroso que não parecia tecido, e sim aglutinado, como se produz o feltro. Uma jangada a uns quatrocentos metros de distância recolheu a vela marrom da cruzeta por meio de cordas e, com lentidão, abriu caminho entre outras jangadas, impelindo-as e afastando-as com varas, até chegar ao lado daquela em que Arren estava. Quando havia apenas um metro de água entre elas, o homem ao lado de Arren levantou-se e saltou para a outra, casualmente. Arren fez o mesmo e, desajeitado, caiu de quatro; não havia mais elasticidade em seus joelhos. Levantou-se e encontrou o homenzinho observando-o, sem zombaria, mas com aprovação: o autocontrole de Arren evidentemente ganhou seu respeito.

Essa era uma jangada maior e mais alta do que qualquer outra, feita de troncos de doze metros de comprimento e entre um metro e um metro e meio de largura, escurecida e gasta pelo uso e pelo tempo. Estátuas de madeira de entalhe intrigante estavam sobre os vários abrigos ou cercados, e postes altos com tufos de penas de aves marinhas ocupavam os quatro cantos. O guia o levou até o menor dos abrigos, e lá ele viu Gavião, deitado, dormindo.

Arren sentou-se no abrigo. O guia voltou para a outra balsa e ninguém o incomodou. Depois de mais ou menos uma hora, uma mulher trouxe comida: uma espécie de ensopado de peixe frio com pedaços de alguma coisa verde transparente, salgada, mas saborosa, e também um pequeno copo de água, rançosa, com gosto de piche devido à calafetagem do barril. Ele percebeu, pela maneira como ela serviu a água, que se tratava de um tesouro que ela lhe oferecia, um bem a ser honrado. Ele bebeu respeitosamente e não pediu mais, embora pudesse ter bebido outros dez copos.

O ombro de Gavião fora enfaixado com habilidade; ele dormia profunda e tranquilamente. Quando acordou, seus olhos estavam límpidos. Olhou para Arren e abriu o sorriso doce e alegre que

era sempre surpreendente naquele rosto duro. Arren sentiu outra vez uma vontade repentina de chorar. Colocou a mão na mão de Gavião e não disse nada.

Uma pessoa do povo jangadeiro aproximou-se e agachou-se à sombra do grande abrigo próximo: parecia ser uma espécie de templo, com um desenho quadrado de grande complexidade acima da porta e batentes feitos de troncos esculpidos no formato de baleias-cinzentas em postura de mergulho. Aquele homem era baixo e magro como os outros, com uma estrutura de menino, mas o rosto era forte e marcado pelos anos. Ele não usava nada além de uma tanga, mas a dignidade o vestia por completo.

— Ele precisa dormir — declarou o homem, e Arren deixou Gavião, juntando-se ao homem.

— Você é o chefe deste povo — concluiu Arren, reconhecendo um príncipe ao ver um.

— Sou — respondeu, com um breve aceno de cabeça. Arren se colocou adiante, com postura alinhada e impassível. Logo os olhos escuros do homem encontraram os do garoto: — Você também é um chefe — observou o mais velho.

— Sou — respondeu Arren. Ele gostaria muito de saber como o homem-jangadeiro sabia, mas permaneceu impassível. — Mas sirvo a meu senhor, ali.

O chefe do povo jangadeiro disse algo que Arren não compreendeu: certas palavras tornaram-se irreconhecíveis, e certos nomes, desconhecidos para ele; então o homem disse:

— Por que veio para Balatran?

— Uma busca...

Mas Arren não sabia quanto revelar, nem mesmo o que revelar. Tudo o que acontecera e o objetivo da busca pareciam estar em um passado muito distante e se confundiam em sua mente. Por fim, respondeu:

— Chegamos a Obehol. Eles nos atacaram quando aportamos. Meu senhor foi ferido.

— E você?

— Não me feri — afirmou Arren, e o frio autocontrole que aprendera durante a infância na corte foi-lhe bem útil. — Mas houve... algo parecido com loucura. Um homem que estava conosco se afogou. Foi assustador... — Ele interrompeu a fala e ficou em silêncio.

O chefe o observava com olhos negros e opacos. Depois, perguntou:

— Vocês chegaram aqui por acaso, então.

— Sim. Ainda estamos no Extremo Sul?

— Extremo? Não. As ilhas... — O chefe moveu a mão esguia e negra em um arco, não mais do que um quarto do compasso, de norte a leste. — As ilhas estão lá — explicou. — Todas as ilhas. — Em seguida, indicando o mar do cair da tarde diante deles, do norte ao oeste e depois ao sul, ele falou: — O mar.

— De que terra você é, senhor?

— De terra nenhuma. Somos os Filhos do Mar Aberto.

Arren olhou para o rosto perspicaz. E percorreu com os olhos a grande jangada, o templo e os ídolos elevados, cada um esculpido de uma única árvore, grandes figuras divinas misturadas a golfinhos, peixes, homens e aves marinhas; e viu as pessoas ocupadas em seu trabalho, tecendo, esculpindo, pescando, cozinhando em plataformas elevadas, cuidando de bebês; e avistou as outras jangadas, setenta, no mínimo, espalhadas na água em um grande círculo de talvez um quilômetro e meio de diâmetro. Era um povoado: fumaça subia em fios finos de casas distantes, vozes altas de crianças ao vento. Era um povoado, e sob seu chão estava o abismo.

— Vocês nunca aportam? — perguntou o garoto, em voz baixa.

— Uma vez por ano. Vamos para a Grande Duna. Lá, cortamos madeira e restauramos as jangadas. Isso acontece no outono, e depois seguimos as baleias-cinzentas para o norte. No inverno, nos separamos, cada jangada sozinha. Na primavera, voltamos a Balatran e nos encontramos. Então, vamos de jangada em jangada, há casamentos, e o Grande Baile é realizado. Estas são as Estradas de Balatran; daqui a grande corrente segue para o sul. No verão, flutuamos para o sul na grande corrente até avistarmos as Notáveis, as baleias-cinzentas, rumando para o norte. Então, as seguimos, retornando finalmente às praias de Emah, na Grande Duna, por algum tempo.

— Isso é maravilhoso, meu senhor — comentou Arren. — Nunca ouvi falar de um povo como o seu. Minha casa é muito longe daqui. No entanto, também lá, na ilha de Enlad, dançamos no Grande Baile, na véspera do solstício de verão.

— Vocês batem os pés na terra e a tornam segura — disse o chefe, seco. — Nós dançamos no fundo do mar.

Passado algum tempo, ele perguntou:

— Como ele se chama, seu senhor?

— Gavião — respondeu Arren. O chefe repetiu as sílabas, mas elas claramente não tinham significado para ele. E isso, mais do que qualquer outra coisa, fez Arren entender que a história era verdadeira, que aquelas pessoas viviam no mar ano após ano, no mar aberto, além de qualquer terra ou cheiro de terra, além do voo das aves terrestres, fora do conhecimento dos homens.

— A morte estava nele — contou o chefe. — Ele precisa dormir. Você volta para a balsa do Estrela: vou mandar chamá-lo. — Ele se levantou. Embora estivesse plenamente seguro de si, parecia não estar seguro do que era Arren; se devia tratá-lo como um igual ou como um garoto. Arren preferia a segunda alternativa naquela situação, e aceitou ser dispensado, mas depois se deparou com o próprio problema. As jangadas se separaram novamente, e cem metros de água acetinada ondulavam entre elas.

O chefe dos Filhos do Mar Aberto falou com ele mais uma vez, brevemente:

— Nade — gritou.

Arren entrou cautelosamente na água. A temperatura fria era agradável em sua pele bronzeada. Ele nadou e saiu da água na outra jangada, encontrando um grupo de cinco ou seis crianças e jovens que o observavam com interesse indisfarçável. Uma menina bem pequena disse:

— Você nada como um peixe no anzol.

— Como devo nadar? — perguntou Arren, um pouco humilhado, mas com educação; na verdade, ele não conseguiria ter sido rude com um ser humano tão pequeno. Ela parecia uma estatueta de mogno polido, delicada e perfeita.

— Assim! — gritou ela, e mergulhou como uma foca na agitação reluzente e líquida das águas. Só depois de muito tempo, e a uma distância improvável, ele ouviu o grito estridente dela e viu sua cabeça negra e lustrosa acima da superfície.

— Vamos — incentivou um menino que provavelmente tinha a idade de Arren, embora não parecesse ter mais de doze anos pela altura e compleição: um sujeito de rosto sério, com um caranguejo azul tatuado nas costas. Ele mergulhou, e todos mergulharam, até a menina de três anos; por isso Arren teve de pular, tentando não espirrar água.

— Como uma enguia — disse o menino, junto ao ombro dele.

— Como um golfinho — sugeriu uma menina bonita com um sorriso bonito, e desapareceu nas profundezas.

— Como eu! — guinchou a menininha de três anos, emergindo como uma garrafa.

Assim, naquela tarde, até o escurecer e durante todo o dia longo e dourado seguinte e os dias subsequentes, Arren nadou, conversou e trabalhou com os jovens da jangada de Estrela. De todos os acontecimentos de sua viagem desde aquela manhã do equinócio em que ele e Gavião partiram de Roke, aquelas lhe pareceram, de certa forma, as mais estranhas; pois não tinham qualquer relação com tudo o que acontecera antes, na viagem ou em toda a sua vida; e menos ainda com o que estava por vir. À noite, ao se deitar para dormir, como os outros, sob as estrelas, ele pensava: *É como se eu estivesse morto, e esta é uma vida após a morte; aqui, à luz do sol, além da borda do mundo, entre os filhos e filhas do mar...*

Antes de dormir, ele procurava no extremo sul a estrela amarela e o contorno da Runa do Fim, e sempre via Gobardon e o triângulo menor ou maior; mas a constelação se elevava mais tarde agora, e ele não conseguiu manter os olhos abertos até que todo o contorno estivesse acima do horizonte. Noite e dia, as jangadas rumavam para o sul, mas nunca havia alteração no mar, pois a mudança constante não muda nunca; as tempestades de maio passaram, e à noite as estrelas brilhavam, e havia sol o dia todo.

Ele sabia que a vida deles não poderia ser vivida sempre com aquela facilidade onírica. Arren perguntou sobre o inverno, e eles lhe contaram sobre as chuvas intermináveis e as ondulações majestosas, as jangadas solitárias, cada uma separada de todas as outras, flutuando e mergulhando no cinza e na escuridão, semana após semana após semana. No inverno anterior, durante uma tempestade de um mês, viram ondas tão grandes que eram "como nuvens de tormenta", disseram, pois nunca tinham visto colinas. Da crista de uma onda era possível avistar a próxima, imensa, a quilômetros de distância, assomando-se em direção a eles. *As jangadas podiam navegar em tais mares?*, perguntou, e responderam que sim, mas nem sempre. Na primavera, quando se reuniam nas Estradas de Balatran, faltavam duas jangadas, ou três, ou seis...

Eles se casaram muito jovens. Caranguejo Azul, o menino tatuado com o homônimo, e a linda garota Albatroz eram marido e mulher, embora ele tivesse apenas dezessete anos e ela fosse dois anos mais nova; ocorriam muitos desses casamentos entre as jangadas. Muitos bebês rastejavam e davam os primeiros passos pelas jangadas, amarrados por longas guias aos quatro postes do abrigo central, todos engatinhando para dentro no calor do dia e dormindo amontoados, inquietos. As crianças mais velhas cuidavam das mais novas, e homens e mulheres participavam de todo o trabalho. Todos se revezaram para colher grandes algas-marinhas, as *nilgu* das Estradas, de folhas marrons orladas como samambaias e com vinte e cinco a trinta metros de comprimento. Todos trabalharam juntos para transformar as *nilgu* em tecido e trançar as fibras grosseiras para confeccionar cordas e redes; para pescar, secar o peixe e transformar marfim de baleia em ferramentas, além de todas as outras tarefas das jangadas. Mas sempre havia tempo para nadar e conversar, e nunca prazo para terminar uma tarefa. Não havia horas: apenas dias inteiros, noites inteiras. Depois de alguns dias e noites, Arren teve a sensação de estar na jangada havia um tempo incontável, e Obehol era um sonho, atrás do qual havia sonhos mais fracos, e em algum outro mundo ele havia vivido em terra e sido um príncipe em Enlad.

Quando enfim foi chamado à jangada do chefe, Gavião olhou-o por alguns instantes e comentou:

— Você parece aquele Arren que vi no Pátio da Fonte: lustroso como um selo de ouro. Este lugar combina com você, rapaz.

— Sim, meu senhor.

— Mas onde é este lugar? Deixamos lugares para trás. Saímos dos mapas… Há muito tempo ouvi falar do povo jangadeiro, mas pensei que fosse apenas mais uma história do Extremo Sul, uma fantasia sem substância. No entanto, fomos resgatados por essa fantasia e nossas vidas, salvas por um mito.

Ele falava sorrindo, como se tivesse compartilhado daquela tranquilidade atemporal da vida à luz do verão; mas seu rosto estava magro, e nos olhos havia uma escuridão sem luz. Arren percebeu-a e a enfrentou.

— Eu traí… — disse ele, e parou. — Traí sua confiança em mim.

— Como assim, Arren?

— Lá… em Obehol. Quando você precisou de mim. Você estava ferido e precisava da minha ajuda. Não fiz nada. O barco estava à deriva e o deixei derivar. Você estava com dor, e não fiz nada por você. Avistei terra… Avistei terra, e nem tentei virar o barco…

— Cale-se, rapaz — ordenou o mago com tanta firmeza que Arren obedeceu. E logo em seguida: — Diga o que você pensou na época.

— Nada, meu senhor… nada! Pensei que não adiantava fazer nada. Pensei que sua feitiçaria tinha acabado… Não, que ela nunca tinha existido e o senhor me enganou. — O suor brotou no rosto de Arren e ele teve de forçar a voz, mas prosseguiu: — Eu o temia. Temia a morte. Temia tanto que não o encarava, porque você poderia estar morrendo. Não conseguia pensar em coisa alguma, exceto que havia… Havia uma maneira de evitar minha morte, como se eu pudesse encontrá-la. Mas o tempo todo a vida estava se esgotando, como se houvesse uma vasta ferida e o sangue escorresse dela… Como a que você tinha. Mas esta estava em todas as coisas. E não fiz nada, nada, mas tentei me esconder do horror da morte.

Ele parou, pois confessar a verdade em voz alta era insuportável. Não foi a vergonha que o deteve, mas o medo, o mesmo medo. Agora sabia por que aquela vida tranquila no mar e a luz do sol nas jangadas lhe pareciam uma vida após a morte ou um sonho, irreal. Porque sabia, do fundo de seu coração, que aquela realidade estava vazia: sem vida, calor, cor ou som; sem significado. Não havia alturas nem profundidades. Todo aquele lindo jogo de formas, luzes e cores no mar e nos olhos dos homens não era mais do que isso: um jogo de ilusões no vazio raso.

Tudo passava e restava a ausência de forma e o frio. Nada mais.

Gavião observava Arren, que baixou os olhos a fim de evitar aquele olhar. Mas inesperadamente uma vozinha de coragem ou de zombaria falou em seu interior, era arrogante e impiedosa, e dizia: *Covarde! Covarde! Você vai pôr tudo a perder?*

Então ele ergueu os olhos e, com enorme força de vontade, enfrentou o olhar de seu companheiro. Gavião estendeu o braço e segurou a mão do garoto com força, de modo que tanto pelo olho quanto pela carne se tocavam. O mago proferiu o verdadeiro nome de Arren, que ele nunca havia falado:

— Lebannen. — E repetiu: — Lebannen, é isso. E é você. Não há segurança e não há fim. A palavra deve ser ouvida em silêncio; é preciso que haja escuridão para ver as estrelas. O baile é sempre dançado acima do lugar oco, acima do terrível abismo.

Arren apertou as mãos e baixou a testa até encostá-la na mão de Gavião.

— Eu o decepcionei — concluiu ele. — Vou decepcioná-lo novamente e decepcionar a mim mesmo. Não tenho força o bastante!

— Você tem força o bastante. — A voz do mago era terna, mas por baixo da ternura havia aquela mesma dureza que se emergia da vergonha profunda de Arren e zombava dele. — O que você ama, você continuará a amar. O que você iniciar, você vai completar. Você é um realizador de esperança; é confiável. Mas dezessete anos dão pouca armadura contra o desespero... Repense, Arren. Recusar a morte é recusar a vida.

— Mas eu buscava a morte... A sua e a minha! — Arren ergueu a cabeça e encarou Gavião. — Como Sopli, que se afogou...

— Sopli não estava buscando a morte. Ele procurou escapar dela e da vida. Buscou segurança: o fim do medo... Do medo da morte.

— Mas existe... Existe uma maneira. Existe um caminho além da morte. De volta à vida. Para a vida além da morte, a vida sem morte. É isso... que eles procuram. Lebre e Sopli, os que foram magos. É isso que buscamos. Você... Sobretudo você... Precisa descobrir... Descobrir esse caminho.

A mão forte do mago ainda estava na dele.

— Eu preciso — respondeu Gavião. — Sim, sei o que eles pensam que procuram. Mas sei que é mentira. Ouça-me, Arren. Você vai morrer. Você não viverá para sempre. Nem homem algum nem nada. Nada é imortal. Mas só a nós é dado o saber de que devemos morrer. E é um grande presente: o dom da individualidade. Pois temos apenas o que sabemos que podemos perder, o que estamos dispostos a perder... Essa individualidade, que é nosso tormento, nosso tesouro e nossa humanidade, não dura. Ela muda; desaparece, uma onda no mar. Você faria o mar se acalmar e as marés cessarem para salvar uma onda, para salvar a si mesmo? Você abriria mão da arte de suas mãos, da paixão de seu coração e da luz do nascer e do pôr do sol para comprar segurança para si mesmo... Segurança eterna? Isso é o que eles procuram fazer em Wathort, Lorbanery e em outros lugares. Esta é a mensagem que as pessoas que são boas ouvintes escutaram: ao negar a vida, você pode negar a morte e viver para sempre! E não ouço essa mensagem, Arren, pois não quero ouvi-la. Não aceitarei o conselho do desespero. Sou surdo; sou cego. Você é meu guia. Você, em sua inocência e em sua coragem, em sua insensatez e em sua lealdade, você é meu guia... A criança que envio à minha frente para a escuridão. O medo é seu, a dor é sua, eu sigo. Você me achou rigoroso com você, Arren; você nunca soube quanto. Uso seu amor como um homem queima uma vela, ele a queima para iluminar os próprios passos. E devemos continuar. Devemos continuar. Devemos ir até o fim. Devemos chegar ao lugar onde o mar seca e a alegria se esgota, o lugar para onde o seu terror mortal o atrai.

— Onde fica, meu senhor?

— Não sei.

— Não posso levá-lo para lá. Mas vou com você.

O olhar do mago sobre ele era sombrio, insondável.

— Mas se eu o decepcionar e o trair outra vez...

— Vou confiar em você, filho de Morred.

Então, ambos ficaram em silêncio.

Acima deles, os ídolos elevados e esculpidos balançavam muito levemente contra o céu azulado do sul: corpos de golfinhos, asas de gaivotas dobradas, rostos humanos com olhos arregalados em forma de conchas.

Gavião se levantou, com rigidez, pois ainda estava longe de curar-se totalmente do ferimento.

— Estou cansado de ficar sentado — afirmou ele. — Engordarei na ociosidade. — Começou a andar ao longo da jangada e Arren juntou-se a ele. Ambos conversavam um pouco enquanto caminhavam; Arren contou a Gavião como passava os dias, quem eram os seus amigos entre o povo jangadeiro. A inquietação de Gavião era maior do que sua força, que logo cedeu. Ele parou perto de uma garota que estava tecendo *nilgu* em seu tear atrás da Casa dos Notáveis, pediu que ela procurasse o chefe e depois voltou para seu abrigo. O chefe do povo jangadeiro veio e o cumprimentou com cortesia, à qual Gavião retribuiu; e os três sentaram-se juntos nos tapetes de pele de foca malhada do abrigo.

— Pensei — começou o chefe, devagar e com uma solenidade civilizada — nas coisas que você me contou. Em como os homens pensam em voltar da morte para seus próprios corpos e procuram fazer isso esquecendo-se da adoração dos deuses, negligenciando seus corpos e enlouquecendo. Esse é um fato maligno e uma grande loucura. Também pensei: o que isso tem a ver conosco? Não temos nada a ver com outros homens, suas ilhas e seus costumes, com o que criam e destroem. Vivemos no mar e nossas vidas são do mar. Não esperamos salvar esses homens; não procuramos deixar que se percam. A loucura não chega aqui. Não vamos à terra; nem o povo terrestre vem até nós. Quando eu era jovem, às vezes conversávamos com homens que vinham de barco até a Grande Duna quando estávamos lá para cortar os troncos para as jangadas e construir os abrigos de inverno. Muitas vezes vimos velas de Ohol e Welwai (era como ele chamava Obehol e Wellogy) seguindo as baleias-cinzentas no outono. Muitas vezes esses homens seguiam nossas jangadas de longe, pois conhecemos as estradas e os pontos de encontro dos Notáveis no mar. Mas isso é tudo o que sei do povo terrestre, e agora eles não vêm mais. Talvez todos tenham enlouquecido e lutado entre si. Dois anos atrás, na Grande Duna, olhando para o norte, para Welwai, vimos por três dias a fumaça de um grande incêndio. E, sendo assim, de que nos serve? Nós somos os Filhos do Mar Aberto. Seguimos o caminho do mar.

— No entanto, vendo o barco de um homem terrestre à deriva, você foi até lá — argumentou o mago.

— Alguns de nós disseram que não era prudente fazê-lo, e teriam deixado o barco seguir até o fim do mar — respondeu o chefe em sua voz alta e impassível.

— Você não era um deles.

— Não. Falei que, embora sejam terrestres, ainda assim vamos ajudá-los, e assim foi feito. Mas não temos nada a ver com suas obrigações. Se houver loucura entre os terrestres, os terrestres devem lidar com ela. Seguimos o caminho dos Notáveis. Não podemos ajudar vocês em sua busca. Se desejarem ficar conosco, são bem-vindos. Faltam muitos dias para o Grande Baile; depois voltaremos para o norte, seguindo a corrente oeste que, no fim do verão, nos levará de novo aos mares da Grande Duna. Se você ficar conosco e for curado de sua dor, tudo ficará bem. Se pegar seu barco e seguir seu caminho, também ficará bem.

O mago agradeceu e o chefe se levantou, magro e rígido como uma garça, deixando-os sozinhos.

— Na inocência não há força contra o mal — declarou Gavião, um pouco irônico. — Mas há nela a força para o bem... Vamos ficar com eles por algum tempo, acho, até que eu esteja curado da fraqueza.

— Isso é sábio — concordou Arren. A fragilidade física de Gavião o impressionou e o emocionou; ele havia decidido proteger o homem de sua própria energia e urgência, insistir que esperassem pelo menos até que ele estivesse livre da dor antes de prosseguirem.

O mago o fitou, um tanto assustado com o elogio.

— Eles são gentis aqui — Arren prosseguiu, sem perceber. — Parecem livres daquela doença da alma que havia no Povoado de Hort e nas outras ilhas. Talvez não tivéssemos sido ajudados e acolhidos em nenhuma ilha como fomos por essas pessoas perdidas.

— Você pode muito bem ter razão.

— E levam uma vida agradável no verão...

— Sim. Embora possa se tornar cansativo comer peixe frio durante toda a vida, nunca ver uma pereira em flor ou sentir o sabor da água de uma nascente!

Assim, Arren voltou para a jangada de Estrela, trabalhou, nadou e se aqueceu com os outros jovens, conversou com Gavião no frescor da noite e dormiu sob as estrelas. E os dias avançavam em direção ao Grande Baile da véspera do solstício de verão, e as grandes jangadas flutuavam devagar para o sul nas correntes do mar aberto.

CAPÍTULO 9
ORM EMBAR

Durante toda a noite, a mais curta do ano, as tochas ardiam nas jangadas, que estavam reunidas em um grande círculo sob o céu repleto de estrelas, de modo que um círculo de fogo bruxuleava no mar. O povo jangadeiro dançava, sem usar tambores, flautas ou qualquer música a não ser o ritmo dos pés descalços nas grandes jangadas balançantes, e as vozes agudas de seus cantores ressoavam melancólicas na vastidão de sua morada, o mar. Não havia lua naquela noite, e os corpos dos dançarinos eram escuros à luz das estrelas e das tochas. De vez em quando um deles cintilava como um peixe em meio a um salto, algum jovem pulando de uma jangada para outra: saltos longos e altos, e competiam entre si, tentando passar por todo o círculo de jangadas e dançar em todas as embarcações, completando a volta antes do raiar do dia.

Arren dançou com eles, pois o Grande Baile é realizado em todas as ilhas do Arquipélago, embora os passos e as canções variem. À medida que a noite avançava, muitos dançarinos saíram, acomodando-se para observar ou cochilar, e as vozes dos cantores ficaram roucas; então Arren foi com um grupo de rapazes saltitantes até a jangada do chefe e ali parou, enquanto os outros prosseguiram.

Gavião estava sentado com o chefe e as três esposas dele perto do templo. Entre as baleias esculpidas que formavam o batente da porta havia um cantor cuja voz alta não falhara a noite toda. Incansável, ele cantou tamborilando no convés de madeira para marcar o tempo.

— Sobre o que ele está cantando? — Arren perguntou ao mago, pois não conseguia acompanhar as palavras, que eram todas longas, com trinados e estranhas variações de notas.

— As baleias-cinzentas, o albatroz e a tempestade... Eles não conhecem as canções dos heróis e dos reis. Desconhecem o nome de Erreth-Akbe. No passado, cantavam sobre Segoy, como ele estabeleceu as terras em meio ao mar; é tudo de que se lembram das tradições dos homens. Mas o resto é tudo mar.

Arren escutou: ouviu o cantor imitar o grito assobiado do golfinho, compondo sua canção. Contemplou o perfil negro de Gavião, firme como rocha contra a luz das tochas, vislumbrou o brilho líquido dos olhos das esposas do chefe conversando baixinho, sentiu a oscilação longa e lenta da jangada no mar calmo e, aos poucos, adormeceu.

Ele despertou de repente: o cantor havia ficado em silêncio. Não apenas aquele perto do qual estavam sentados, mas todos os outros, nas jangadas próximas e distantes. As vozes agudas haviam sumido como um canto distante de aves marinhas, e tudo estava quieto.

Arren olhou por cima do ombro para leste, à espera do amanhecer. Mas havia apenas a velha lua flutuando baixa, começando a subir, dourada entre as estrelas do verão.

Então, observando o sul, ele viu, no alto, a Gobardon amarela, e, abaixo dela, as oito companheiras, até a última: a Runa do Fim clara e ardente acima do mar. Virando-se para Gavião, viu o rosto escuro voltado para as mesmas estrelas.

— Por que você parou? — perguntou o chefe ao cantor. — Não é madrugada nem o amanhecer.

O homem gaguejou e disse:

— Não sei.

— Continue cantando! O Grande Baile não acabou.

— Não conheço as letras — admitiu o cantor, e sua voz se elevou como se estivesse aterrorizada. — Não consigo cantar. Eu me esqueci da música.

— Cante outra, então!

— Não há mais músicas. Acabou — gemeu o cantor, e inclinou-se para a frente até se encolher no convés; e o chefe o encarou com espanto.

As jangadas balançavam sob as tochas crepitantes, todas silenciosas. O silêncio do oceano envolveu o movimento imperceptível da vida e da luz no céu e o engoliu. Nenhum dançarino se movia.

Então, Arren teve a impressão de que o esplendor das estrelas escureceu, mas não havia luz do dia a leste. Um horror se lhe abateu, e ele pensou: *Não haverá nascer do sol. Não haverá dia.*

O mago se levantou. Com seu movimento, uma luz fraca, branca e rápida percorreu seu cajado, ardendo mais claramente na runa gravada em prata na madeira.

— A dança não acabou — afirmou —, nem a noite. Arren, cante.

Arren queria ter dito:

— Não posso, senhor! — Mas, em vez disso, contemplou as nove estrelas no sul, respirou fundo e cantou. Sua voz era suave e rouca no início, mas ficou mais forte à medida que cantava, e a canção era aquela mais antiga, sobre a Criação de Éa e a harmonia entre escuridão e luz, e a construção de terras verdes por Ele, que falou a primeira palavra, o Soberano Ancião, Segoy.

Antes que a canção terminasse, o céu adquirira um tom pálido de azul-acinzentado, e nele apenas a lua e Gobardon ainda mantinham um brilho fraco. As tochas sibilavam ao vento do amanhecer. Então, terminada a canção, Arren calou-se e os dançarinos que haviam se aproximado para ouvir voltaram em silêncio de jangada em jangada, enquanto a luz se levantava no leste.

— Esta é uma boa música — elogiou o chefe. Sua voz era de dúvida, embora ele se esforçasse para falar em tom impassível. — Não seria bom terminar o Grande Baile antes de ela estar concluída. Mandarei bater nos cantores preguiçosos com correias de *nilgu*.

— Pelo contrário, conforte-os — sugeriu Gavião. Ele ainda estava em pé, e seu tom era sério. — Nenhum cantor escolhe o silêncio. Venha comigo, Arren.

Ele se virou a fim de ir ao abrigo e Arren o seguiu. Mas a estranheza daquele amanhecer ainda não terminara, pois, mesmo àquela hora, quando a borda oriental do mar se tornava branca, uma grande ave apareceu voando ao norte: voava tão alto que as asas captavam a luz do sol que ainda não brilhava no céu e dava golpes dourados no ar. Arren gritou, apontando. O mago olhou para cima, assustado. Então a expressão em seu rosto tornou-se selvagem e exultante e ele bradou em alto e bom som:

— *Nam hietha arw Ged arkvaissaf*! — Que, na Língua da Criação, significa: "Se procuras Ged, ele está aqui".

E, como um peso dourado em queda, com as asas bem estendidas, amplas e trovejando no ar, com garras que poderiam apanhar um boi como se fosse um camundongo, com um caracol de chamas fumegantes saindo de suas longas narinas, o dragão desceu rumo à jangada como um falcão.

O povo jangadeiro gritou; algumas pessoas se encolheram, outras pularam no mar, e ainda outras ficaram paradas, observando, com um fascínio que superava o medo.

O dragão pairava acima deles. Tinha talvez trinta metros de uma ponta a outra das amplas asas membranosas, que brilhavam à luz do sol nascente como fumaça dourada, e o comprimento do corpo não era menor, mas delgado, arqueado como um galgo, com garras tais quais as de um lagarto e com escamas de cobra. Ao longo da espinha estreita estendia-se uma fileira de dardos pontiagudos, em forma de espinhos de rosa, que, no dorso, chegavam a um metro de altura, e então diminuíam até que o último, na ponta da cauda, não era mais longo do que a lâmina de uma faca pequena. Aqueles espinhos eram acinzentados, e as escamas do dragão eram cinza-ferro, mas havia um brilho dourado nelas. Seus olhos eram verdes e semicerrados.

Movido pelo medo de que o povo se esquecesse do temor que lhe devia, o chefe dos jangadeiros saiu de seu abrigo com um arpão, como o usado na caça às baleias, porém mais comprido e pontiagudo, com uma grande ponta farpada de marfim. Posicionando-o no braço pequeno e musculoso, ele correu para ganhar impulso e arremessá-lo mirando o ventre estreito do dragão, de escamas finas, que pairava acima da embarcação. Arren, despertando do estupor, viu-o e, saltando para a frente, agarrou-lhe o braço e caiu, levando consigo o arpão.

— Você o irritaria com seus alfinetes tolos? — indagou, ofegante.

— Deixe o Senhor dos Dragões falar primeiro! O chefe, sem fôlego, olhou perplexo para Arren, para o mago e para o dragão. Mas não disse nada. Então o dragão falou.

Ninguém ali, a não ser Ged, com quem ele falou, era capaz de compreendê-lo, pois os dragões falam apenas na Língua Arcaica, que é a língua deles. Sua voz era suave e sibilante, quase como a de um gato quando mia baixinho de raiva, mas fabulosa, e havia nela uma musicalidade terrível. Quem ouvia aquela voz parava e escutava.

O mago respondeu brevemente, e de novo o dragão falou, planando sobre Ged com asas que se moviam ligeiramente: *parece*, pensou Arren, *uma libélula suspensa no ar.*

Então o mago respondeu com uma palavra:

— *Memeas* — "Irei"; e ergueu o cajado de teixo. As mandíbulas do dragão se abriram e uma espiral de fumaça escapou delas em um longo arabesco. As asas douradas bateram como um trovão, produzindo um grande vento com cheiro de queimado, e ele girou e voou, fabuloso, rumo ao norte.

Nas jangadas, havia silêncio, o breve canto agudo e os lamentos de crianças, que as mulheres confortavam. Os homens saíram do mar e subiram a bordo, um tanto envergonhados; e as tochas esquecidas queimavam sob os primeiros raios do sol.

O mago voltou-se para Arren. Seu rosto tinha uma luz que poderia ser de alegria ou raiva, mas ele falou baixinho.

— Agora temos de ir, rapaz. Diga adeus e venha. — Virou-se para agradecer ao chefe do povo jangadeiro e despedir-se, e depois passou da enorme jangada por outras três, que ainda estavam próximas desde o baile, chegando àquela que rebocava o *Visão Ampla*. Assim, o barco seguira a cidade-jangada na longa e lenta deriva para o sul, balançando, vazio; mas os Filhos do Mar Aberto encheram o barril vazio do barco com água da chuva acumulada e ofereceram um estoque de provisões, desejando, assim, homenagear os hóspedes, pois muitos acreditavam que Gavião era um dos Notáveis, que assumira a forma de homem, não de baleia. Quando Arren se juntou a ele, a vela estava içada. Arren soltou a corda e saltou para dentro do barco que, nesse instante, afastou-se da jangada; a vela inflou como ao vento forte, embora só soprasse a brisa do nascer do sol. O *Visão Ampla* se virou e acelerou para o norte, na trilha do dragão, leve como uma folha soprada pelo vento.

Quando Arren olhou para trás, viu a cidade-jangada como uma pequena dispersão, pequenos gravetos e lascas de madeira flutuando: eram os abrigos e os postes de tochas. Logo, eles se perderam no brilho ofuscante da luz do sol sobre a água. O *Visão Ampla* seguiu em frente. Quando a proa mordia as ondas, um jato fino e cristalino voava; o vento da navegação arremessava para trás os cabelos de Arren e o fazia apertar os olhos.

Nenhum vento da terra poderia fazer aquele barco pequeno navegar tão depressa, a não ser em uma tormenta, e nesse caso ele teria afundado nas ondas tempestuosas. Não era o vento da terra, mas a palavra e o poder do mago que o tornavam tão veloz.

Gavião ficou muito tempo junto ao mastro, com olhos atentos. Por fim, sentou-se no seu antigo lugar junto ao leme, pondo uma das mãos sobre ele, e fitou Arren.

— Aquele era Orm Embar — explicou —, o Dragão de Selidor, parente daquele grande Orm que matou Erreth-Akbe e foi morto por ele.

— Ele estava caçando, senhor? — Quis saber Arren; pois não tinha certeza se o mago havia falado com o dragão em tom cordial ou de ameaça.

— Estava me caçando. O que os dragões caçam, eles encontram. Ele veio pedir minha ajuda. — Gavião deu uma risadinha. — E é algo que eu não acreditaria se alguém me dissesse: que um dragão recorreu a um homem em busca de ajuda. E entre todos os dragões, aquele! Ele não é o mais velho, embora seja muito velho, mas é o mais poderoso da espécie. Ele não esconde o nome, como dragões e homens devem fazer. Não tem medo de que alguém possa obter poder sobre ele. Nem ilude, à maneira de sua espécie. Há muito tempo, em Selidor, ele me deixou viver e me disse uma grande verdade: me contou como a Runa dos Reis poderia ser reencontrada. A ele devo o Anel de Erreth-Akbe. Mas nunca pensei em pagar tal dívida a tal credor!

— O que ele pediu?

— Para me mostrar o caminho que procuro — respondeu o mago, mais sombrio. E, depois de uma pausa, continuou: — Ele disse: "No oeste há outro Senhor dos Dragões; ele nos destrói e seu poder é maior do que o nosso". Respondi: "Até mesmo o seu, Orm Embar?". E ele admitiu: "Até o meu. Preciso de ti; venha depressa". E ordem assim dada é ordem obedecida.

— Você não sabe nada além disso?

— Vou saber.

Arren enrolou o cabo de amarração, arrumou-o e cuidou de outras questões menores do barco, mas durante todo o tempo a tensão do entusiasmo soava dentro dele como uma corda de arco apertada, e soou também em sua voz quando enfim declarou:

— Este — admitiu — é um guia melhor do que os outros!

Gavião o fitou e riu.

— Sim — concordou. — Desta vez não vamos errar, acho.

Assim, os dois começaram a grande corrida através do oceano. Eram mais de mil e quinhentos quilômetros dos mares inexplorados do povo jangadeiro até Selidor que, de todas as ilhas de Terramar, é a mais remota a oeste. Os dias nasciam um após o outro cintilando no horizonte claro e afundavam no oeste vermelho, e sob o arco dourado do sol e as rodas prateadas das estrelas, o barco corria para o norte, sozinho no mar.

Às vezes, as nuvens de tormenta do alto verão se aglomeravam ao longe, lançando sombras roxas no horizonte; então, Arren observava o mago se levantar e, com a mão e com a voz, chamar aquelas nuvens para que se aproximassem e lançassem a chuva sobre o barco. Relâmpagos saltavam entre as nuvens e trovões rugiam. O mago permanecia imóvel com a mão erguida, até que a chuva caía sobre ambos, dentro dos recipientes que preparavam, dentro do barco e sobre o mar, alisando as ondas com violência. Os dois sorriam de prazer, pois dispunham de comida suficiente, ainda que não para desperdiçar, mas precisavam de água. E o esplendor furioso da tempestade que obedecia à palavra do mago os fascinava.

Arren admirava esse poder que o companheiro agora usava de modo pouco contido, e certa vez disse:

— Quando começamos nossa viagem, você não fazia encantamentos.

— A primeira lição sobre Roke, e a última, é: *faça o que for necessário*. E nada mais!

— As lições intermediárias, portanto, devem consistir em aprender o que é necessário.

— Exato. Deve-se considerar a Harmonia. Mas, quando a própriá Harmonia foi rompida, consideram-se outras coisas. Acima de tudo, a pressa.

— Mas como é que todos os feiticeiros do sul, e de outros lugares a esta altura, até os cantores das jangadas, perderam sua arte, mas você mantém a sua?

— Porque não desejo nada além da minha arte — afirmou Gavião. E depois de algum tempo acrescentou, mais alegremente:

— E, caso tenha de perdê-la em breve, farei dela o melhor possível enquanto durar.

De fato, havia nele agora um tipo de descontração, um prazer genuíno com sua habilidade que, vendo-o sempre tão cuidadoso, Arren não tinha imaginado. A mente do mágico tira prazer dos truques; um mago é um trapaceiro. O disfarce de Gavião no Povoado de Hort, que tanto incomodara Arren, tinha sido uma brincadeira para o Arquimago; e uma brincadeira muito leve para quem era capaz de transformar não só o próprio rosto, a voz e a disposição, mas também o corpo e o próprio ser, escolhendo se transformar em peixe, golfinho ou falcão. E uma vez ele disse: "Olhe, Arren: vou lhe mostrar Gont". E o fez observar a superfície do barril de água, que ele havia aberto e que estava cheio até a borda. Muitos ocultistas comuns podem fazer com que uma imagem apareça no espelho d'água, e assim ele fez: uma grande montanha envolta em nuvens, erguendo-se de um mar cinzento. Depois a imagem mudou e Arren viu nitidamente um penhasco naquela ilha montanhosa. Era como se ele fosse uma ave, uma gaivota ou um falcão, pairando no céu da costa e olhando através do vento para o penhasco que se elevava das ondas por seiscentos metros. Na plataforma mais alta havia uma casinha.

— Esta é Re Albi — explicou Gavião —, e lá mora meu mestre Ogion, aquele que apaziguou o terremoto há muito tempo. Ele cuida de suas cabras, colhe ervas e mantém o silêncio. Eu me pergunto se ele ainda caminha pela montanha; está muito velho agora. Mas eu saberia, certamente saberia, mesmo agora, se Ogion tivesse morrido...

Não havia segurança em sua voz; por um momento a imagem ondulou, como se o próprio penhasco estivesse caindo. Mas então tornou-se clara, e a voz soou clara:

— Ele costumava subir até as florestas sozinho no fim do verão e no outono. Assim ele chegou até mim, quando eu era um moleque em uma aldeia na montanha, e me deu meu nome. E, com isso, minha vida.

Agora, era como se o observador da imagem no espelho d'água fosse um pássaro entre os galhos da floresta, olhando para os pastos íngremes e ensolarados na base da rocha e para a neve do pico; depois, olhando para uma estrada íngreme que descia rumo à escuridão verde e dourada.

— Não há silêncio como o silêncio daquelas matas — afirmou Gavião, saudoso.

A imagem desapareceu e não havia nada além do disco ofuscante do sol do meio-dia refletido na água do barril.

— Lá — soltou Gavião, olhando para Arren com uma expressão esquisita e zombeteira —, se eu pudesse voltar para lá, nem mesmo você poderia me seguir.

***

A terra se estendia à frente, baixa e azul à luz da tarde como uma massa de névoa.

— É Selidor? — Arren perguntou, e seu coração bateu rápido, mas o mago respondeu:

— Obb, acho, ou Jessage. Ainda não estamos nem na metade, rapaz. Naquela noite navegaram pelos estreitos entre aquelas duas ilhas. Não viram luzes, mas havia um cheiro de fumaça no ar, tão pesado que seus pulmões ficaram em carne viva ao inalá-lo. Quando o dia amanheceu e olharam para trás, a ilha oriental, Jessage, parecia queimada e preta até onde podiam enxergar a partir da praia, e uma neblina azul e opaca pairava acima do lugar.

— Eles queimaram os campos — atestou Arren.

— Sim. E as aldeias. Já senti o cheiro dessa fumaça antes.

— Eles são bárbaros, aqui no Ocidente?

Gavião balançou a cabeça em uma negativa.

— São agricultores, citadinos.

Arren contemplou a ruína negra da terra, as árvores dos pomares secas contra o céu; e seu rosto estava duro.

— Que mal as árvores lhes fizeram? — questionou. — Precisam punir até a relva por erros que são deles? Os homens que incendiariam uma terra porque brigam com outros homens são bárbaros.

— Eles não têm orientação — explicou Gavião. — Nenhum rei; e os homens da realeza e da feitiçaria todos viraram as costas e se voltaram para a própria mente: estão procurando a porta da morte. Foi assim no sul, acho que é o caso aqui.

— E isso é obra de um homem? Aquele de quem o dragão falou? Não parece possível.

— Por que não? Se houvesse um Rei das Ilhas, ele seria um homem. E governaria. Um homem pode facilmente destruir enquanto governa: ser Rei ou Antirrei.

A voz tinha novamente aquela nota de zombaria ou contestação que despertava a irritação de Arren.

— Um rei tem servos, soldados, mensageiros, tenentes. Ele governa por meio de seus servos. Onde estão os servos desse Antirrei?

— Em nossas mentes, rapaz. Em nossas mentes. O traidor, o eu profundo; o eu que grita: *quero viver; o mundo que queime contanto que eu possa viver*! A pequena alma traidora dentro de nós, no escuro, como o verme na maçã. Ela fala com todos nós. Mas apenas alguns a compreendem. Os feiticeiros e os ocultistas. Os cantores; os inventores. E os heróis, aqueles que tentam ser eles mesmos. Ser você mesmo é uma coisa rara e grandiosa. Ser você mesmo *para sempre*: não é melhor ainda?

Arren olhou diretamente para Gavião.

— Você me diria se não fosse melhor. Mas me diga por quê. Eu era uma criança quando comecei esta viagem, uma criança que não acreditava em morte. Você ainda me considera uma criança, mas aprendi alguma coisa, não muito, talvez, mas alguma coisa: aprendi que a morte existe e que vou morrer. Mas não aprendi a me alegrar com esse conhecimento, a aceitar minha morte ou a sua. Se amo a vida, não devo odiar o fim dela? Por que não devo desejar a imortalidade?

Em Berila, o mestre de esgrima de Arren era um homem de quase sessenta anos, baixo, calvo e frio. Durante anos, Arren o detestou, embora soubesse que ele era um espadachim extraordinário. Mas um dia, durante a prática, ele pegou o mestre desprevenido e quase o desarmou; e ele nunca se esqueceu da alegria incrédula e incongruente que surgiu em um lampejo repentino no rosto frio do mestre, a esperança, a alegria: um igual, finalmente um igual! A partir daquele momento, o mestre de esgrima o treinou sem piedade, e, sempre que praticavam, o mesmo sorriso implacável surgia no rosto do velho, iluminando-o quando Arren o pressionava com mais força. Era isso que havia no rosto de Gavião agora, o lampejo de aço à luz do sol.

— Por que você não deve desejar a imortalidade? Como não a desejaria? Toda alma a deseja, e a saúde da alma está na força de seu desejo. Mas tenha cuidado; você é aquele que pode alcançar seu desejo.

— E depois?

— E depois isso: um falso rei governando, as artes do homem esquecidas, o cantor sem língua, o olho cego. Isso! Essa desgraça e essa praga nas terras, essa ferida que procuramos curar. São necessários dois, Arren, dois que fazem um: o mundo e a sombra, a luz e as trevas. Os dois polos da Harmonia. A vida surge da morte, a morte surge da vida; sendo opostas, anseiam uma pela outra, uma dá à luz outro e renascem para sempre. E com elas tudo renasce, a flor da macieira, a luz das estrelas. Na vida está a morte. Na morte está o renascimento. O que é a vida sem a morte? Vida imutável, perene, eterna? O que é isso senão morte, morte sem renascimento?

— Se tanta coisa depende disso, meu senhor, se a vida de um homem pode destruir a Harmonia do Todo, isso certamente não seria possível, não seria permitido... — Ele parou de falar, confuso.

— Quem permite? Quem proíbe?

— Não sei.

— Nem eu. Mas sei quanto mal um homem, uma vida, pode causar. Sei perfeitamente bem. Sei porque fiz isso. Causei o mesmo mal, pela mesma loucura orgulhosa. Abri a porta entre os mundos, só uma fresta, só uma frestinha, só para mostrar que eu era mais forte do que a própria morte... Eu era jovem e não tinha encontrado a morte, como você... Foi necessária a força do Arquimago Nemmerle, seu domínio e sua vida para fechar aquela porta. Você pode ver a marca que aquela noite deixou em mim, no meu rosto; mas ela o matou. Ah, a porta entre a luz e as trevas pode ser aberta, Arren; é preciso força, mas pode ser feito. Mas, para fechá-la de novo, a história é diferente.

— Mas, meu senhor, isso de que você fala certamente é diferente...

— Por quê? Porque sou um homem bom? — Aquela frieza do aço, do olho do falcão, estava novamente no olhar de Gavião. — O que é um homem bom, Arren? Um homem bom é aquele que não faria o mal, que não abriria uma porta para as trevas, que não tem trevas nele? Olhe de novo, rapaz. Olhe um pouco mais longe; você precisará do que aprendeu para ir aonde deve ir. Olhe para dentro de si! Você não ouviu uma voz dizer "venha"? Você não a seguiu?

— Segui. Eu... Eu não me esqueci. Mas pensei... Achei que aquela voz era... dele.

— Sim, era dele. E era sua. Como ele poderia falar com você, através dos mares, mas em sua própria voz? Como é que ele chama os que sabem ouvir, os magos e os criadores, buscadores, que atendem à voz dentro de si? Como é que não me chama? É porque não vou ouvir: não vou ouvir a voz novamente. Você nasceu para o poder,

Arren, assim como eu; poder sobre os homens, sobre as almas dos homens; e o que é isso senão poder sobre a vida e a morte? Você é jovem, está na fronteira das possibilidades, na terra das sombras, no reino do sonho, e ouve a voz dizendo "venha". Mas eu, que sou velho, que fiz o que devo fazer, que estou à luz do dia enfrentando minha própria morte, o fim de todas as possibilidades, sei que há apenas um poder que é real e que vale a pena ter. E esse não é o poder de tomar, mas de aceitar.

Jessage estava muito atrás deles agora, uma fumaça azul no mar, uma mancha.

— Então sou criado dele — disse Arren.

— É. E eu sou o seu.

— Mas quem é ele, então? O que ele é?

— Um homem, acho, assim como você e eu.

— Aquele homem de quem você falou uma vez, o mago de Havnor, que invocava os mortos? É ele?

— Pode ser. Ele tinha grande poder, todo empregado em negar a morte. E conhecia os Grandes Feitiços dos Ensinamentos Palneses. Eu era jovem e tolo quando usei essa sabedoria, e trouxe a ruína para mim mesmo. Mas se um homem velho e forte o usasse, sem se importar com todas as consequências, ele poderia trazer a ruína para todos nós.

— Não lhe disseram que aquele homem estava morto?

— Sim — respondeu Gavião —, disseram.

E eles não falaram mais nada.

Naquela noite, o mar estava cheio de fogo. As ondas fortes lançadas para trás pela proa do *Visão Ampla* e os movimentos de cada peixe na superfície da água eram todos destacados e avivados pela luz. Arren estava sentado com o braço apoiado na amurada e a cabeça no braço, observando as curvas e espirais de brilho prateado. Ele colocou a mão na água e levantou-a, e a luz escorreu com suavidade entre seus dedos.

— Olhe — disse ele —, também sou um feiticeiro.

— Esse dom você não tem — falou o companheiro.

— Serei muito útil a você sem ele — afirmou Arren, mirando o brilho inquieto das ondas. — Quando encontrarmos nosso inimigo.

Pois ele tivera a esperança, desde o princípio tivera a esperança, de que o motivo pelo qual o Arquimago o havia escolhido para a viagem era que ele tinha algum poder inato, herdado de seu ancestral Morred, que em caso de última necessidade e na hora mais obscura seria revelado: assim, ele salvaria a si mesmo, a seu senhor e a todo o mundo do inimigo. Mas, recentemente, vinha buscando mais uma vez aquela esperança, e era como se a vislumbrasse de muito longe; como se relembrasse de quando era um menino bem pequeno que teve um desejo ardente de experimentar a coroa de seu pai e chorou quando o proibiram. Essa esperança era tão inoportuna quanto infantil. Não havia magia nele. Nunca haveria.

Na verdade, chegaria o tempo em que ele poderia — deveria — usar a coroa do pai e governar como Príncipe de Enlad. Mas no momento isso parecia algo insignificante, e sua casa um lugar pequeno e remoto. Não havia deslealdade nisso. Apenas sua lealdade havia se tornado maior, baseando-se em um modelo maior e em uma esperança mais ampla. Ele também descobriu a própria fraqueza e, por meio dela, aprendeu a medir sua força; e sabia que era forte. Mas de que serviria a força se, ainda assim, ele não tivesse nenhum dom, nada a oferecer a seu senhor, a não ser o serviço e o amor constantes? No lugar para onde iam, isso seria suficiente?

Gavião disse apenas:

— Para ver a luz de uma vela, é preciso levá-la para um lugar escuro. — Arren tentou consolar-se com isso; mas não lhe pareceu muito reconfortante.

Na manhã seguinte, quando acordaram, o ar estava cinza, a água estava cinza. Acima do mastro, o céu clareou, adquirindo o tom azul de uma opala, pois o nevoeiro estava baixo. Para homens do Norte, como Arren de Enlad e Gavião de Gont, o nevoeiro era bem-vindo, como um velho amigo. Suavemente a cerração fechou-se sobre o barco, de modo que não podiam enxergar muito longe, e para eles era como estar em um lugar familiar depois de muitas semanas na vastidão iluminada e árida, com o vento soprando. Estavam retornando para o ambiente que lhes era próprio e, naquele momento, talvez estivessem na latitude de Roke.

***

Mais de mil quilômetros a leste daquelas águas cobertas de nevoeiro pelas quais o *Visão Ampla* navegava, a luz clara do sol brilhava nas folhas das árvores do Bosque Imanente, no cume verde da Colina de Roke e nos altos telhados de ardósia do Casarão.

Em uma sala da torre sul, a oficina de um mágico atulhada de retortas e alambiques, balões de ensaio de gargalo curvado, fornalhas de paredes grossas, minúsculas lamparinas de aquecimento, pinças, foles, estantes, alicates, tubos, mil caixas, ampolas e frascos com tampas marcadas com as runas hárdicas ou outras mais secretas e toda essa parafernália de alquimia, insuflação de vidro, refino de metal e artes de cura, naquela sala de mesas e bancos muito atulhados estavam o Mestre Transformador e o Mestre Invocador de Roke.

O Transformador, de cabelos grisalhos, segurava nas mãos uma grande pedra como um diamante não lapidado. Era um cristal de rocha, levemente colorido por dentro em tons ametista e rosa, mas cristalino como água. No entanto, quando o olho avistava aquela claridade, encontrava a ausência de claridade, nem um reflexo ou imagem sequer do que era real ao seu redor, apenas planos e abismos cada vez mais distantes, cada vez mais profundos, até ser conduzido ao sonho e não encontrar saída. Aquela era a Pedra de Shelieth. Há muito era guardada pelos príncipes de Way, às vezes como mera ninharia de seu tesouro, às vezes como um amuleto para o sono, às vezes para um propósito mais funesto: pois quem olhava para aquela profundidade infinita de cristal por muito tempo e sem a compreender talvez enlouquecesse. O Arquimago Gensher de Way levou a Pedra de Shelieth consigo quando foi para Roke, pois nas mãos de um mago ela continha a verdade.

No entanto, a verdade variava de acordo com o homem.

Assim, segurando a pedra e olhando através de sua superfície irregular e saliente para as profundezas infinitas, de cores mais pálidas e cintilantes, o Transformador falou em voz alta para contar o que via.

— Vejo a terra, como se estivesse no Monte Onn, no centro do mundo, e contemplasse tudo aos meus pés, até a ilha mais remota dos confins mais remotos, e além. E tudo está claro. Vejo navios nas rotas de Ilien e as lareiras de Torheven, e os telhados desta torre onde estamos agora. Mas depois de Roke, nada. No sul, não há terras. No oeste, não há terras. Não consigo ver Wathort onde ela deveria estar, nem qualquer ilha do Extremo Oeste, mesmo as próximas, como Pendor. E Osskil e Ebosskil, onde estão? Há uma névoa em Enlad, cinzenta, como uma teia de aranha. Cada vez que olho, mais ilhas desaparecem e o mar onde elas estavam fica vazio e contínuo, assim como era antes da Criação... — E a voz dele falhou na última palavra como se ela saísse com dificuldade dos lábios.

Ele colocou a pedra no suporte de marfim e se afastou. Seu rosto amável parecia tenso. Ele disse:

— Diga-me o que você vê.

O Mestre Invocador pegou o cristal em suas mãos e o girou lentamente como se buscasse na superfície áspera e vítrea um ângulo de visão. Por um longo tempo se dedicou a isso, com expressão atenta. Por fim, colocou-a de lado e disse:

— Transformador, vejo pouco. Fragmentos, vislumbres, que não formam um todo.

O Mestre de cabelos grisalhos apertou as mãos.

— Isso não é estranho em si?

— Como assim?

— Por acaso seus olhos são cegos? — gritou o Transformador, como se estivesse enfurecido. — Você não vê que há... — e ele gaguejou várias vezes antes de conseguir falar... — Não vê que há uma mão sobre seus olhos, assim como há uma mão sobre minha boca?

O Invocador disse:

— Você está exausto, meu senhor.

— Invoque a Presença da Pedra — solicitou o Transformador, controlando-se, mas falando com a voz um tanto abafada.

— Por quê?

— Por quê? Porque lhe peço.

— Ora, Transformador, você está me desafiando... como meninos diante da toca de um urso? Somos crianças?

— Sim! Diante do que vejo na Pedra de Shelieth, sou uma criança... Uma criança assustada. Invoque a Presença da Pedra. Devo implorar, meu senhor?

— Não — ponderou o mestre alto, mas franziu a testa e se virou para o homem mais velho. Depois, estendendo os braços para o grande gesto que inicia os feitiços de sua arte, levantou a cabeça e pronunciou as sílabas de invocação. Enquanto falava, uma luz se tornava mais forte dentro da Pedra de Shelieth. A sala escureceu; sombras amontoadas. Quando as sombras estavam intensas e a pedra muito brilhante, ele juntou as mãos, ergueu o cristal diante do próprio rosto e observou o brilho.

Ele ficou em silêncio por algum tempo e em seguida descreveu:

— Vejo as Fontes de Shelieth — falou baixinho. — Os lagos, as várzeas e as cachoeiras, as cavernas de cortinas gotejantes prateadas onde as samambaias crescem em bancos de musgo, as areias onduladas, a queda e o fluxo das águas, o brotar de nascentes profundas da terra, o mistério e a doçura da fonte, a primavera. — Ele ficou em silêncio e permaneceu assim por algum tempo, o rosto estava pálido como prata à luz da pedra. Então, gritou em voz alta e sem palavras e, deixando o cristal cair, provocando um estrondo, pôs-se de joelhos, o rosto escondido nas mãos.

Não havia sombras. A luz do sol de verão preencheu a sala desordenada. A grande pedra estava debaixo de uma mesa, entre pó e lixo, ilesa.

O Invocador estendeu a mão cegamente, segurando a mão do outro homem como uma criança. Ele inspirou fundo. Por fim, levantou-se, apoiando-se um pouco no Transformador, e balbuciou com lábios trêmulos e certa tentativa de sorrir:

— Não aceitarei seus desafios novamente, meu senhor.

— O que você viu, Thorion?

— Vi as fontes. Eu as vi afundarem, os riachos secarem e as aberturas das fontes de água se fecharem. E, embaixo, tudo estava preto e seco. Você viu o mar antes da Criação, mas eu vi o... o que vem depois... Vi a Destruição. — Ele umedeceu os lábios. — Gostaria que o Arquimago estivesse aqui — confessou ele.

— Eu gostaria que estivéssemos lá com ele.

— Onde? Não há ninguém que possa encontrá-lo agora. — O Invocador olhou para as janelas que emolduravam o céu azul e imperturbável. — Nenhuma emanação pode chegar até ele, nenhuma invocação pode alcançá-lo. Ele está lá onde você viu um mar vazio. Está chegando ao lugar onde as fontes secam. Está onde nossas artes não têm valor... No entanto, talvez mesmo agora existam feitiços capazes de alcançá-lo, alguns dos que estão nos Ensinamentos Palneses.

— Mas esses são os feitiços pelos quais os mortos voltam à companhia dos vivos.

— Alguns levam os vivos à companhia dos mortos.

— Mas você não acha que ele está morto...

— Acho que ele vai em direção à morte e é atraído por ela. E todos nós também. Nosso poder está se esvaindo de nós, e também nossa força, nossa esperança e nossa sorte. As nascentes estão secando.

O Transformador o fitou por algum tempo com o rosto preocupado.

— Não tente enviar uma emanação para ele, Thorion — disse, afinal. — Ele sabia o que procurava muito antes de nós sabermos. Para ele, o mundo é como esta Pedra de Shelieth: ele olha e vê o que é e o que deve ser... Não podemos ajudá-lo. Os grandes feitiços tornaram-se muito perigosos e, de todos, o maior perigo está nos Ensinamentos de que você falou. Devemos nos manter firmes, como ele nos ordenou, e cuidar das paredes de Roke e da lembrança dos Nomes.

— É — concordou o Invocador. — Mas preciso ir agora e pensar a respeito disso. — E ele saiu da sala da torre, andando um pouco rígido e mantendo erguida a cabeça nobre e escura.

De manhã, o Transformador o procurou. Entrando em seu quarto depois de bater em vão, ele o encontrou estendido no chão de pedra, como se tivesse sido atirado para trás por um forte golpe. Os braços estavam abertos como num gesto de invocação, mas as mãos estavam frias e os olhos abertos não enxergavam nada. Embora o Transformador estivesse ajoelhado ao lado e o chamasse com a autoridade de um mago, dizendo seu nome, Thorion, três vezes, ainda assim ele permaneceu imóvel. Ele não estava morto, mas só havia ali vida o bastante para manter o coração batendo muito devagar e um pouco de ar entrando nos pulmões. O Transformador pegou as mãos dele e, segurando-as, sussurrou:

— Ah, Thorion, eu o forcei a olhar dentro da Pedra. Isso é obra minha! — Então, saindo apressado do quarto, declarou em voz alta para aqueles que encontrou, Mestres e alunos: — O inimigo chegou até nós, na bem protegida Roke, e atingiu nossas forças no coração! — Embora ele fosse um homem gentil, parecia tão frenético e frio que aqueles que o viam o temiam.

— Cuidem do Mestre Invocador — ordenou. — Mas quem poderá invocar seu espírito de volta, agora que ele, o mestre de sua arte, se foi?

Ele seguiu em direção ao próprio quarto, e todos recuaram para deixá-lo passar.

O Mestre Curandeiro, o herbalista de Roke, foi chamado. Ele fez com que colocassem Thorion, o Invocador, deitado na cama e o cobrissem a fim de aquecê-lo; mas não preparou nenhuma erva de cura nem cantou nenhum dos cânticos que ajudam o corpo doente ou a mente perturbada. Estava com ele um de seus alunos, um jovem ainda não ordenado ocultista, mas promissor nas artes da cura, que perguntou:

— Mestre, não há nada a ser feito por ele?

— Não deste lado da parede — respondeu o Mestre Curandeiro. Então, ocorrendo-lhe com quem falava, disse: — Ele não está doente, rapaz; mas, mesmo que isso fosse uma febre ou doença do corpo, não sei se nosso ofício seria muito útil. Parece que ultimamente não há sabor em minhas ervas; e embora eu diga as palavras de nossos feitiços, não há virtude nelas.

— É como o que o Mestre Cantor disse ontem. Ele parou no meio de uma música que estava nos ensinando e disse: "Não sei o que a música significa". E saiu da sala. Alguns dos meninos riram, mas me senti como se o chão tivesse desaparecido sob meus pés.

O Curandeiro observou o rosto rude e inteligente do garoto e depois o rosto do Invocador, frio e rígido.

— Ele vai voltar para nós — afirmou ele. — E as músicas não serão esquecidas.

Naquela noite, o Transformador partiu de Roke. Ninguém viu como ele saiu. Ele dormia em um quarto cuja janela dava para um jardim; a janela estava aberta de manhã, e ele se fora. Pensaram que ele havia se metamorfoseado com a própria habilidade de mudança de forma em uma ave ou animal, talvez em névoa ou vento, pois nenhuma configuração ou substância estava além de sua arte, e assim fugiu de Roke, talvez para procurar o Arquimago. Alguns, sabendo como o metamorfo pode ser capturado pelos próprios feitiços se houver falha de habilidade ou vontade, temiam por ele, mas nada disseram sobre seus temores.

Assim, três dos Mestres do Conselho dos Sábios estavam perdidos. À medida que os dias passavam e nenhuma notícia do Arquimago chegava, o Invocador jazia como morto e o Transformador não retornava, um frio e uma tristeza se abateram sobre o Casarão. Os meninos sussurravam entre si, e alguns falaram em deixar Roke, pois não estavam aprendendo o que tinham vindo aprender.

— Talvez — disse um — tudo tenha sido mentira desde o início, essas artes e poderes secretos. Dos Mestres, apenas o Mestre Mão ainda faz seus truques, e todos sabemos que são puro ilusionismo. E agora os outros se escondem ou se recusam a fazer qualquer coisa, porque seus truques foram revelados.

Outro estudante, ouvindo, acrescentou:

— Bem, o que é feitiçaria? O que é essa Arte da Magia, além de um espetáculo de aparência? Já salvou um homem da morte ou até mesmo concedeu vida longa? Certamente, se os magos tivessem o poder que afirmam ter, todos viveriam para sempre! — E ele e o outro garoto começaram a narrar as mortes dos grandes magos, como Morred, que foi morto em batalha, e Nereger, pelo mago Gris, e Erreth-Akbe, por um dragão, e Gensher, o último Arquimago, por mera doença, em sua cama, como um homem qualquer. Alguns dos meninos ouviam satisfeitos, pela inveja em seu coração; outros ouviam e sofriam.

Durante todo esse tempo, o Mestre Padronista permaneceu sozinho no Bosque e não deixou ninguém entrar nele.

Mas o Sentinela, embora raramente visto, não havia mudado. Ele não tinha sombra nos olhos. Sorria e mantinha as portas do Casarão prontas para o retorno de seu senhor.

CAPÍTULO 10
O TERRITÓRIO DOS DRAGÕES

Nos mares do Extremo Oeste, aquele Senhor da Ilha dos Sábios, ao acordar, tolhido e dolorido em um pequeno barco em uma manhã fria e resplandecente, sentou-se e bocejou. Depois de um momento, apontando para o norte, disse a seu companheiro, que bocejava:

— Pronto! Duas ilhas, você as vê? As ilhas mais ao sul do Território dos Dragões.

— Você tem olhos de falcão, senhor — comentou Arren, espiando através do sono sobre o mar e não enxergando nada.

— Por conseguinte, sou o Gavião — respondeu o mago; ele ainda estava alegre, parecendo ignorar precaução e mau presságio. — Não consegue ver?

— Vejo gaivotas — respondeu Arren, depois de esfregar os olhos e procurar por todo o horizonte azul-acinzentado à frente do barco. O mago riu.

— Será que até mesmo um Falcão consegue ver gaivotas a trinta quilômetros de distância?

Enquanto o sol clareava acima das névoas orientais, as minúsculas manchas que pairavam no ar e que Arren observava pareciam cintilar, como pó de ouro sacudido na água ou partículas de poeira num raio de sol. Então Arren percebeu que eram dragões.

À medida que o *Visão Ampla* se aproximava das ilhas, Arren viu os dragões pairando e voando em círculos no vento da manhã, e seu coração os acompanhava com uma alegria, uma alegria de realização, que era como dor. Toda a glória da mortalidade estava naquele voo. A beleza dos dragões era composta de uma força terrível, uma selvageria completa e o dom da razão. Pois eram criaturas pensantes, com língua e sabedoria antigas: nos padrões de seu voo havia um congraçamento feroz e determinado.

Arren não falou, mas pensou: *Não me importa o que vem depois; vi os dragões no vento da manhã.*

Às vezes os padrões de voo se entrecruzavam e os círculos se rompiam, e muitas vezes um dragão ou outro lançava de suas narinas uma longa faixa de fogo que ondulava e pairava no ar por um momento, repetindo a curva e o brilho do longo e arqueado corpo do dragão. Vendo isso, o mago disse:

— Estão com raiva. Eles dançam a raiva no vento. — E imediatamente acrescentou: — Agora estamos no vespeiro. — Pois os dragões tinham avistado a pequena vela nas ondas, um depois do outro, romperam o turbilhão de dança e se aproximaram estendidos e estáveis no ar, batendo as asas imensas na direção do barco.

O mago olhou para Arren, sentado ao leme, pois as ondas eram fortes e contrárias. O garoto o conduzia com mão firme, embora seus olhos estivessem no movimento das asas. Satisfeito, Gavião virou-se outra vez e, de pé junto ao mastro, permitiu que o vento mágico incidisse na vela. Ergueu seu cajado e falou em voz alta.

Ao som de sua voz e das palavras da Língua Arcaica, alguns dos dragões deram meia-volta em pleno voo, dispersando-se e voltando para as ilhas. Outros pararam e continuaram pairando, com as garras das patas em forma de espada estendidas, mas contidas. Um deles, descendo ao nível da água, voou lentamente em direção ao barco: em dois golpes de asa, estava sobre a embarcação. A barriga escamada estava bem acima do mastro. Arren viu a carne enrugada e sem armadura da articulação interna entre ombro e o peito que, junto ao olho, eram as únicas partes vulneráveis do dragão, a menos que a lança arremessada contra ele estivesse poderosamente encantada. A fumaça que saía da boca longa e dentada o sufocou, e com ela veio um fedor de carniça que o fez estremecer e vomitar.

A sombra passou. Voltou, tão baixa como antes, e desta vez Arren sentiu a expiração de fornalha antes do fogo. Ele ouviu a voz de Gavião, nítida e violenta. O dragão se foi. Então, todos foram embora, voltando para as ilhas como cinzas ardentes em uma rajada de vento.

Arren prendeu a respiração e enxugou a testa coberta de suor frio. Fitando seu companheiro, notou que ele tinha o cabelo branco: o hálito do dragão havia queimado e clareado as pontas dos cabelos. E o tecido pesado da vela estava chamuscado em um dos lados.

— Sua cabeça está um pouco queimada, rapaz.

— A sua também, senhor.

Gavião passou a mão pelos cabelos, surpreso.

— É mesmo! Que insolência; mas não quero briga com essas criaturas. Elas parecem loucas ou confusas. Nada disseram. Nunca encontrei um dragão que não falasse antes de atacar, mesmo que apenas para perturbar a presa... Agora devemos seguir em frente. Não olhe nos olhos deles, Arren. Vire o rosto, se for preciso. Iremos com o vento do mundo, que sopra forte do sul, e posso precisar de minha arte para outras coisas. Mantenha o barco firme.

O *Visão Ampla* avançou e logo tinha à sua esquerda uma ilha distante e, à sua direita, as ilhas gêmeas que tinham avistado antes. Elas se erguiam em penhascos baixos, e toda a rocha áspera estava esbranquiçada com os excrementos dos dragões e das andorinhas-do-mar, que se aninhavam sem medo entre eles.

Os dragões voavam alto e circulavam no ar como abutres. Nenhum desceu novamente para o barco. Por vezes, gritavam uns para os outros, em tom alto e áspero através dos golfos de ar, mas, se havia palavras no seu grito, Arren não conseguia distingui-las.

O barco contornou um pequeno promontório e ele viu na praia o que por um instante imaginou ser uma fortaleza em ruínas. Era um dragão. Uma asa preta estava dobrada sob o corpo e a outra se estendia, ampla, pela areia e pela água, de modo que o vaivém das ondas a movia um pouco para a frente e para trás em uma imitação de voo. O físico longo de cobra jazia estendido na rocha e na areia. Faltava-lhe uma perna dianteira; a armadura e a carne haviam sido arrancadas do grande arco das costelas e a barriga foi aberta, de modo que vários metros da areia em volta dele estavam enegrecidos com o sangue envenenado de dragão. No entanto, a criatura ainda vivia. A vida dos dragões é tão imensa que apenas um poder equivalente de feitiçaria pode matá-los depressa. Os olhos verde-ouro estavam abertos e, à medida que o barco passava, a cabeça esguia e enorme se movia levemente, em um assobio estridente, misturando vapor e jatos sangrentos lançados das narinas.

A praia entre o dragão moribundo e a beira do mar tinha rastros e marcas dos pés e corpos pesados de sua espécie, e as entranhas da criatura jaziam pisoteadas na areia.

Nem Arren nem Gavião falaram até estarem bem longe daquela ilha e atravessando pelo canal instável e agitado do Território dos Dragões, cheio de recifes, pináculos e formações rochosas, em direção às ilhas do norte da dupla cadeia. Então, Gavião disse:

— Que visão horrível. — E sua voz era fria e sombria.

— Eles... comem sua própria espécie?

— Não. Não mais do que nós. Eles foram levados à loucura. A capacidade de falar lhes foi tirada. Aqueles que falaram antes que os homens falassem, aqueles que são mais velhos do que qualquer coisa viva, os Filhos de Segoy... Eles foram levados ao terror mudo dos animais. Ah! Kalessin! Para onde suas asas o levaram? Você viveu para ver sua raça conhecer a vergonha? — A voz dele soava como batidas no ferro e ele mirou para cima, procurando o céu. Mas os dragões estavam atrás, girando mais baixo agora, acima das ilhas rochosas e da praia manchada de sangue, e acima não havia nada além do céu azul e do sol do meio-dia.

Não havia, até então, nenhum homem vivo que tivesse navegado pelo Território dos Dragões e sequer o conhecido, exceto o Arquimago. Mais de vinte anos antes, ele navegara por toda a extensão do lugar, de leste a oeste, ida e volta. Era o pesadelo e o sonho de um marinheiro. A água era um labirinto de canais azuis e baixios verdes, e entre estes, usando mãos, palavras e a cautela mais vigilante, ele e Arren agora escolhiam o seu caminho de barco, entre as rochas e os recifes. Alguns deles jaziam baixos, submersos ou meio submersos pelo movimento das ondas, cobertos de anêmonas, cracas e faixas de samambaias-do-mar; como monstros aquáticos, sinuosos ou com conchas. Outros erguiam-se em penhascos e pináculos escarpados do mar e formavam arcos e semiarcos, torres esculpidas, formas fantásticas de animais, costas de javali e cabeças de serpente, todos enormes, disformes, difusos, como se a vida se contorcesse semiconsciente na rocha. As ondas do mar batiam nas formações com um som de respiração, e elas estavam molhadas pela espuma forte e amarga. Em uma dessas rochas do sul, eram claramente visíveis os ombros curvados e a cabeça pesada e nobre de um homem, arqueado sobre o mar como um pensador que medita; mas, quando o barco passou por ela, olhando para trás, do norte, todo o homem se foi, e as rochas maciças revelaram uma caverna na qual o mar subia e descia produzindo um trovão oco e estrondoso. Parecia haver uma palavra, uma sílaba, naquele som. À medida que navegavam, os ecos distorcidos diminuíram e a sílaba ficou mais clara, de modo que Arren disse:

— Há uma voz na caverna?

— A voz do mar.

— Mas diz uma palavra.

Gavião ouviu; olhou para Arren e de novo para a caverna.

— O que você ouve?

— Parece dizer o som *ahm*.

— Na Língua Arcaica, isso significa "no princípio" ou "há muito tempo". Mas eu ouço *ohb*, que é uma maneira de dizer "fim"... Olhe para a frente! — Ele concluiu de repente, ao mesmo tempo que Arren o avisava:

— Água rasa! — E, embora o *Visão Ampla* escolhesse seu caminho como um gato entre perigos, eles se ocuparam em conduzir o barco por algum tempo e, lentamente, a caverna, que trovejava sem cessar sua palavra enigmática, ficou para trás.

Assim, a água se aprofundou e a embarcação saiu do ambiente fantasmagórico das rochas. À sua frente, assomava uma ilha que parecia uma torre. Os penhascos eram pretos e formados por muitos cilindros ou grandes pilares comprimidos uns contra os outros, com bordas retas e superfícies planas, elevando-se a noventa metros da água.

— Essa é a Fortaleza de Kalessin — explicou o mago. — Então os dragões me deram esse nome, quando estive aqui há muito tempo.

— Quem é Kalessin?

— O mais velho...

— Ele construiu esse lugar?

— Não sei. Não sei se foi construído. Nem quantos anos ele tem. Digo "ele", mas nem isso sei... Para Kalessin, Orm Embar é como uma criança de um ano. E você e eu somos como aleluias. — Ele examinou as fantásticas estacas e Arren ergueu os olhos para elas, inquieto, pensando que um dragão poderia cair daquela margem preta e distante sobre o barco quase como uma sombra. Mas nenhum dragão veio. Atravessaram lentamente as águas calmas abrigadas pelo rochedo, sem ouvir nada além do sussurro e do bater das ondas sombreadas pelas colunas de basalto. A água ali era profunda, sem recifes ou rochas; Arren manejou o barco e Gavião levantou-se na proa, à procura de algo entre os penhascos e o céu claro à frente.

O barco finalmente saiu da sombra da Fortaleza de Kalessin para a luz do sol do fim da tarde. Eles estavam do outro lado do Território dos Dragões. O mago ergueu a cabeça, como quem vê o que estava procurando, e, cruzando aquele grande espaço dourado diante deles, aproximou-se, com suas asas douradas, o dragão Orm Embar.

Arren ouviu o grito de Gavião para ele:

— *Aro Kalessin?* — Ele adivinhou o significado daquilo, mas não conseguiu entender o que o dragão respondeu. No entanto, ao ouvir a Língua Arcaica, ele sempre se sentia a ponto de entender, quase compreendendo: como se fosse uma língua que ele havia esquecido, não uma que nunca conhecera. Ao pronunciá-la, a voz do mago era muito mais nítida do que quando falava em hárdico, e parecia haver nela uma espécie de silêncio, como acontece com o toque mais suave de um grande sino. Mas a voz do dragão era como um gongo, profunda e estridente, ou o som sibilante de címbalos. Arren observou o companheiro parado na proa estreita, a falar com a criatura monstruosa que pairava sobre ele encobrindo metade do céu; e uma espécie de orgulho satisfeito dominou o coração do menino ao ver como o homem é algo tão pequeno e como é frágil e terrível. Pois o dragão poderia ter arrancado a cabeça do homem de seus ombros com um golpe de seu pé com garras, poderia ter esmagado e afundado o barco como uma pedra afunda uma folha flutuante, caso apenas o tamanho tivesse importância. Mas Gavião era tão perigoso quanto Orm Embar, e o dragão sabia disso.

O mago virou a cabeça.

—Lebannen — disse ele, e o garoto se levantou e se aproximou, embora não quisesse dar um passo a mais na direção daquelas mandíbulas de quatro metros e meio e dos longos olhos verde-amarelados com pupilas fendidas que ardiam acima dele.

Gavião não lhe disse nada, mas pôs a mão em seu ombro e voltou a falar com o dragão, brevemente.

— Lebannen — disse a voz profunda e sem paixão. — *Agni Lebannen!*

Ele olhou para cima; a pressão da mão do mago foi um lembrete, e ele evitou encarar os olhos verde-ouro.

Ele não sabia falar a Língua Arcaica, mas tinha voz.

— Eu te saúdo, Orm Embar, Senhor Dragão — falou ele com clareza, como um príncipe que cumprimenta outro.

Fez-se silêncio e o coração de Arren batia forte e com dificuldade. Mas Gavião, ao seu lado, sorria.

Depois disso, o dragão voltou a falar, e Gavião respondeu; pareceu uma conversa longa para Arren. Enfim acabou, de repente. O dragão saltou no ar com uma batida de asa que quase virou o barco e partiu. Arren olhou para o sol e descobriu que não parecia mais próximo do que antes; o tempo não tinha sido muito longo. Mas o rosto do mago tinha a cor de cinzas molhadas, e seus olhos brilharam quando ele se virou para Arren. Sentou-se no banco do remador.

— Muito bem, rapaz — falou ele com a voz rouca. — Não é fácil falar com dragões.

Arren trouxe-lhes comida, porque não tinham comido o dia todo; e o mago não se pronunciou até terminarem de comer e beber. A essa altura, o sol já estava baixo no horizonte, embora naquela latitude norte, e não muito depois do meio do verão, a noite chegasse tarde e vagarosa.

— Bem — anunciou, por fim. — Orm Embar me contou, à sua maneira, muita coisa. Ele diz que aquele que procuramos está e não está em Selidor... É difícil para um dragão falar com clareza. Dragões não têm mentes simples. Mesmo quando um deles diz a verdade para um homem, o que raramente acontece, ele não sabe com o que a verdade se parece para o homem. Então lhe perguntei: "Assim como teu pai Orm está em Selidor? Pois, como você sabe, Orm e Erreth-Akbe morreram ali, durante sua batalha". E ele respondeu: "Não e sim. Você vai encontrá-lo em Selidor, mas não em Selidor". — Gavião parou e ponderou, mastigando um pedaço de pão duro. — Talvez queira dizer que, embora o homem não esteja em Selidor, ainda assim devo ir até lá para chegar até ele. Pode ser...

"Depois perguntei-lhe sobre os outros dragões. Ele explicou que esse homem esteve entre eles, e não os temeu, pois, embora morto, ele retorna da morte em seu corpo, vivo. Portanto, os dragões o temem como a uma criatura além da natureza. O medo faz com que a magia do homem os controle e tire deles a Língua da Criação, transformando-os em presas da própria natureza selvagem da espécie. Então devoram uns aos outros ou tiram a própria vida mergulhando no mar, uma morte repugnante para a serpente de fogo, a besta do vento e do fogo. Então, falei: 'Onde está o seu senhor, Kalessin?', e tudo o que ele respondeu foi: 'No oeste', o que pode significar que Kalessin fugiu para as outras terras, que, segundo os dragões, estão mais longe do que uma embarcação já esteve, ou pode não significar isso.

"Então cessei minhas perguntas, e o dragão fez as dele, dizendo: 'Sobrevoei Kaltuel voltando para o norte, e os Portais de Toring. Em Kaltuel, vi aldeões matando um bebê em uma pedra de altar, e em Ingat vi um ocultista ser morto por seus concidadãos que lhe atiraram pedras. Eles vão comer o bebê, Ged, você acha? O ocultista voltará da morte e atirará pedras nos concidadãos?'. Achei que ele estava zombando de mim e quase falei com raiva, mas ele não estava zombando. O dragão continuou: 'O sentido das coisas desapareceu.

Há um buraco no mundo e o mar está se esgotando. A luz está acabando. Seremos deixados na Terra Árida. Não haverá mais fala nem morte'. Então enfim compreendi o que ele me dizia."

Arren não o compreendeu e, além do mais, ficou muito perturbado. Pois, ao repetir as palavras do dragão, Gavião revelou o próprio nome, o verdadeiro, inconfundivelmente. Isso trouxe à mente de Arren a lembrança daquela atormentada mulher de Lorbanery gritando: "Meu nome é Ákaren!". Se os poderes da música, da fala e da confiança estavam enfraquecendo e definhando entre os homens, se a insanidade do medo se abatia sobre eles para que, como os dragões desprovidos de razão, se voltassem uns contra os outros para destruir... Se tudo isso estava acontecendo, seu senhor escaparia? Ele era tão forte assim?

O mago não parecia forte no momento, recurvado sobre a ceia de pão e peixe defumado, com cabelos grisalhos e queimados pelo fogo, mãos delgadas e rosto cansado.

No entanto, o dragão o temia.

— O que o preocupa, rapaz?

Com ele, só a verdade funcionava.

— Meu senhor, você falou seu nome.

— Ah, sim. Esqueci que não tinha feito isso antes. Você vai precisar do meu nome verdadeiro se formos para onde precisamos ir. — Ele ergueu os olhos para Arren, ainda mastigando. — Achou que eu estivesse senil e tivesse ficado balbuciando meu nome, como os velhos que perdem o juízo e a vergonha? Ainda não, rapaz!

— Não — respondeu Arren, tão confuso que não conseguiu dizer mais nada. Estava muito cansado; o dia tinha sido longo e cheio de dragões. E o caminho à frente escurecia.

— Arren — falou o mago. — Não; Lebannen: no lugar para onde vamos, não há como se esconder. Lá todos usam o nome verdadeiro.

— Os mortos não podem ser feridos — afirmou Arren sombriamente.

— Mas não é só lá, não só na morte, que os homens usam seus nomes. Aqueles que podem ser mais feridos, os mais vulneráveis: aqueles que deram amor e não o receberam de volta, eles falam os nomes uns dos outros. Os de coração fiel, os doadores da vida... Você está esgotado, rapaz. Deite-se e durma. Não há nada a fazer agora senão manter o curso a noite toda. Pela manhã veremos a última ilha do mundo.

Em sua voz havia uma doçura insuperável. Arren enroscou-se na proa e o sono começou a invadi-lo no mesmo instante. Ouviu o mago começar um canto suave, quase sussurrante, mas não na língua hárdica, e sim nas palavras da Criação; e quando enfim começou a entender e a lembrar o que as palavras significavam, pouco antes de compreendê-las, adormeceu profundamente.

Em silêncio, o mago guardou o pão e a carne, olhou os cabos, fez todos os ajustes no barco, e então, pegando a linha-mestra da vela na mão e sentando-se junto à amurada, lançou um vento mágico forte na vela. Incansável, o *Visão Ampla* acelerou para o norte, uma flecha sobre o mar.

Ele observou Arren. O rosto adormecido do garoto estava iluminado de vermelho-dourado pelo longo pôr do sol, o cabelo bagunçado estava agitado pelo vento. O olhar suave, fácil e principesco do garoto que se sentara junto à fonte do Casarão meses antes havia desaparecido; aquele era um rosto mais fino, mais duro e muito mais forte. Mas não era menos bonito.

— Não encontrei ninguém para seguir meu caminho — disse Ged, o Arquimago, em voz alta para o garoto adormecido ou para o vento vazio. — Ninguém além de ti. E tu deves seguir o teu caminho, não o meu. No entanto, tua realeza será, em parte, a minha. Pois te conheci primeiro. Eu te conheci primeiro! Vão me louvar mais por isso nos dias vindouros do que por qualquer coisa que eu tenha feito com a magia... Se houver dias vindouros. Primeiro, nós dois precisamos chegar ao ponto da harmonia, o próprio fulcro do mundo. E, se eu cair, tu cais, e todo o restante... Por um tempo, um tempo. Nenhuma escuridão dura para sempre. E mesmo lá existem estrelas... Ah, mas eu gostaria de ver-te coroado em Havnor, e a luz do sol brilhando na Torre da Espada e no Anel que te trouxemos de Atuan, das tumbas sombrias, Tenar e eu, antes mesmo de nasceres!

Ele riu então e, virando-se para o norte, disse a si mesmo na língua comum:

— Um pastor de cabras para conduzir o herdeiro de Morred em seu trono! Nunca vou aprender?

Pouco depois, sentado com a linha-mestra na mão e vendo a vela inteira avermelhar ao último raio de luz do oeste, voltou a falar baixinho.

— Não queria estar em Havnor nem em Roke. É hora de acabar com o poder. Largar os velhos brinquedos e seguir em frente. É hora de ir para casa. Eu veria Tenar. Eu veria Ogion e falaria com ele antes que morresse, na casa sobre os penhascos de Re Albi. Desejo caminhar pela montanha, a montanha de Gont, pelas florestas, no outono, quando as folhas são brilhantes. Não há reino como as florestas. É hora de ir lá, ir em silêncio, ir sozinho. E talvez lá eu aprenda finalmente o que nenhuma ação nem arte, nenhum poder pode me ensinar, o que nunca aprendi.

Todo o oeste resplendia, em uma fúria e glória vermelha, de modo que o mar estava carmesim e a vela acima dele brilhante como sangue; e então a noite veio calmamente. Durante toda aquela noite o garoto dormiu e o homem ficou acordado contemplando a escuridão à sua frente. Não surgiram estrelas.

CAPÍTULO II
SELIDOR

De manhã, ao acordar, Arren viu, diante do barco, escuras e baixas no oeste azul, as praias de Selidor.

No Salão de Berila havia mapas antigos que tinham sido feitos no tempo dos Reis, quando comerciantes e exploradores navegavam das Terras Centrais e os Extremos eram mais conhecidos. Um grande mapa do norte e do oeste foi colocado em mosaico em duas paredes da sala do trono do príncipe, com a ilha de Enlad em ouro e cinza acima do trono. Arren o viu outra vez em sua mente, tal qual o tinha visto milhares de vezes na infância. Ao norte de Enlad ficava Osskil, e a oeste Ebosskil, e ao sul dessa ilha Semel e Paln. Ali terminavam as Terras Centrais, e não havia nada além do pálido mosaico azul-esverdeado do mar vazio, colocado aqui e ali com um pequeno golfinho ou uma baleia. Então, finalmente, depois do canto onde a parede norte encontrava a parede oeste, havia Narveduen e, além dela, três ilhas menores. E então o mar vazio novamente, contínuo; até a borda da parede e o final do mapa, e lá havia Selidor, e além dela, nada.

Ele podia se lembrar dela vividamente, a forma curva, com uma grande baía no centro, abrindo-se estreitamente para o leste. Eles não tinham chegado tão ao norte assim, mas no momento se dirigiam para uma enseada profunda no cabo mais ao sul da ilha, e lá, enquanto o sol ainda estava baixo na bruma da manhã, aportaram.

Assim terminou sua grande corrida das Estradas de Balatran até a Ilha Ocidental. A quietude da terra era estranha aos ouvidos deles quando embarrancaram o *Visão Ampla* e, depois de tanto tempo, caminharam novamente em terra firme.

Ged escalou uma duna baixa, coroada de relva e cuja crista inclinava-se sobre a encosta íngreme, presa em níveis pelas raízes duras da relva. Quando chegou ao cume, ficou parado, contemplando oeste e norte. Arren parou junto ao barco para calçar os sapatos, que não usava há muitos dias, e tirou a espada da caixa de equipamentos, afivelando-a, desta vez sem duvidar que deveria fazê-lo. Então, subiu ao lado de Ged a fim de olhar a terra.

As dunas corriam para o interior, baixas e cobertas de relva, por quase um quilômetro, e depois havia lagoas, cheias de juncos e cana delgada e, mais além, colinas baixas se estendiam, marrom-amareladas e vazias, até perder de vista. Bela e desolada era Selidor. Em lugar algum havia qualquer marca do homem, seu trabalho ou habitação. Não havia animais à vista e as lagoas repletas de juncos não atraíam bandos de gaivotas, gansos selvagens ou qualquer ave.

Os dois desceram a encosta interior da duna e o banco de areia bloqueou o barulho das ondas e o som do vento, tudo ficou quieto.

Entre a duna mais afastada e a seguinte havia um vale de areia limpa, abrigado, o sol da manhã brilhando quente em sua encosta oeste.

— Lebannen — falou o mago, pois agora usava o verdadeiro nome de Arren —, não consegui dormir ontem à noite, e agora preciso fazê-lo. Fique comigo e vigie.

O homem se deitou ao sol, porque fazia frio à sombra; colocou o braço sobre os olhos; suspirou e dormiu. Arren sentou-se ao lado de Ged. Ele não conseguia enxergar nada além das encostas brancas do vale e a relva das dunas curvando-se no topo contra o azul enevoado do céu e o sol amarelo. Não havia som, exceto o murmúrio abafado da arrebentação, e às vezes uma rajada de vento movia um pouco as partículas de areia com um murmúrio leve.

Arren viu o que poderia ser uma águia voando muito alto, mas não era uma águia. A ave sobrevoou em círculo e desceu, provocando aquele trovão e o assobio estridente de asas douradas estendidas. Pousou garras enormes no cume da duna. Contra o sol, a grande cabeça era preta, com brilhos ardentes.

O dragão rastejou um pouco pela encosta e falou:

— *Agni* Lebannen.

De pé entre ele e Ged, Arren respondeu:

— Orm Embar. — E segurou a espada nua na mão.

Não parecia pesada agora. O punho liso e gasto era confortável no toque; se encaixava com perfeição. A lâmina saiu leve e ansiosa da bainha. O poder dela, os anos dela, estavam ao seu lado, pois agora ele sabia o que fazer com a arma. Era sua espada.

O dragão voltou a falar, mas Arren não conseguiu compreendê-lo. Ele olhou de volta para o companheiro adormecido, a quem toda a correria e os trovões não haviam despertado, e disse ao dragão:

— Meu senhor está cansado; ele dorme.

Ao ouvir isso, Orm Embar rastejou e se enrolou no fundo do vale. Ele era pesado no chão, não ágil e livre como quando voava, mas havia uma graça sinistra no movimento das grandes patas com garras e na curvatura da cauda espinhosa. Uma vez lá, ele puxou as pernas para baixo do corpo, ergueu a cabeça enorme e ficou imóvel: como um dragão esculpido no elmo de um guerreiro. Arren estava ciente do seu olho amarelo, a menos de três metros de distância, e do leve cheiro de queimado que o cercava. Não era fedor de carniça; seco e metálico, combinava com os odores tênues do mar e da areia salgada, um cheiro limpo e selvagem.

Elevando-se, o sol atingiu os flancos de Orm Embar, e ele ardeu como um dragão feito de ferro e ouro.

Ainda assim Ged dormia, relaxado, sem dar ao dragão mais atenção do que um agricultor adormecido daria a seu cão.

Assim, uma hora se passou, e Arren, em um sobressalto, viu o mago se sentar a seu lado.

— Você se acostumou tanto com dragões que adormece entre as patas deles? — perguntou Ged, rindo, e bocejou.

Então, levantando-se, ele falou com Orm Embar na língua dos dragões.

Antes de Orm Embar responder, ele também bocejou, talvez de sono, talvez por rivalidade, e aquela era uma visão a que poucos sobreviviam para relembrar: as fileiras de dentes branco-amarelados, tão longos e afiados quanto espadas, a língua flamejante, bifurcada e vermelha, duas vezes mais longa do que o corpo de um homem, a caverna fumegante da garganta.

Orm Embar falou e Ged estava prestes a responder quando ambos se viraram com o intuito de encarar Arren. Eles ouviram, claramente, no silêncio, o sussurro oco de aço na bainha. Arren tinha os olhos fixos na borda da duna atrás da cabeça do mago, e a espada estava empunhada.

Ali estava, iluminado pela luz do sol, o vento fraco agitando levemente suas roupas, um homem. Ficou parado como uma forma esculpida, exceto pela vibração da bainha e do capuz de seu manto leve. Seu cabelo caía em uma massa longa e preta de cachos brilhantes; era alto e de ombros largos, um homem forte e belo. Seus olhos pareciam olhar acima deles, para o mar. Ele sorriu.

— Orm Embar eu conheço — disse ele. — E você também conheço, embora tenha envelhecido desde a última vez que o vi, Gavião. Você é Arquimago agora, segundo dizem. Tornou-se grande e velho. E tem um jovem servo consigo: um mago aprendiz, sem dúvida, um daqueles que aprendem a sabedoria na Ilha dos Sábios. O que vocês dois estão fazendo aqui, tão longe de Roke e das paredes invulneráveis que protegem os Mestres de todo o mal?

— Há uma brecha em paredes maiores do que essas — respondeu Ged, apertando as duas mãos em seu cajado e olhando para o homem. — Mas você não viria até nós em carne, para que pudéssemos saudar aquele que há muito tempo procurávamos?

— Em carne? — questionou o homem, e sorriu novamente. — É mera carne, corpo, matéria-prima de açougueiro, a prestação de contas entre dois magos? Não, vamos nos enfrentar, uma mente contra a outra, Arquimago.

— Isso, creio eu, não podemos fazer. Rapaz, guarde sua espada. Isso é apenas uma emanação, só aparência, nenhum homem verdadeiro. É como erguer a lâmina contra o vento. Em Havnor, quando seu cabelo era branco, você se chamava Cob. Mas esse era apenas um nome de uso. Como vamos chamá-lo quando nos encontrarmos com você?

— Você vai me chamar de Senhor — respondeu a silhueta alta na beira da duna.

— Sim, e o que mais?

— Rei e Mestre.

Ao ouvir isso, Orm Embar sibilou, um som alto e medonho, e os grandes olhos brilharam; no entanto, ele virou a cabeça para longe do homem e caiu agachado, como se não pudesse se mover.

— E aonde devemos ir para encontrá-lo, e quando?

— No meu domínio e segundo a minha vontade.

— Muito bem — disse Ged, e, erguendo seu cajado, moveu-o um pouco em direção ao homem alto... E o homem se foi, como a chama de uma vela se apagando.

Arren olhou para ele e o dragão ergueu-se com força sobre as quatro patas tortas, as escamas tinindo e os lábios afastando-se dos dentes. Mas o mago apoiou-se novamente em seu cajado.

— Foi apenas uma emanação. Um reflexo ou imagem do homem, que pode falar e ouvir, mas não tem poder, exceto o que nosso medo pode emprestar. Nem mesmo a aparência é verdadeira, a menos que o remetente assim o deseje. Nós não o vimos com a aparência que tem agora, acho.

— Ele está perto, você acha?

— Emanações não atravessam a água. Ele está em Selidor. Mas Selidor é uma grande ilha: maior do que Roke ou Gont e quase tão longa quanto Enlad. Podemos procurá-lo por muito tempo.

Então, o dragão falou. Ged ouviu e virou-se para Arren.

— Assim diz o Senhor de Selidor: "Voltei para minha própria terra, não a deixarei. Encontrarei o Destruidor e levarei vocês até ele, para que juntos possamos eliminá-lo". Não falei que o que um dragão procura, ele encontra?

Em seguida, Ged se ajoelhou diante da grande criatura, como um vassalo se ajoelha diante de um rei, e agradeceu em sua própria língua. A respiração do dragão, tão próxima, esquentava sua cabeça abaixada.

Orm Embar arrastou o peso escamoso pela duna mais uma vez, bateu as asas e decolou.

Ged limpou a areia das roupas e disse a Arren:

— Agora você me viu ajoelhar. E talvez me veja ajoelhar mais uma vez antes do fim.

Arren não perguntou o que ele queria dizer; na longa jornada juntos, aprendera que havia razão na reserva do mago. No entanto, teve a impressão de que havia um mau presságio nas palavras.

Atravessaram mais uma vez a duna até a praia para se certificarem de que o barco estava bem acima do alcance da maré ou da tempestade e para pegar os mantos para a noite e a comida que lhes restava. Ged parou um minuto junto à proa esguia que o levara por mares estranhos por tanto tempo, tão longe; colocou a mão sobre ela, mas não lançou nenhum feitiço e não disse palavra alguma. Então foram para o interior, ao norte, mais uma vez, em direção às colinas.

Caminharam o dia todo e, à noite, acamparam à beira de um riacho que descia para os lagos e pântanos cobertos de juncos. Embora fosse pleno verão, o vento soprava frio, vindo do oeste, da superfície interminável e sem terras do mar aberto. Uma névoa cobria o céu, e nenhuma estrela brilhava acima das colinas onde nenhuma fogueira ou janela iluminada jamais havia brilhado.

Arren acordou em meio à escuridão. A fogueira modesta estava apagada, mas uma lua poente iluminava a terra com luz cinzenta e enevoada. No vale do riacho e na encosta do entorno havia uma grande multidão quieta, silenciosa, com os rostos voltados para Ged e Arren. Seus olhos não captavam a luz da lua.

Arren não se atreveu a falar, mas pôs a mão no braço de Ged. O mago se moveu e sentou-se, dizendo:

— Qual é o problema? — Ele seguiu o olhar de Arren e viu as pessoas silenciosas.

Estavam todas vestidas em tons escuros, homens e mulheres. Seus rostos não podiam ser vistos claramente à luz fraca, mas a Arren pareceu que, entre os mais próximos deles, no vale, do outro lado do riacho, havia alguns que ele conhecia, embora não fosse capaz de dizer seus nomes.

Ged se levantou, deixando o manto cair. Seu rosto, cabelo e camisa tinham um brilho prateado pálido, como se o luar se concentrasse nele. Estendeu o braço em um gesto largo e falou em voz alta:

— Ó, vocês que viveram, sigam, livres! Eu quebro a amarra que os prende: *Anvassa mane harw pennodathe!*

Por um momento, a multidão silenciosa ficou impassível. Eles se viraram lentamente, parecendo caminhar no breu cinzento, e foram embora.

Ged sentou-se. Respirou fundo. Olhou para Arren e pôs a mão no ombro do rapaz, e o seu toque era quente e firme.

— Não há nada a temer, Lebannen — garantiu, com gentileza zombeteira. — Eram apenas pessoas mortas.

Arren assentiu, embora seus dentes estivessem batendo e se sentisse frio até os ossos.

— Como foi... — começou ele, mas sua mandíbula e lábios ainda não o obedeciam.

Ged o compreendeu.

— Vieram pela invocação dele. Isso é o que ele promete: vida eterna. Com sua palavra, eles podem retornar. Ao seu comando, devem caminhar sobre as colinas da vida, embora não possam mexer uma folha de relva.

— Ele... também está morto?

Ged balançou a cabeça, pensativo.

— Os mortos não podem invocar os mortos de volta ao mundo. Não, ele tem os poderes de um homem vivo e muito mais... Mas, se alguém pensou em segui-lo, ele o enganou. Ele mantém seu poder para si mesmo. Interpreta o Rei dos Mortos; e não só dos mortos... Mas aquelas pessoas eram apenas sombras.

— Não sei por que os temo — admitiu Arren, envergonhado.

— Você os teme porque teme a morte, e com razão: pois a morte é terrível e deve ser temida — explicou o mago. Ele colocou lenha nova no fogo e soprou os pequenos carvões sob as cinzas. *Um lampejo de luz floresceu nos gravetos, uma luz agradecida*, pensou Arren. — E a vida também é uma coisa terrível — continuou Ged —, que deve ser temida e louvada.

Ambos se sentaram, enrolando-se em seus mantos. Permaneceram algum tempo em silêncio. Então Ged falou com toda a seriedade.

— Lebannen, por quanto tempo ele pode nos provocar aqui com emanações e sombras, não sei. Mas você sabe para onde ele irá, por fim.

— Para a terra escura.

— Sim. Entre eles.

— Eu os vi agora. Vou com você.

— É a fé em mim que o move? Você pode confiar em meu amor, mas não confie em minha força. Pois acho que encontrei meu páreo.

— Vou com você.

— Mas, se eu for derrotado, se meu poder ou minha vida se esgotarem, não posso guiá-lo de volta; você não pode voltar sozinho.

— Voltarei com você.

Diante disso, Ged concluiu:

— Você entra em sua condição de homem no portão da morte.

— E em seguida pronunciou aquela palavra ou nome pelo qual o dragão chamou Arren duas vezes, falando muito baixo: — *Agni*... *Agni* Lebannen.

Depois disso, não falaram mais, e logo o sono voltou, e se deitaram ao lado da fogueira efêmera.

Na manhã seguinte, seguiram para o norte e o oeste; esta foi a decisão de Arren, não de Ged, que pontuou:

— Escolha nosso caminho, rapaz; eles são todos iguais para mim.

Os dois não se apressaram, pois não tinham objetivo, esperando algum sinal de Orm Embar. Seguiram a cadeia mais baixa e externa de colinas, principalmente à vista do oceano. A relva estava seca e curta, sempre tremulando ao vento. As colinas erguiam-se douradas e abandonadas à direita; à esquerda estavam os pântanos salgados e o mar ocidental. Uma vez eles viram cisnes voando, bem longe, no sul. Não viram nenhuma outra criatura que respirasse durante todo aquele dia. Uma espécie de pavor cansado, de espera pelo pior, surgiu em Arren ao longo do dia. A impaciência e a raiva surda cresceram dentro de si. Ele exclamou, depois de horas de silêncio:

— Esta terra está tão morta quanto a própria terra da morte!

— Não diga isso — disse o mago em tom brusco. Ele diminuiu a marcha e continuou com uma voz alterada: — Olhe para esta terra; olhe para você. Este é o seu reino, o reino da vida. Esta é a sua imortalidade. Olhe para as colinas, as colinas mortais. Elas não duram para sempre. As colinas com relva viva sobre si, e os riachos de água corrente… Em todo o mundo, em todos os mundos, em toda a imensidão do tempo, não há outro riacho igual a cada um destes, saindo, frescos, da terra onde nenhum olho os vê, correndo através da luz do sol e da escuridão até o mar. Profundas são as fontes do ser, mais profundas do que a vida, do que a morte…

Ele parou de falar, mas em seus olhos, enquanto observava Arren e as colinas iluminadas pelo sol, havia um grande amor sem palavras, pesaroso. E Arren o percebeu e, vendo-o, viu também Ged, pela primeira vez inteiro, tal como era.

— Não tenho palavras para o que quero dizer — ponderou Ged, infeliz.

Mas Arren pensou naquela primeira hora no Pátio da Fonte, no homem que se ajoelhara junto à água corrente da fonte; e a alegria brotou nele tão límpida quanto aquela água em sua lembrança. Ele fitou o companheiro e disse:

— Ofereci meu amor ao que é digno de amor. Não é ele o reino e a fonte imperecível?

— Sim, rapaz — concordou Ged, gentilmente e com dor.

Continuaram juntos em silêncio. Mas Arren agora via o mundo com os olhos do seu companheiro e enxergava o esplendor de vida que se revelava ao redor dos dois, na terra silenciosa e desolada, como que por um poder de encantamento superior a qualquer outro: em cada folha da relva curvada pelo vento, em cada sombra e cada pedra. É assim que, quando alguém está pela última vez em um lugar estimado, antes de uma viagem sem volta, enxerga tudo por inteiro, real e querido, como nunca viu antes e nunca verá novamente.

Com a proximidade do fim do anoitecer, fileiras compactas de nuvens se elevavam do oeste, trazidas do mar por grandes ventos, e ardiam como fogo diante do sol, que as coloria de vermelho à medida que descia. Enquanto apanhava gravetos para a fogueira no vale de um riacho, sob aquela luz vermelha, Arren olhou para cima e viu um homem a menos de três metros de distância. O rosto do homem parecia vago e estranho, mas Arren o conhecia, era o Tintureiro de Lorbanery, Sopli, que estava morto.

Atrás dele estavam outros, todos com rostos tristes e olhares fixos. Pareciam falar, mas Arren não conseguia ouvir as palavras, apenas uma espécie de sussurro que o vento oeste levava para longe. Algumas das pessoas vieram em sua direção, morosas.

Ele ficou parado e os contemplou, bem como a Sopli; e então lhes deu as costas, abaixou-se e pegou mais um graveto, ainda que suas mãos tremessem. Juntou-o ao fardo e pegou outro, e mais um. Então, endireitou-se e olhou para trás. Não havia ninguém no vale, apenas a luz vermelha queimando na relva. Ele voltou para Ged e pôs o fardo de lenha no chão, mas não disse nada sobre o que tinha visto.

Durante toda aquela noite, na escuridão enevoada daquela terra vazia de almas vivas, quando despertava do sono agitado, ele ouviu ao redor de si o murmúrio das almas dos mortos. Ele fortalecia sua vontade e não dava ouvidos, adormecendo de novo.

Tanto ele quanto Ged acordaram tarde, quando o sol, já um palmo acima das colinas, finalmente se libertou da neblina e iluminou a terra fria. Enquanto comiam a frugal refeição matinal, o dragão veio, girando acima deles no ar. Fogo saía de suas mandíbulas e fumaça e faíscas de suas narinas vermelhas; seus dentes brilhavam como lâminas de marfim naquele clarão lúgubre. Mas ele não se pronunciou, apesar de Ged saudá-lo e gritar na língua dele:

— Você o encontrou, Orm Embar?

O dragão jogou a cabeça para trás e arqueou o corpo estranhamente, varrendo o vento com suas garras afiadas. Então partiu voando depressa para o oeste, fitando-os enquanto seguia.

Ged agarrou seu cajado e o golpeou no chão.

— Ele não consegue falar — afirmou. — Ele não consegue falar! As palavras da Criação lhe foram tiradas, e ele foi transformado em uma víbora, um verme sem língua, sua sabedoria foi silenciada. Mas ele pode liderar, e nós podemos seguir! — Balançando as bolsas leves nas costas, os dois caminharam para o oeste em meio às colinas, assim como Orm Embar havia voado.

Percorreram treze quilômetros ou mais, sem diminuir o primeiro passo rápido e constante. Agora o mar estava em ambos os lados, e caminhavam por uma longa cordilheira que descia entre juncos secos e leitos de riachos sinuosos até uma praia de areia curvada, da cor do marfim. Aquele era o cabo mais ocidental de todas as terras, o fim da terra.

Orm Embar estava agachado na areia de marfim, a cabeça baixa como a de um gato raivoso e a respiração ofegante. Um pouco à sua frente, entre ele e as ondas longas e baixas do mar, havia uma coisa parecida com uma cabana ou um abrigo, branca, como se construída de troncos trazidos pelo mar, há muito desbotados. Mas não havia troncos trazidos pelo mar naquela praia, que não tinha à sua frente nenhuma outra terra. À medida que se aproximavam, Arren viu que as paredes em ruínas eram feitas de grandes ossos: ossos de baleia, pensou primeiro, e depois viu os triângulos brancos afiados como facas e soube que eram os ossos de um dragão.

Eles foram para lá. O reflexo do sol no mar cintilava através das fendas entre os ossos. A padieira da porta era um fêmur mais comprido que um homem. Nela havia um crânio humano, com olhos vazios voltados para as colinas de Selidor.

Eles pararam ali e, ao olharem para o crânio, um homem saiu pela porta abaixo dele. Usava uma armadura de bronze dourado à moda antiga, que fora sulcada por golpes de machado, e a bainha da espada estava vazia. O rosto era severo, com sobrancelhas pretas e arqueadas e nariz estreito; os olhos eram escuros, penetrantes e tristes. Havia feridas nos braços, no pescoço e no flanco; não sangravam mais, mas eram feridas mortais. Ele endireitou-se e ficou imóvel; olhou para eles.

Ged deu um passo em direção ao homem. Ambos eram um pouco parecidos, portanto, ficaram cara a cara.

— Tu és Erreth-Akbe — afirmou Ged. O outro o observou com firmeza e acenou com a cabeça uma vez, mas não falou.

— Até tu, até tu precisas seguir a ordem dele. — A raiva estava na voz de Ged. — Ó meu senhor, o melhor e mais valente de todos nós, descanse em tua honra e na morte! — E, levantando as mãos, Ged as abaixou com um grande gesto, repetindo as palavras que havia falado para a multidão de mortos. As mãos deixaram no ar, por um momento, um rastro amplo e brilhante. Quando ele se foi, o homem de armadura se foi, e apenas o sol brilhou na areia onde ele estava.

Ged golpeou a casa de ossos com seu cajado, e ela caiu e desapareceu. Nada restava além de um grande osso de costela que se projetava da areia.

Ele se virou para Orm Embar.

— É aqui, Orm Embar? Este é o lugar?

O dragão abriu a boca e fez um silvo enorme e ofegante.

— Aqui, na última margem do mundo. Ótimo! — Então, segurando o cajado de teixo preto na mão esquerda, Ged abriu os braços no gesto de invocação e falou. Embora falasse na língua da Criação, Arren entendeu, finalmente, como todos os que ouvem aquela invocação devem entender, pois ela tem poder sobre todos: — Agora, aqui, eu o invoco, meu inimigo, diante de meus olhos e em carne, e o amarro com a palavra que não será dita até que chegue o fim dos tempos!

Mas onde o nome do invocado deveria ter sido falado, Ged disse apenas: *meu inimigo*.

Seguiu-se um silêncio, como se o som do mar tivesse desaparecido. Pareceu a Arren que o sol falhou e escureceu, embora estivesse alto num céu claro. Uma escuridão caiu sobre a costa, como se alguém olhasse através de um vidro enfumaçado; pouco à frente de Ged ficou muito escuro, e era difícil ver o que havia. Era como se nada estivesse ali, nada que pudesse receber a luz, uma ausência de forma.

Um homem saiu dali, de repente. Era o mesmo homem que tinham visto na duna, cabelos negros e braços compridos, esguio e alto. Ele segurava agora uma longa haste ou lâmina de aço, gravada em toda a sua extensão com runas, e inclinou-a na direção de Ged enquanto o encarava. Mas havia algo estranho em seus olhos, como se estivessem ofuscados pelo sol e não pudessem ver.

— Venho — disse ele — por minha própria escolha, à minha maneira. Você não pode me invocar, Arquimago. Não sou uma sombra. Estou vivo. Só eu estou vivo! Você pensa que está, mas está morrendo, morrendo. Sabe o que é isso que seguro? É o cajado do mago Gris, aquele que silenciou Nereger; o mestre da minha arte. Mas eu sou o Mestre agora. E já cansei de jogos com você. — Depois disso, de repente, ele estendeu a lâmina de aço para tocar Ged, que ficou parado como se não pudesse se mover e não pudesse falar. Arren estava um passo atrás dele, e toda a sua vontade era mover-se, mas não conseguia se mexer, não conseguia nem colocar a mão no cabo da espada, e sua voz estava presa na garganta.

Mas sobre Ged e Arren, sobre a cabeça deles, imenso e flamejante, surgiu o corpo imenso do dragão em um salto contorcido, e ele mergulhou com toda a força sobre o outro, a lâmina de aço encantada penetrou o peito de escamas finas do dragão em toda sua extensão: mas o homem foi derrubado sob o peso da criatura, esmagado e queimado.

Erguendo-se novamente da areia, arqueando as costas e batendo as asas de palhetas, Orm Embar vomitou jatos de fogo e gritou. Tentou voar, mas não conseguiu. Maligno e frio, o metal estava em seu coração. Ele se agachou, e o sangue escorreu, preto e venenoso, fumegante, da boca, e o fogo morreu em suas narinas até que elas se tornaram cavidades de cinzas. Ele deitou a grande cabeça na areia.

Assim morreu Orm Embar onde seu antepassado Orm morreu, sobre os ossos de Orm enterrados na areia.

Mas onde Orm havia derrubado seu inimigo na terra, lá jazia algo feio e enrugado, como o corpo ressecado de uma grande aranha em sua teia. Ele havia sido queimado pelo sopro do dragão e esmagado pelas patas com garras. No entanto, enquanto Arren observava, o corpo se moveu e se arrastou um pouco para longe do dragão.

O rosto se ergueu na direção deles. Não havia beleza nele, apenas ruína, a velhice que sobrevivera à velhice. A boca estava murcha; as órbitas dos olhos, vazias, estavam vazias há muito tempo. Assim, Ged e Arren finalmente viram o rosto do inimigo com vida.

O rosto se virou. Os braços queimados e enegrecidos se estenderam, e uma escuridão se concentrou neles, aquela mesma escuridão disforme que aumentava e ofuscava a luz do sol. Entre os braços do Destruidor havia uma espécie de arco ou portal, embora escuro e sem contornos; e através dele não se via a areia pálida nem o oceano, apenas uma longa encosta de escuridão descendo para as trevas.

A silhueta esmagada e rastejante foi para lá e, quando entrou na escuridão, pareceu levantar-se de repente, mover-se depressa e desaparecer.

— Venha, Lebannen — chamou Ged, pousando a mão direita no braço do garoto, e ambos seguiram em direção à terra árida.

CAPÍTULO 12
A TERRA ÁRIDA

O cajado de madeira de teixo na mão do mago luziu na escuridão enevoada e baixa com um brilho prateado. Outro movimento rápido e cintilante chamou a atenção de Arren: um lampejo de claridade no decorrer da lâmina da espada que ele segurava, desembainhada, na mão. Quando a ação e a morte de Orm Embar quebraram o feitiço de amarração, ele desembainhou a espada ali, na orla de Selidor. Ainda que ali ele não fosse mais do que uma sombra, ele era uma sombra viva e carregava a sombra de sua espada.

Não havia outro brilho em parte alguma. Era como um crepúsculo tardio sob nuvens no final de novembro, um ar sombrio, frio e opaco através do qual se podia ver, mas não com clareza e não muito longe. Arren conhecia o lugar, os pântanos e os terrenos estéreis de seus sonhos desesperados; mas tinha a impressão de estar longe, muito mais longe, do que jamais estivera em sonho. Ele não conseguia distinguir coisa alguma com nitidez, exceto o fato de ele e seu companheiro estarem na encosta de uma colina e de que adiante havia um muro baixo de pedras, que não passava da altura dos joelhos de um homem.

Ged ainda mantinha a mão direita no braço de Arren. Ele avançou e Arren o acompanhou; passando por cima da mureta de pedras.

Sem forma, a longa encosta caía à frente deles, descendo para dentro da escuridão.

Mas no alto, onde Arren pensara ver nuvens pesadas, o céu estava preto e havia estrelas. Ele as contemplou e seu coração pareceu encolher, tornando-se pequeno e frio no peito. Não eram estrelas que já tivesse visto. Imóveis, elas brilhavam sem piscar. Eram aquelas estrelas que não nascem nem se põem, nunca são escondidas por nenhuma nuvem e nenhum sol nascente as apaga. Imóveis e pequenas, brilham na terra árida.

Ged começou a descer a encosta do lado oposto da colina da existência e, passo a passo, Arren o acompanhou. Havia terror nele, mas seu coração estava tão decidido e sua vontade tão determinada que o medo não o dominou e o garoto sequer estava claramente consciente do medo. Era apenas como se algo dentro de si se afligisse, como um animal trancado em um quarto e acorrentado.

Aparentemente, desciam a encosta por um caminho longo, mas talvez fosse um caminho curto; pois onde o vento não soprava e as estrelas não se moviam, o tempo não passava. Chegaram, então, às ruas de uma das cidades que ali existem, e Arren viu as casas cujas janelas nunca se iluminavam e, em algumas portas, em pé, com rostos quietos e mãos vazias, os mortos.

Os mercados estavam todos vazios. Não havia compra e venda, nenhum lucro ou despesa. Nada era usado; nada era feito. Ged e Arren atravessaram as ruas estreitas sozinhos, embora algumas vezes vissem uma figura distante e difícil de distinguir na penumbra ao mudar de caminho. Ao se deparar com a primeira delas, Arren se assustou e ergueu a espada, mas Ged abanou a cabeça e continuou. Arren viu, então, que a figura era uma mulher que se movia lentamente, sem fugir deles.

Todas as pessoas que viam (não muitas, pois, embora sejam muitos os mortos, aquela terra é grande) estavam paradas ou se moviam lentamente e sem propósito. Ninguém tinha ferimentos, como os que havia no aspecto de Erreth-Akbe invocado à luz do dia no local de sua morte. Não havia marcas de doença. Estavam inteiros e curados. Curados da dor e da vida. Não eram tão repugnantes como Arren temia que fossem, nem assustadores como pensava que seriam. Tranquilas, as feições eram livres de raiva e desejo, e não havia nos olhos sombrios nenhuma esperança.

Em vez de medo, uma grande piedade surgiu em Arren, e se por trás dela havia medo, não era por si, mas por todas as pessoas. Pois ele viu a mãe e a criança que morreram juntas, e elas estavam juntas na terra escura; mas a criança não corria nem chorava, e a mãe não a segurava nem a olhava. E aqueles que morreram por amor se cruzaram nas ruas. À roda do oleiro estava imóvel, o tear vazio, o fogão frio. Nenhuma voz cantava.

As ruas escuras entre casas escuras se sucediam e os dois passavam por elas. O barulho de seus pés era o único som. Estava frio. No começo, Arren não tinha notado o frio que penetrou em seu espírito, que naquele lugar era também sua carne. Sentia-se exausto. Deviam ter percorrido um longo caminho. *Por que continuar?*, pensou, e seus passos se atrasaram um pouco.

Ged parou de repente, virando-se para encarar um homem que estava no cruzamento de duas ruas. Era esguio e alto, com um rosto que Arren pensou já ter visto, embora não se lembrasse de onde. Ged falou com ele e nenhuma outra voz havia quebrado o silêncio desde que atravessaram a mureta de pedras:

— Ó Thorion, meu amigo, como você chegou aqui?

E ele estendeu as mãos para o Invocador de Roke.

Thorion não fez nenhum gesto de resposta. Permaneceu parado, e seu rosto estava imóvel; mas a luz prateada no cajado de Ged atingiu o fundo de seus olhos escurecidos, produzindo ou encontrando ali uma luzinha. Ged pegou a mão que ele não ofereceu e falou de novo:

— O que faz aqui, Thorion? Você ainda não é deste reino. Volte!

— Segui o imortal. E me perdi. — A voz do Invocador era suave e monótona, como a de um homem que fala durante o sono.

— Suba: em direção ao muro — disse Ged, apontando para o caminho por onde ele e Arren tinham vindo, a rua longa e escura pela qual desceram. Houve um tremor no rosto de Thorion, como se uma esperança o tivesse penetrado como uma espada, intolerável.

— Não consigo encontrar o caminho — respondeu ele. — Meu senhor, não consigo encontrar o caminho.

— Talvez encontres — disse Ged, e o abraçou, e depois continuou. Thorion ficou parado na encruzilhada, atrás dele.

À medida que avançavam, parecia a Arren que naquele crepúsculo atemporal, na verdade, não havia nem frente nem trás, nem leste nem oeste, não havia caminho a seguir. Haveria uma saída? Ele pensava em como haviam descido a colina, sempre descendo, não importava para onde virassem; e mesmo na cidade escura as ruas desciam, de modo que para voltar ao muro de pedras bastava subir, e no topo do morro o encontrariam. Mas não retornaram. Lado a lado, continuavam. Ele seguia Ged? Ou o conduziu?

Eles saíram da cidade. O país dos mortos incontáveis estava vazio. Nenhuma árvore, espinho ou folha de relva crescia na terra pedregosa sob as estrelas permanentes.

Não havia horizonte, pois o olho não podia ver tão longe na penumbra; mas, à frente deles, as estrelinhas imóveis estavam ausentes do céu acima de um amplo espaço de terra, e esse espaço sem estrelas era irregular e inclinado como uma cadeia de montanhas. À medida que avançavam, as formas se tornavam mais distintas: picos altos, nunca desgastados por vento ou chuva. Não havia neve no topo para cintilar à luz das estrelas. Eram pretos. A visão desolou o coração de Arren, que desviou o olhar. Mas ele conhecia os picos; reconheceu-os; seus olhos foram atraídos de volta para eles. A cada vez que olhava para os cumes, sentia um peso frio no peito e sua coragem quase fraquejava. Mesmo assim, continuava andando, sempre para baixo, pois a terra inclinava-se descendo em direção ao pé das montanhas. Enfim, falou:

— Meu senhor, o que são… — Apontou para as montanhas, pois não podia continuar falando; a garganta estava seca.

— Fazem fronteira com o mundo da luz — respondeu Ged —, assim como o muro de pedras. Não têm outro nome exceto Paln. Há uma estrada entre elas. É proibida aos mortos. Não é longa. Mas é um caminho amargo.

— Estou com sede — falou Arren, e o companheiro respondeu:

— Aqui bebe-se pó.

Continuaram.

Arren teve a impressão de que a marcha do companheiro desacelerara um pouco e que, às vezes, ele hesitava. Já Arren não sentia mais hesitação, embora seu cansaço não parasse de aumentar. Eles precisavam descer; precisavam continuar. Continuaram.

Às vezes passavam por outras cidades dos mortos, onde os telhados escuros surgiam em ângulos contra as estrelas, que permaneciam sempre no mesmo lugar acima deles. Depois das cidades, outra vez a terra vazia, onde nada brotava. Assim que saíam de uma cidade, ela se perdia na escuridão. Nada podia ser visto, à frente ou atrás, exceto as montanhas que se aproximavam gradualmente, elevando-se diante dos dois. À direita deles, a encosta sem forma caía como antes — há quanto tempo? — quando cruzaram a parede de pedras.

— O que existe naquela direção? — Arren murmurou para Ged, pois ansiava pelo som da fala, mas o mago balançou a cabeça, em uma negativa:

— Não sei. Talvez um caminho sem fim.

No rumo que tomaram, a inclinação parecia diminuir cada vez mais. O solo sob seus pés rangia, áspero como carvão. Ainda assim continuaram, e agora Arren já não pensava em voltar ou em como poderiam voltar. Nem pensava em parar, embora estivesse muito cansado. Uma vez, tentou iluminar a escuridão anestesiante, o cansaço e o horror interiores pensando em sua casa; mas não conseguia se lembrar de como era a luz do sol ou o rosto de sua mãe. Não havia nada a fazer senão continuar. E ele continuou.

Arren sentiu o solo plano sob os pés; e ao seu lado Ged hesitou. Então, ele também parou. A longa descida havia terminado; aquele era o fim; não havia caminho além, não havia necessidade de continuar.

Estavam no vale das Montanhas da Dor. Havia pedras sob os pés e penhascos ao redor, tão ásperos ao toque quanto escórias. Era como se o vale apertado pudesse ser o leito seco de um rio d'água que outrora correra ali ou o curso de um rio de fogo, há muito esfriado, que descia dos vulcões que se erguiam em picos enegrecidos e impiedosos.

Ele ficou parado, ali no vale estreito da escuridão, e Ged ficou parado ao seu lado. Ambos eram como mortos sem rumo, mirando o nada, em silêncio. Arren pensou, com um pouco de medo, mas não muito: *chegamos longe demais.*

Isso não parecia ter muita importância.

Expondo seu pensamento, Ged disse:

— Chegamos longe demais para voltar. — A voz dele era branda, mas o tom não foi inteiramente abafado pela grande e sombria depressão que os rodeava, e ao ouvi-la Arren despertou um pouco. Não tinham ido para lá para encontrar aquele que procuravam?

Uma voz na escuridão anunciou:

— Vocês chegaram longe demais.

Arren respondeu, dizendo:

— Longe demais é longe o bastante.

— Vocês chegaram ao Rio Seco — continuou a voz. — Não podem voltar para o muro de pedras. Não podem voltar à vida.

— Não por aquele caminho — respondeu Ged, falando para a escuridão. Arren mal podia vê-lo, embora estivessem lado a lado, pois as montanhas cortavam metade da luz das estrelas, e parecia que o leito do Rio Seco era a própria escuridão. — Mas aprenderíamos o caminho.

Não houve resposta.

— Aqui, somos iguais. Caso você esteja cego, Cob, ainda estamos no escuro.

Não houve resposta.

— Aqui, não podemos feri-lo; não podemos matá-lo. O que há para temer?

— Não temo — contestou a voz na escuridão. Então, devagar, refulgindo um pouco como aquela luz que às vezes aderia ao cajado de Ged, o homem apareceu, em pé, um pouco mais alto do que Ged e Arren, entre as massas imensas e escuras dos penhascos. Era grande, de ombros largos e braços compridos, como aquela silhueta que aparecera na duna e na orla de Selidor, mas mais velho; o cabelo branco e emaranhado cobria a testa larga. Assim era seu aspecto em espírito, no reino da morte, não queimado pelo fogo do dragão, não mutilado; mas não inteiro. As órbitas de seus olhos estavam vazias.

— Não temo — repetiu ele. — O que um morto deve temer?

— Ele riu. O som de riso pareceu tão falso e sinistro no vale estreito e pedregoso sob as montanhas que Arren deixou de respirar por um momento. Mas agarrou a espada e ouviu.

— Não sei o que um homem morto deve temer — respondeu Ged. — Com certeza não seria a morte. No entanto, parece que você a teme. Mesmo que tenha encontrado uma maneira de escapar dela.

— Encontrei. Eu vivo; meu corpo vive.

— Não muito bem — afirmou o mago, seco. — A ilusão pode esconder a idade; mas Orm Embar não foi gentil com aquele corpo.

— Posso curá-lo. Conheço segredos de cura e de juventude, não meras ilusões. O que você pensa que sou? Porque você é chamado de Arquimago, me considera um ocultista de aldeia? Fui eu que, sozinho, entre todos os magos, encontrei o Caminho da Imortalidade, que nenhum outro jamais encontrou!

— Talvez não tenhamos procurado — rebateu Ged.

— Você procurou. Todos vocês. Você o procurou e não conseguiu encontrá-lo, e por isso inventou palavras sábias sobre aceitação, harmonia e sobre o equilíbrio entre vida e morte. Mas eram palavras... Mentiras para encobrir seu fracasso... Para encobrir seu medo da morte! Que homem não viveria para sempre se pudesse? E eu posso. Eu sou imortal. Fiz o que você não conseguiu fazer e, portanto, sou seu mestre; e você sabe disso. Gostaria de saber como fiz isso, Arquimago?

— Gostaria.

Cob aproximou-se mais um passo. Arren reparou que, embora o homem não tivesse olhos, seu jeito não era exatamente o de um cego completo; parecia saber exatamente onde estavam Ged e Arren e estar ciente de ambos, embora nunca virasse a cabeça para Arren. Uma espécie de segunda visão mágica que ele pudesse ter, como a capacidade de ouvir e ver que as emanações e reflexos tinham: algo que lhe conferia uma consciência, embora talvez não fosse a visão verdadeira.

— Eu estava em Paln — contou ele a Ged — depois que você, em seu orgulho, pensou que tinha me humilhado e me ensinado uma lição. Ah, de fato você me ensinou uma lição, mas não a que pretendia ensinar! Lá, falei a mim mesmo: já vi a morte e não a aceitarei. A natureza tola que siga seu curso tolo, mas sou um homem, melhor do que a natureza, acima da natureza. Não vou por esse caminho, não vou deixar de ser eu mesmo! Determinado, peguei os Ensinamentos de Paln outra vez. Mas encontrei apenas indícios e um punhado do que eu precisava. Então o reconstruí e o refiz, e lancei um feitiço, o maior feitiço já lançado. O maior e o último!

— Ao lançar esse feitiço, você morreu.

— Sim! Morri. Tive a coragem de morrer, de encontrar o que vocês, covardes, nunca poderiam encontrar, o caminho de volta da morte. Abri a porta que estava fechada desde o início dos tempos. E agora venho livremente a este lugar e retorno livremente ao mundo dos vivos. O único de todos os homens em todos os tempos, sou o Senhor das Duas Terras. E a porta que abri está aberta não apenas aqui, mas na mente dos vivos, nas profundezas e nos lugares desconhecidos de seu ser, onde somos todos um na escuridão. Eles sabem disso e vêm a mim. E os mortos também devem vir a mim, todos eles, pois não perdi a magia dos vivos: devem escalar o muro de pedras quando ordeno, todas as almas, os senhores, os magos, as mulheres orgulhosas; indo e voltando da vida à morte, sob o meu comando. Todos devem vir a mim, os vivos e os mortos, eu, que morri e vivi!

— Onde eles encontram você, Cob? Onde é que você está?

— Entre os mundos.

— Mas isso não é vida nem morte. O que é a vida, Cob?

— Poder.

— O que é o amor?

— Poder — repetiu o homem cego, encolhendo os ombros.

— O que é luz?

— Treva!

— Qual é o seu nome?

— Não tenho nenhum.

— Todos nesta terra levam seu verdadeiro nome.

— Diga-me o seu, então!

— Chamo-me Ged. E você?

O cego hesitou e disse:

— Cob.

— Esse era seu nome de uso, não seu nome. Onde está o seu nome? Onde está a sua verdade? Você o deixou em Paln, onde morreu? Você esqueceu muita coisa, ó Senhor das Duas Terras. Você esqueceu a luz, o amor e o próprio nome.

— E tenho seu nome agora, e poder sobre você, Ged, o Arquimago... Ged, que era Arquimago quando estava vivo!

— Meu nome não é útil para você — argumentou Ged. — Você não tem nenhum poder sobre mim. Sou um homem vivo; meu corpo jaz na praia de Selidor, sob o sol, na terra em movimento. E, quando esse corpo morrer, estarei aqui: mas só em nome, e apenas em nome, em sombra. Você não entende? Nunca entendeu, você que conjurou tantas sombras de mortos, que invocou todas as multidões de mortos, até mesmo meu senhor Erreth-Akbe, o mais sábio de todos nós? Você não entendeu que ele, até mesmo ele, é apenas uma sombra e um nome? A morte dele não diminuiu a vida. Nem o diminuiu. Ele está lá... *Lá*, não aqui! Aqui não há nada, somente pó e sombras. Lá, ele é a terra e a luz do sol, as folhas das árvores, o voo da águia. Ele está vivo. E todos os que já morreram vivem; renascem e não há fim, nem jamais haverá um fim. Todos, exceto você. Pois você não teria a morte. Você perdeu a morte, você perdeu a vida, para se salvar. Você! O eu imortal. O que é isso? Quem é você?

— Sou eu mesmo. Meu corpo não vai se decompor e morrer...

— Um corpo vivo dói, Cob; um corpo vivo envelhece; morre. A morte é o preço que pagamos por nossa vida e por toda a vida.

— Eu não o pago! Posso morrer e, no mesmo momento, viver de novo! Não posso ser morto: sou imortal. Só eu sou eu mesmo para sempre!

— Quem é você, então?

— O Imortal.

— Diga seu nome.

— O Rei.

— Diga meu nome. Revelei-o a você apenas um minuto atrás. Diga meu nome!

— Você não é real. Você não tem nome. Só eu existo.

— Você existe: sem nome, sem forma. Você não pode ver a luz do dia; não pode ver o escuro. Você vendeu a terra verde, o sol e as estrelas para se salvar. Mas não tem um eu. Tudo o que você vendeu é você. Você deu tudo por nada. E agora tenta atrair o mundo para si, toda a luz e a vida que perdeu, para preencher seu nada. Mas ele não pode ser preenchido. Nem todas as canções da terra, nem todas as estrelas do céu, podem preencher seu vazio.

A voz de Ged ressoou como ferro no vale frio sob as montanhas, e o cego se encolheu para longe dele. Cob ergueu o rosto e a tênue luz das estrelas brilhou sobre si; parecia que chorava, mas não tinha lágrimas, não tinha olhos. A boca se abriu e fechou, cheia de escuridão, mas nenhuma palavra saiu, apenas um gemido. Por fim, ele disse uma palavra, mal a moldando com os lábios retorcidos, e a palavra foi… "Vida".

— Eu daria a você a vida se pudesse, Cob. Mas não posso. Você está morto. Mas posso dar a morte.

— Não! — gritou o cego, e depois disse: — Não, não. — E encolheu-se, chorando, embora suas faces estivessem tão secas quanto o pedregoso leito do rio onde apenas a noite, mas nenhuma água, corria. — Você não pode. Ninguém pode me libertar. Abri a porta entre os mundos e não consigo fechá-la. Ninguém consegue. Nunca mais será fechada. Ela me puxa, me puxa. Devo voltar a ela. Devo passar por ela e voltar aqui, na poeira, no frio e no silêncio. Ela me suga e me suga. Não a posso deixar. Nem fechar. Ela vai sugar toda a luz do mundo no final. Todos os rios serão como o Rio Seco. Não há poder algum, onde quer que seja, capaz de fechar a porta que abri!

Muito estranha era a mistura de desespero e vingança, terror e vaidade, em suas palavras e sua voz.

Ged apenas perguntou:

— Onde está?

— Naquela direção. Não é longe. Você pode ir até lá. Mas não pode fazer nada. Não pode fechá-la. Se gastasse todo o seu poder naquele único ato, não seria suficiente. Nada é suficiente.

— Quem sabe — respondeu Ged. — Embora você tenha escolhido o desespero, lembre-se de que ainda não tentamos. Leve-nos até lá.

O cego ergueu o rosto, no qual o medo e o ódio lutavam visivelmente. O ódio triunfou.

— Não vou fazer isso — disse ele.

Diante disso, Arren deu um passo à frente e disse:

— Vai, sim.

O cego ficou parado. O silêncio frio e a escuridão do reino dos mortos os cercavam, cercavam suas palavras.

— Quem é você?

— Meu nome é Lebannen.

Ged falou:

— Você, que se intitula Rei, não sabe quem é ele?

Mais uma vez Cob ficou imóvel. Depois, um pouco ofegante enquanto falava:

— Mas ele está morto… Vocês estão mortos. Não podem voltar. Não há saída. Vocês estão presos aqui! — Enquanto falava, o brilho da luz se esvaiu dele, e os dois o ouviram se virar na escuridão e se afastar com pressa.

— Dá-me luz, meu senhor! — gritou Arren, e Ged ergueu o cajado acima da cabeça, deixando a luz branca cortar aquela antiga escuridão, cheia de rochas e sombras, entre as quais a silhueta alta e curvada do cego corria e se esquivava a montante para longe deles, com um andar estranho, sem ver e sem hesitar. Arren o seguiu, espada na mão; e Ged veio atrás.

Pouco depois, Arren havia se distanciado do companheiro e a luz era muito fraca, muito intermitente entre os rochedos e as curvas do leito do rio; mas o som da partida de Cob, a sensação de sua presença à frente, foram guias suficientes. Arren aproximou-se com lentidão, à medida que o caminho se tornava mais íngreme. Eles estavam subindo em um desfiladeiro cheio de pedras; o Rio Seco, estreitando-se até a nascente, serpenteava entre margens escarpadas. As rochas se chocavam sob os pés e as mãos, pois eles tinham de escalar. Arren pressentiu o estreitamento final das margens e, com um salto para a frente, aproximou-se de Cob e agarrou-o pelo braço, detendo-o em uma espécie de vale de rochas com um metro e meio de largura que poderia ter sido uma lagoa, se é que alguma vez a água correu ali; e acima dela um penhasco de rocha e escória. Naquele penhasco havia um buraco negro, a nascente do Rio Seco.

Cob não tentou se afastar dele. Ficou parado enquanto a luz da aproximação de Ged iluminava seu rosto sem olhos. Virou aquele rosto para Arren.

— Este é o lugar — afirmou, por fim, com uma espécie de sorriso se formando nos lábios. — Este é o lugar que procura. Viu? Lá você pode renascer. Tudo o que precisa fazer é me seguir. Você viverá imortalmente. Seremos reis juntos.

Arren olhou para a nascente seca e escura, a abertura de pó, o lugar onde uma alma morta, rastejando na terra e nas trevas, renasceu morta: para ele, aquilo era abominável; exclamou com voz áspera, lutando contra uma doença mortal:

— Deixe que ela seja fechada!

— Será fechada — replicou Ged, chegando ao lado deles; e a luz agora brilhava em suas mãos e rosto como se ele fosse uma estrela caída na terra naquela noite sem fim. Diante dele, a fonte seca, a porta, escancarou-se. Era larga e oca, mas se era profunda ou rasa não havia como dizer. Não havia nada ali para a luz entrar, para o olho ver. Era vazia. Através dela não havia luz nem escuridão, nem vida nem morte. Não era nada. Era um caminho que não levava a lugar algum.

Ged ergueu as mãos e falou.

Arren ainda segurava o braço de Cob; o cego havia encostado a mão livre nas rochas da parede do penhasco. Ambos estavam parados, presos no poder do feitiço.

Com toda a habilidade do treinamento de toda a vida e com toda a força de seu coração corajoso, Ged se esforçou para fechar aquela porta, para tornar o mundo inteiro de novo. E sob sua voz e o comando das mãos modeladoras, as rochas se juntaram, dolorosamente, tentando ser inteiras, se encontrar. Mas, ao mesmo tempo, a luz enfraquecia, enfraquecia, apagando-se de suas mãos e de seu

rosto, apagando-se do cajado de teixo, até que apenas um pequeno vislumbre dela permaneceu ali. Àquela luz tênue, Arren viu que a porta estava quase fechada.

Sob a sua mão, o cego sentiu as rochas moverem-se, sentiu que se juntavam: e sentiu também a arte e o poder desistindo, esgotando-se, esgotados... E, de repente, gritou:

— Não! — E escapou das mãos de Arren, avançando e agarrando Ged com as mãos cegas e poderosas. Derrubando-o sob o próprio corpo, fechou as mãos na garganta de Ged para estrangulá-lo.

Arren ergueu a espada de Serriadh e baixou a lâmina com força no pescoço curvado por baixo do cabelo emaranhado.

O espírito vivo tem peso no mundo dos mortos, e a sombra da espada tem um fio. A lâmina fez um grande ferimento, cortando a espinha de Cob. Sangue preto escorreu, iluminado pela própria luz da espada.

Mas não adianta matar um homem morto, e Cob estava morto, há anos. A ferida se fechou, engolindo seu sangue. O cego levantou-se bem alto, tateando com os braços compridos em busca de Arren, o rosto contorcido de raiva e ódio: como se acabasse de perceber quem era o seu verdadeiro inimigo e rival.

Foi horrível ver aquela recuperação de um golpe mortal, a incapacidade de morrer, mais horrível do que qualquer morte; então, o ódio cresceu em Arren, uma fúria frenética, e, erguendo a espada, ele deu outro golpe, um golpe completo, terrível, para baixo. Cob caiu com o crânio aberto e o rosto coberto de sangue, mas Arren estava sobre ele no mesmo instante, para atacar de novo, antes que a ferida se fechasse, para atacar até matar...

Ao lado dele, Ged, lutando para ficar de joelhos, falou uma palavra.

Ao som da sua voz, Arren parou, como se uma mão tivesse segurado o braço com a espada. O cego, que começara a se levantar, também ficou totalmente imóvel. Ged ficou de pé; vacilou um pouco. Quando conseguiu se manter em pé, olhou para o penhasco.

— Torna-te inteiro — deliberou ele em voz clara, e com o cajado desenhou uma figura de linhas de fogo do outro lado do portal de rochas: a runa Agnen, a Runa do Fim, que fecha estradas e é desenhada em tampas de caixões. E então não havia lacuna ou espaço vazio entre as pedras. A porta estava fechada.

O solo da Terra Árida estremeceu e, através do céu imutável e estéril, um longo trovão avançou e morreu.

— Pela palavra que não será dita até o fim dos tempos, eu te invoquei. Pela palavra dita na criação das coisas, agora te liberto. Estás livre! — E curvando-se sobre o cego, que estava agachado, Ged sussurrou em seu ouvido, sob o cabelo branco e emaranhado.

Cob se levantou. Observou ao redor, devagar: seus olhos viam. Olhou para Arren e depois para Ged. Não disse uma palavra, mas os fitou com olhos escuros. Não havia raiva em seu rosto, nem ódio, nem tristeza. Virou-se devagar, desceu o curso do Rio Seco e logo desapareceu.

Não havia mais luz no cajado de teixo de Ged ou em seu rosto. Ele permaneceu na escuridão. Quando Arren se aproximou, ele agarrou-se ao braço do jovem a fim de se manter em pé. Por um momento, um espasmo de soluço seco o sacudiu.

— Está feito — afirmou. — Acabou.

— Está feito, caro senhor. Nós devemos ir.

— Sim. Devemos ir para casa.

Ged estava desnorteado ou exausto. Seguiu Arren de volta pelo curso do rio, cambaleando devagar e com dificuldade entre rochas e penhascos. Arren ficou com ele. Quando as margens do Rio Seco estavam baixas e o solo menos íngreme, o garoto se virou para trás, o caminho por onde tinham vindo, a longa e disforme encosta que levava à escuridão. E desviou o olhar.

Ged não se pronunciou. Assim que ambos pararam, caiu sentado em uma pedra de lava, abandonado, com a cabeça pendurada.

Arren sabia que o caminho por onde tinham vindo estava fechado para eles. Só podiam continuar. Precisavam percorrer todo o caminho. *Nem mesmo longe demais é longe o bastante*, pensou. Contemplou os picos enegrecidos, frios e silenciosos contra as estrelas imóveis, terríveis; e mais uma vez aquela voz irônica e zombeteira de sua vontade falou nele, implacável:

— Você vai parar no meio do caminho, Lebannen?

Ele foi até Ged e falou muito gentilmente:

— Devemos continuar, meu senhor.

Ged não respondeu, mas se levantou.

— Devemos ir pelas montanhas, acho.

— Do teu jeito, rapaz — afirmou Ged em um sussurro rouco.

— Ajuda-me.

Assim, ambos subiram as encostas de pó e escória até as montanhas, Arren ajudando o companheiro na medida do possível. Estava escuro como breu nos vales e desfiladeiros, de modo que ele tinha de tatear o caminho à frente, e era difícil dar apoio a Ged ao mesmo tempo. Andar era difícil, uma sucessão de tropeços; mas quando tinham de subir e escalar, pois as encostas ficavam mais íngremes, era ainda mais difícil. As rochas eram ásperas, queimando as mãos como ferro fundido. No entanto, estava frio e esfriava mais à medida que subiam. Era um tormento tocar aquela terra. Ela queimava como brasa viva: um fogo ardia dentro das montanhas. Mas o ar estava sempre frio e sempre escuro. Não havia som. Nenhum vento soprava. As rochas afiadas quebraram sob suas mãos e cediam sob seus pés. Pretos e escarpados, as ramificações e os abismos elevavam-se diante deles e caíam ao lado deles na escuridão. Atrás e abaixo, o reino dos mortos estava perdido. À frente e acima, os picos e rochas se destacavam em um fundo estrelado. Nada se movia em toda a extensão e largura daquelas montanhas negras, exceto as duas almas mortais.

Ged muitas vezes tropeçava ou pisava em falso, exausto. Respirar ficava cada vez mais difícil e, quando as mãos batiam com força nas rochas, ele arfava de dor. Ouvi-lo gritar feria o coração de Arren. Ele tentava impedi-lo de cair. Mas muitas vezes o caminho era demasiado estreito para que pudessem seguir lado a lado, ou Arren tinha de ir na frente para encontrar a base. Por fim, numa ladeira alta que subia até as estrelas, Ged escorregou, caiu para a frente e não se levantou.

— Meu senhor — chamou Arren, ajoelhando-se ao lado dele, e depois disse o seu nome. — Ged.

Ele não se mexeu nem respondeu.

Arren ergueu-o nos braços e carregou-o por aquela encosta alta. No final dela, o terreno tornou-se plano por parte do caminho. Arren largou o fardo e deixou-se cair ao lado dele, exausto e com dores, sem esperança. Aquele era o cume do desfiladeiro entre os dois picos pretos pelo qual viera com grande esforço. Era a passagem e o fim. Não havia caminho adiante. A extremidade do terreno plano era a beirada de um penhasco: depois, a escuridão continuava para sempre, e as estrelinhas pendiam imutáveis no abismo escuro do céu.

A resistência pode durar mais do que a esperança. Ele rastejou para a frente quando foi capaz de fazê-lo, obstinado. Olhou para a beirada da escuridão. Abaixo dele, apenas um pouco abaixo, viu a praia de areia marfim; as ondas brancas e cor de âmbar se enrolavam e quebravam em espuma, e do outro lado do mar o sol se punha em meio a uma bruma dourada.

Arren voltou-se para a escuridão. Ele voltou. Ergueu Ged o melhor que pôde e avançou com dificuldade até que não conseguiu ir mais longe. Ali todas as coisas deixaram de existir: sede, dor, escuridão, luz do sol e o barulho do mar quebrando na praia.

CAPÍTULO 13
A PEDRA DA DOR

Quando Arren acordou, um nevoeiro cinzento escondia o mar, as dunas e as colinas de Selidor. As ondas chegavam murmurando como um trovão baixo, saindo do nevoeiro, e se retiraram murmurando e voltando para ele. A maré estava alta e a praia muito mais estreita do que quando chegaram lá; as últimas e pequenas linhas de espuma das ondas alcançaram e lamberam a mão esquerda de Ged, que estava deitado de bruços na areia. A roupa e o cabelo estavam molhados, e a roupa de Arren agarrava-se gelada ao seu corpo, como se, ao menos uma vez, o mar tivesse rebentado sobre eles. Do corpo morto de Cob não havia vestígios. Talvez as ondas o tivessem arrastado para o mar. Mas, quando Arren virou a cabeça para trás, avistou, enorme e indistinto na neblina, o corpo cinzento de Orm Embar, desfeito como uma torre em ruínas.

Arren levantou-se, estremecendo de frio; mal conseguia se manter em pé: frio, rigidez e uma fraqueza vertiginosa como aquela que resulta de uma imobilidade prolongada. Cambaleou como um bêbado. Assim que conseguiu controlar seus membros, foi até Ged e conseguiu puxá-lo um pouco mais para a areia, acima do alcance das ondas, mas foi tudo o que conseguiu fazer. Ged parecia muito frio, muito pesado; ele o levara além da fronteira da morte para a vida, mas talvez em vão. Colocou o ouvido no peito de Ged, mas não conseguiu conter o tremor de seus braços e pernas, e o bater dos dentes, para conseguir ouvir os batimentos cardíacos do companheiro. O garoto se levantou de novo e tentou bater os pés a fim de trazer um pouco de calor de volta às pernas e, por fim, tremendo e arrastando as pernas como um velho, partiu para encontrar as bolsas. Eles as haviam deixado ao lado de um pequeno riacho que descia do alto das colinas, há muito tempo, quando desceram para a casa dos ossos. Era aquele riacho que procurava, pois não conseguia pensar em nada além de água, água fresca.

Antes do esperado, chegou ao rio que descia até a praia e corria sinuoso e ramificado como uma árvore de prata para a beira do mar. Lá, ele caiu e bebeu, com o rosto e as mãos na água, sugando-a com a boca e o espírito.

Por fim, sentou-se e, ao fazê-lo, viu, do outro lado do riacho, imenso, um dragão.

A cabeça, da cor do ferro, manchada de ferrugem vermelha nas narinas, na cavidade ocular e na mandíbula, pendia diante de si, quase sobre ele. As garras afundavam profundamente na areia macia e úmida às margens do riacho. As asas dobradas eram parcialmente visíveis, como velas, mas o comprimento do corpo escuro estava oculto no nevoeiro.

O dragão não se moveu. Podia ter estado agachado ali por horas, ou anos, ou séculos. Era esculpido em ferro, moldado na rocha, mas os olhos, esses olhos dentro dos quais Arren não ousava fitar, os olhos como azeite girando na água, como fumaça amarela atrás do vidro, os olhos amarelos, opacos e profundos observavam Arren.

Não havia nada que pudesse fazer; então se levantou. Se o dragão o matasse, mataria; e, se isso não acontecesse, tentaria ajudar Ged, se houvesse alguma ajuda para ele. Levantou-se e começou a subir o riacho para encontrar as bolsas.

O dragão não fez nada. Manteve-se agachado, imóvel, e observou. Arren encontrou as bolsas, encheu os dois odres no riacho e voltou pela areia até Ged. Depois de dar apenas alguns passos para longe do riacho, o dragão desapareceu no nevoeiro espesso.

Arren deu água a Ged, mas não conseguiu despertá-lo. O mago jazia, fraco e frio, com a cabeça pesada no braço de Arren. O rosto escuro estava acinzentado, o nariz, as faces e a velha cicatriz se destacavam com rigidez. Até o corpo parecia magro e queimado, como se estivesse parcialmente consumido.

Arren estava sentado na areia úmida, com a cabeça do companheiro nos joelhos. O nevoeiro formava uma esfera turva e delicada ao redor dos dois, mais leve no alto. Em algum lugar no nevoeiro estavam o dragão morto Orm Embar e o dragão vivo à espera no riacho. Em algum lugar do outro lado de Selidor, o barco *Visão Ampla*, sem provisões, estava em outra praia. E depois, o mar, a leste. A quase quinhentos quilômetros de qualquer outra terra do Extremo Oeste, talvez; quase dois mil quilômetros até o Mar Central. Um longo caminho. "Tão longe quanto Selidor", costumavam dizer sobre Enlad. As velhas histórias contadas às crianças, os mitos, começavam assim: "No início dos tempos e tão longe quanto Selidor, vivia um príncipe...".

Ele era o príncipe. Mas, nas velhas histórias, esse era o começo; e agora parecia o fim.

Ele não estava abatido. Embora muito cansado e sofrendo pelo companheiro, não sentia a menor amargura ou arrependimento, apenas que não havia mais nada que pudesse fazer. Tudo tinha sido feito.

Quando recuperasse as forças, pensou, tentaria pescar com a linha da bolsa; pois, assim que saciou a sede, começou a sentir a fome corroê-lo, e a comida havia acabado, tudo menos um pacote de pão duro. E ele o guardaria, pois se molhasse e amolecesse em água, poderia alimentar Ged.

Isso era tudo o que restava fazer. Ademais, ele não podia ver; a névoa era tudo à sua volta.

Arren vasculhou os bolsos enquanto estava sentado ali, aconchegado com Ged no nevoeiro, para ver se tinha alguma coisa útil. No bolso da túnica havia um objeto duro e afiado. Puxou-o e o observou, curioso. Era uma pedra pequena, preta, porosa, dura. Quase a jogou fora. Então, sentiu as bordas em sua mão, ásperas e abrasadoras, e sentiu o peso, e soube o que era: um pedaço de rocha das Montanhas da Dor, que tinha ficado preso no bolso enquanto subia ou quando rastejava até a beira da passagem com Ged. Ele a segurou, a coisa imutável, a pedra da Dor. Fechou a mão e a segurou.

E então sorriu, um sorriso ao mesmo tempo sombrio e alegre, reconhecendo, pela primeira vez na vida, sozinho, sem ninguém para louvá-lo, e no fim do mundo, a vitória.

***

As névoas diminuíram e se moveram. Ao longe, para além delas, ele avistou a luz do sol no mar aberto. As dunas e colinas iam e vinham, incolores e ampliadas pelos véus de neblina. A luz do sol atingiu o corpo de Orm Embar, magnífico na morte.

O dragão negro-ferro mantinha-se encolhido, inerte, do outro lado do riacho.

Depois do meio-dia, o sol ficou claro e quente, evaporando o último borrão de névoa no ar. Arren despiu-se das roupas molhadas e deixou-as secar, e saiu nu, exceto pelo cinto da espada e a espada. Deixou o sol secar as roupas de Ged da mesma maneira, mas, embora a grande, curativa e confortável inundação de calor e luz recaísse sobre o mago, ainda assim ele permanecia estático.

Ouviu-se um ruído, como metal esfregando metal, o sussurro áspero de espadas cruzadas. O dragão cor de ferro havia se levantado em suas pernas tortas. Avançou e atravessou o regato com um som suave e sibilante conforme arrastava o longo corpo pela areia. Arren viu as rugas nas articulações dos ombros e a escama fina dos flancos com marcas e cicatrizes como a armadura de Erreth-Akbe, e os dentes compridos amarelados e sem pontas. Em tudo isso, e nos movimentos seguros e ponderados, na calma profunda e assustadora que tinha, viu o sinal da idade: de grande idade, de anos inimagináveis. Assim, quando o dragão parou a metros de onde estava Ged, Arren se pôs de pé entre os dois, disse, em hárdico, porque não conhecia a Língua Arcaica:

— És Kalessin?

O dragão não disse uma palavra, mas pareceu sorrir. Então, abaixando a cabeça enorme e esticando o pescoço, olhou para Ged e disse seu nome.

Sua voz era profunda e branda, e cheirava a forja de ferreiro.

Ele falou mais uma vez, e mais outra; e, na terceira vez, Ged abriu os olhos. Depois de um tempo, tentou se sentar, mas não conseguiu. Arren ajoelhou-se ao lado dele e apoiou-o. Então Ged falou.

— Kalessin — começou —, *senvanissai'n ar Roke*! — Ele não tinha mais forças depois de falar; apoiou a cabeça no ombro de Arren e fechou os olhos.

O dragão não respondeu. Agachou-se como antes, sem se mover. A neblina estava chegando novamente, escurecendo o sol ao descer para o mar.

Arren vestiu-se e envolveu Ged na sua capa. A maré, que já havia se afastado, estava voltando, e ele pensou em carregar o companheiro até o terreno mais seco das dunas, pois sentiu que recuperava as forças.

Mas, quando se inclinou para erguer Ged, o dragão estendeu uma grande pata coberta de escamas, tocando-o. As garras daquele pé eram quatro, com uma espora atrás como a de um pé de galinha, mas eram esporas de aço, e tão longas quanto lâminas de foice.

— *Sobriost* — disse o dragão, soando como o vento de janeiro através de juncos congelados.

— Deixe meu senhor em paz. Ele salvou a todos nós, e ao fazê-lo gastou sua força e talvez a própria vida. Deixe-o em paz!

Arren disse isso com irritação e autoridade. Ele tinha sido intimidado e assustado demais, sentiu muito medo, ficou cansado de tudo aquilo e não suportava mais. Estava zangado com o dragão por sua força bruta e seu tamanho, uma vantagem injusta. Ele tinha visto a morte, tinha sentido a morte, e nenhuma ameaça exercia poder sobre ele.

O velho dragão Kalessin encarou-o com um longo e terrível olho dourado. Havia eras e eras nas profundezas daquele olho; o despertar do mundo estava ali. Embora Arren não olhasse, sabia que o dragão o observava com alegria profunda e branda.

— *Arw sobriost* — falou o dragão, e suas narinas enferrujadas se alargaram de modo que o fogo contido e abafado ali dentro faiscou.

Arren estava com o braço sob os ombros de Ged, pois tentava erguê-lo quando o movimento de Kalessin o deteve, e nesse momento, sentiu a cabeça de Ged virar um pouco e ouviu a sua voz:

— Quer dizer: monta aqui.

Durante algum tempo, Arren não se mexeu. Aquilo tudo era loucura. Mas lá estava o pé enorme com garras, colocado como um degrau na frente dele; e acima dele, a dobra da junta do cotovelo; e mais acima, o ombro saliente e a musculatura da asa onde ela saía da omoplata: quatro degraus, uma escada. E ali na frente das asas e do primeiro grande espinho de ferro da couraça, na cavidade do pescoço, havia lugar para um homem montar, sentado, ou dois homens. Se estivessem loucos, sem esperança e entregues à insensatez.

— Montem! — ordenou Kalessin na língua da Criação.

Assim, Arren ficou em pé e ajudou o companheiro a levantar-se. Ged manteve a cabeça erguida e, com os braços de Arren a guiá-lo, subiu aqueles degraus estranhos. Ambos montaram na cova áspera do pescoço do dragão, Arren atrás, pronto para segurar Ged se ele precisasse. Ambos sentiram um calor entrar ao encostarem na pele do dragão, um calor bem-vindo como o calor do sol: a vida queimando em fogo sob aquela armadura de ferro.

Arren notou que tinham deixado o cajado de teixo do mago semienterrado na areia; o mar rastejava para pegá-lo. Ele fez menção de descer, mas Ged o impediu.

— Deixe. Gastei toda a magia na nascente seca, Lebannen. Não sou mais um mago agora.

Kalessin virou-se e olhou para eles de lado; o riso antigo estava em seus olhos. Se Kalessin era macho ou fêmea, não havia como saber; o que Kalessin pensava, não havia como saber. Lentamente, as asas se ergueram e se abriram. Não eram douradas como as asas de Orm Embar, mas vermelhas, vermelho-escuras, escuras como ferrugem ou sangue ou a seda carmesim de Lorbanery. O dragão abriu as asas com cautela, para não derrubar seus insignificantes cavaleiros. Com cuidado, transferiu o peso para a mola de suas grandes ancas e saltou como um gato no ar, e as asas bateram e os levaram para o alto, acima do nevoeiro que pairava sobre Selidor.

Batendo com as asas carmesim no ar da noite, Kalessin sobrevoou o mar aberto, virou para o leste e seguiu.

***

Nos dias de alto verão na ilha de Ully, um grande dragão foi visto voando baixo, e mais tarde em Usidero e ao norte de Ontuego. Embora os dragões sejam temidos no Extremo Oeste, onde as pessoas os conhecem muito bem, depois que aquele passava e os aldeões saíam de seus esconderijos, segundo as testemunhas:

— Os dragões não estão todos mortos, como pensávamos. Talvez os feiticeiros também não estejam todos mortos. Com certeza houve um grande esplendor naquele voo; talvez ele fosse o Ancião.

Onde Kalessin pousou, ninguém viu. Nas ilhas distantes há florestas e colinas selvagens às quais poucos homens chegam e onde até a descida de um dragão pode passar despercebida.

Mas nas Ilhas Noventa houve gritos e confusão. Homens remavam para o oeste entre as pequenas ilhas gritando:

— Escondam-se! Escondam-se! O Dragão de Pendor quebrou sua palavra! O Arquimago pereceu e o Dragão está vindo, devorando tudo!

Sem pousar, sem olhar para baixo, o grande verme cor de ferro sobrevoou as ilhotas e as pequenas cidades e fazendas e não se dignou nem mesmo a um arroto de fogo para alevinos tão pequenos. Assim passou por Geath e Serd e atravessou os estreitos do Mar Central, e chegou a avistar Roke.

Nunca na memória do homem, apenas na memória da lenda, um dragão havia enfrentado as paredes visíveis e invisíveis da ilha bem protegida. No entanto, aquele não hesitou e voou pesadamente com asas corpulentas sobre a orla oeste de Roke, acima das aldeias e campos, até a colina verde que se ergue sobre a cidade de Thwil. Lá, enfim, se inclinou com suavidade para a terra, ergueu suas asas vermelhas e as dobrou, agachando-se no cume da Colina de Roke.

Os garotos saíram correndo do Casarão. Nada os deteria. Mas, apesar de toda a juventude, eram mais lentos do que os Mestres e ficaram na segunda fileira na Colina. Quando chegaram, o Padronista estava lá, vindo do Bosque, com os cabelos louros brilhando ao sol. Com ele estava o Transformador, que havia retornado duas noites antes na forma de uma grande águia-pescadora, de asas feridas e cansada; há muito tempo ele fora capturado nos próprios feitiços com aquela forma e não conseguiu voltar à própria forma até que entrou no Bosque, na noite em que a Harmonia foi restaurada e na qual o que foi arruinado se recuperou. O Invocador, esquelético e frágil, que havia saído da cama fazia apenas um dia, também foi; e ao lado dele estava o Sentinela. E os outros Mestres da Ilha dos Sábios estavam lá. Eles viram os cavaleiros desmontarem, um ajudando o outro. Viram os dois observarem à volta com estranho contentamento, austeridade e admiração. O dragão se agachou como pedra enquanto desciam de suas costas e se colocavam ao lado. Ele virou um pouco a cabeça enquanto o Arquimago lhe falava e respondeu em poucas palavras. Aqueles que compreendiam ouviram o dragão dizer:

— Trouxe seu jovem rei ao reino, e o velho à sua casa.

— Um pouco mais adiante, Kalessin — respondeu Ged. — Não fui para onde devo ir. — Ele olhou para os telhados e torres do Casarão à luz do sol, e pareceram sorrir levemente. Depois voltou-se para Arren, que estava parado alto e esguio, com roupas gastas e não totalmente firme nas pernas pelo cansaço da longa viagem e pela perplexidade de tudo o que tinha passado. À vista de todos, Ged ajoelhou-se diante do garoto, com os dois joelhos, e inclinou a cabeça grisalha.

Depois, levantou-se e beijou o jovem no rosto, dizendo:

— Quando você chegar ao seu trono em Havnor, meu senhor e querido companheiro, governe por muito tempo e bem.

Ele olhou novamente para os Mestres e os jovens feiticeiros, os garotos e os habitantes da cidade reunidos nas encostas e no sopé da Colina. Tinha o rosto calmo, e nos olhos algo parecido com o riso no olhar de Kalessin. Afastando-se de todos, ele montou novamente pelo pé e pelo ombro do dragão e sentou-se sem rédeas entre os grandes picos das asas, no pescoço da criatura. As asas vermelhas se ergueram como o som de tambores, e Kalessin, o Ancião, saltou no ar. Saiu fogo das mandíbulas de dragão, e fumaça, e o som do trovão e do vento da tempestade estava no movimento das asas. Ele circulou a colina uma vez e voou para o norte e para o leste, em direção àquela região de Terramar onde fica a ilha montanhosa de Gont.

O Sentinela, sorrindo, falou:

— Ele fez o que tinha de fazer. Vai para casa.

E observaram o dragão voar entre a luz do sol e o mar até sumir de vista.

***

A Saga de Ged conta que aquele que havia sido Arquimago esteve na coroação do Rei de Todas as Ilhas, na Torre da Espada, em Havnor, no coração do mundo. A canção diz que, quando a cerimônia da coroação terminou e o festival começou, ele deixou o companheiro e desceu sozinho para o Porto de Havnor. Ali estava um barco, desgastado e fustigado pela tempestade e pela passagem do tempo, que não tinha vela e estava vazio. Ged chamou o barco pelo nome, *Visão Ampla*, que atendeu ao chamado. Ao entrar no barco, Ged virou as costas para a terra e, sem vento, vela ou remo, o barco se moveu; levou-o do porto e da enseada para o oeste entre as ilhas; para o oeste, pelo mar; e nada mais se sabe dele.

Mas, na ilha de Gont, contam a história de outra maneira, dizendo que foi o jovem rei, Lebannen, que foi buscar Ged para a coroação. Mas não o encontrou no Porto de Gont nem em Re Albi. Ninguém sabia informar onde ele estava, apenas que havia subido a pé pelas florestas da montanha. Muitas vezes ele fazia isso, disseram, e não voltava por muitos meses, e nenhum homem conhecia os caminhos de sua solidão. Alguns se ofereceram para procurá-lo, mas o Rei os proibiu, dizendo:

— Ele governa um reino maior do que eu. — E, assim, ele deixou a montanha, embarcou e retornou a Havnor a fim de ser coroado.

POSFÁCIO

Antes de escrever o primeiro desses livros, escrevi alguns contos ambientados em ilhas onde a feitiçaria era praticada e os dragões eram temidos. Como já disse, quando comecei a conceber o primeiro livro de Terramar, percebi que aquelas ilhas pertenciam a um grande arquipélago, um mundo de ilhas, e desenhei o mapa.

Todas as ilhas estavam nele, mas eu não sabia nada sobre elas, exceto seus nomes, as formas, as baías, montanhas e rios que eu havia marcado, os nomes das cidades em algumas delas. Todas essas coisas ficaram para serem descobertas, uma por uma.

Ainda há muitas ilhas em que nunca estive. Posso olhar o mapa e especular sobre elas, assim como especulo sobre Tenerife ou Zanzibar. E, mesmo que eu tenha estado nas Hébridas Exteriores ou nas Ilhas de Barlavento, em Roke ou Havnor, ainda posso especular sobre elas; sempre há mais para descobrir.

O poeta Roethke disse: "Aprendo indo aonde tenho que ir". É uma frase que significou muito para mim. Às vezes me diz que, quando vamos para onde é necessário ir, seguindo nosso próprio caminho, aprendemos nosso caminho no mundo. Às vezes me diz que só podemos aprender nosso caminho no mundo nos colocando em marcha e indo.

Entendida de uma maneira ou de outra, a frase descreve como descobri Terramar.

Quando cheguei pela primeira vez, sabia muito pouco sobre feitiçaria e menos ainda sobre dragões. Ogion e os Mestres de Roke me ensinaram sobre o que os magos faziam. Mas eu tinha um monte de imagens e noções sobre dragões na minha cabeça nas quais precisava trabalhar, de que precisava me livrar ou tomar emprestadas, antes que pudesse ver meus próprios dragões com clareza.

Existem muitos tipos de dragões no mundo e, enquanto crescia, aprendi algo sobre muitos deles. Havia o tipo de dragão dos contos de fadas e no folclore nórdico, que devora donzelas e acumula joias. Um parente próximo era o dragão de São Jorge, muitas vezes um espécime bastante patético, que eu conhecia principalmente de pinturas em que o santo está prestes a matá-lo ou já o matou e posta-se um pé de armadura plantado presunçosamente nele. Então havia os dragões chineses, muito mais impressionantes, enrolando-se imperialmente através das nuvens com uma joia de fogo nas garras. Lá estavam os adoráveis dragões de Pern. Havia, apenas insinuado, mas inesquecível, o dragão cujo dente forma um grande portal em um dos contos de lorde Dunsany. Havia, magnífico, Smaug.

Todos ricos, todos excelentes. Saqueei com liberdade. Smaug, os grandes Vermes do Norte, e os dragões alados chineses são, com certeza, ancestrais dos Dragões de Pendor no primeiro livro de Terramar.

Mas, indo com Ged para onde ele tinha de ir, eu ainda tinha muito a aprender sobre os dragões de Terramar, sua história e seu parentesco com os seres humanos. Em *A última margem*, comecei a vê-los claramente. Ged me contou o que ver quando disse a Arren: "E, ainda que eu viesse a esquecer ou me arrepender de tudo que já fiz, ainda me lembraria de que certa vez vi os dragões ao pôr do sol em pleno voo sobre as ilhas ocidentais; e ficaria satisfeito".

Os dragões são, talvez acima de tudo, belos.

Assim como os tigres são belos. Alguém poderia se arrepender de ter visto um tigre? A menos, é claro, que tivessem um instante para se arrepender enquanto o tigre os comia.

Os dragões são belos e também mortais, assim como os tigres. Têm vida longa, mas não indestrutível. São terríveis, mas não monstruosos. Ferozes, ardentes, negligentes com a vida humana, às vezes negligentes com a própria vida. Destrutivos quando zangados, muito temíveis, selvagens indomáveis. Misteriosos, como todas as grandes criaturas selvagens são misteriosas.

Mas não incompreensíveis. A fala é natural para eles, inata: não precisam aprender, como nós. A língua deles, a única que falam, é a língua que os magos devem aprender, a língua que faz mágica, a Língua Verdadeira, a língua da Criação.

Quando escrevi *A última margem*, vi os dragões como a própria selvageria e, portanto, totalmente diferentes dos humanos. No entanto, olhando para trás, vejo que já sentia sua alteridade como não absoluta. Eles compartilham uma linguagem conosco, ou com alguns de nós, como nenhum animal faz. E quando o desejo de imortalidade de Cob o leva a abrir uma fenda no mundo humano por onde a vida e a luz escoam como água, uma fenda em um dique, os dragões são prejudicados por ela assim como os seres humanos, perdendo a razão, o poder da fala, a magia.

Eu não compreendia por que era assim quando escrevi o livro, mas sabia que era assim.

As pessoas gostam de acreditar que quem escreve sabe exatamente o que está fazendo e tem a história sob controle, pensada, traçada do começo ao fim. Isso dá sentido a todo o estranho empreendimento da escrita de romances, torna-o racional. Grande parte da crítica acadêmica acredita nisso, assim como muitas pessoas que leem e algumas que escrevem. Mas nem todas as que escrevem têm esse tipo de controle do material, e eu nem gostaria de tê-lo.

Há uma diferença entre controle e responsabilidade. Estética e moralmente, assumo total responsabilidade pelo que escrevo. Se não o fizesse, não me sentiria livre para deixar o material controlar a si mesmo da forma como faço. Eu teria de administrá-lo de forma consciente e contínua, fazendo tudo acontecer como planejei. Mas nunca desejei esse tipo de controle. Indo aonde tenho de ir, estando disposta a adivinhar que existe tal lugar sem saber claramente como devo chegar lá, confiando em minha história para me levar até lá, sei que fui mais longe do que jamais poderia ter ido se conhecesse completamente meu objetivo e o caminho para alcançá-lo antes de partir. Deixei espaço para a sorte e o acaso virem em meu auxílio, espaço para que planos e ideias estreitos crescessem e incluíssem coisas que eu desconhecia quando parti.

O que me disse para fazer isso, para deixar espaço? Não faço ideia. Sorte, acaso. Uma espécie de coragem passiva. Uma vontade de seguir. Seguir o quê? Um dragão, talvez. Um dragão voando ao vento.

***

Seria lindo se escrever uma história fosse como entrar em um barquinho que partiu e me levou para a terra prometida, ou subir nas costas de um dragão e voar para Selidor. Mas é apenas como leitora que posso fazer isso. Como escritora, assumir total responsabilidade sem reivindicar controle total requer muito trabalho, tatear, testar, ter flexibilidade, cautela, vigilância. Eu não tenho nenhum gráfico para seguir, então tenho de estar constantemente alerta. O barco precisa de direção. Tem de haver longas conversas com o dragão que monto. Mas, por mais vigilante e consciente que eu seja, sei que nunca poderei ter plena consciência das correntes que levam o barco, de onde vêm os ventos que sopram sob as asas do dragão.

Uma escritora vive e trabalha no mundo em que nasceu, e não importa quão firme seja seu próprio propósito ou quão aparentemente distante do presente seu tema, ela e sua obra estão sujeitas às mudanças dos ventos e às correntes desse mundo.

Eu era criança durante a Grande Depressão e tinha onze anos quando os Estados Unidos entraram na Segunda Guerra Mundial. Escrevi este livro logo após os anos 1960, época de marés altas e ventos fortes, de grande esperança e loucura selvagem, quando por um tempo parecia que uma visão mais generosa poderia substituir o sonho amargo de especulação e consumismo que tem sido a ruína de meu país.

Quando olho para o livro agora, percebo como reflete aquela época. Junto ao movimento ativo para libertar os Estados Unidos da injustiça racista e do militarismo, havia uma visão real de se libertar do materialismo compulsivo, da confusão de bens com bem. No entanto, já estávamos vendo grande parte dessa visão se confundir com pensamento positivo ou com a dependência das drogas.

Sendo uma puritana irreligiosa e uma mística racional, acho irresponsável deixar uma crença pensar por você ou uma substância química sonhar por você.

Assim, os temas sombrios de perda e traição do livro tomaram forma. Assim, quando Ged e Arren precisam ir para o Povoado de Hort, a dependência das drogas e a escravização aparecem pela primeira vez no arquipélago. O mal, neste livro, tem uma forma humana imediata, feia, porque vi o mal não como uma horda de demônios estrangeiros com dentes ruins e superarmas, mas como um inimigo insidioso e sempre presente em minha própria vida cotidiana, em meu próprio país: a irresponsabilidade ruinosa da ganância.

Frequentemente nos dizem que a ganância pelo acúmulo desmedido de bens materiais é natural e universal, assim como a ganância pela vida eterna. Todos devemos concordar que você não pode ser muito rico ou viver muito.

O desejo de viver é certamente natural e universal, pois é a diretriz básica dos seres vivos: uma vez nascidos, nosso trabalho e nosso desejo é tentar sobreviver.

Mas isso é o mesmo que um desejo de permanecer vivo para sempre, de ser imortal? Ou será que não podemos imaginar não ser, então inventamos uma existência sem fim chamada imortalidade?

Sabendo que tudo na terra tem um fim, sabemos que a vida após a morte não pode estar na terra, então tem de estar em outro lugar: um lugar totalmente diferente, para onde os vivos não podem ir e onde nada pode mudar. Para mim, as imagens das várias vidas após a morte e dos submundos, os céus e infernos, parecem maravilhosas e poderosas, mas não posso acreditar em nenhuma delas, exceto, creio eu, em qualquer criação imaginativa como um indício, uma indicação, um sinal de algo mais além do que pode ser dito ou mostrado. A ideia de imortalidade individual, uma existência infindável do ego, é mais terrível para mim do que a ideia de abandonar o eu na morte para se juntar ao ser eterno compartilhado. Vejo a vida como um dom compartilhado, recebido de outras pessoas e transmitida a outras pessoas, e viver e morrer como um processo, no qual reside tanto nosso sofrimento quanto nossa recompensa. Sem mortalidade para comprá-la, como podemos ter a consciência da eternidade? Acho que vale a pena pagar o preço.

Assim, neste livro, Ged desce ao reino sombrio dos mortos sabendo que não voltará dele e disposto a pagar o preço.

Mas nem os feiticeiros sabem tudo. Ele está errado. Ele volta, salvo pela inocência e pela força do jovem companheiro. Ambos são transformados pela terrível passagem. O menino Arren retorna como o homem Lebannen, e Ged perdeu, não sua vida, mas seu poder de praticar magia. O Arquimago não é mais um mago.

O que pode estar implícito sobre o futuro de Ged nessa perda, nessa mudança, é apenas sugerido pelo Sentinela quando ele diz: "ele fez o que tinha de fazer. Vai para casa".

SOBRE A AUTORA

URSULA K. LE GUIN é uma das maiores autoras de ficção científica, além de ser aclamada também por suas obras sensíveis e poderosas de não ficção, fantasia e de ficção contemporânea. Conhecida por abordar questões de gênero, sistemas políticos e alteridade em suas obras, recebeu prêmios honrosos como Hugo, Nebula, National Book Award e muitos outros.

ESTA OBRA FOI COMPOSTA EM CASLON PRO E IMPRESSA
EM PÓLEN NATURAL 70G COM REVESTIMENTO DE CAPA
EM COUCHÉ BRILHO 150G PELA GRÁFICA IPSIS PARA A
EDITORA MORRO BRANCO EM ABRIL DE 2023